小学館文庫

警官は吠えない

池田久輝

小学館

警官は吠えない

※この作品はフィクションであり、登場する人物・団体・事件等は、すべて架空のものです。

1

ナインが目を開いた。それまでじっとソファーで眠っていたが、あくびをすることもなく起き上がり、尻尾《しっぽ》を振りながら玄関へと歩き出した。

その様子を見て、私は来訪者が誰であるかを知った。思わず笑みが零《こぼ》れる。私は読んでいた雑誌をソファーの上に放り投げ、ナインと同じように玄関へ向かった。

柳智也《やなぎともや》——かつての同僚であった。

柳はいつも連絡せずに急にやって来るが、私は彼の訪問を歓迎していた。それなりに積もる話もあるし、現在の職場の状況を聞くのも楽しい。だが、話はいつも私への愚痴で終わるのが常だった。おそらく今日もそういうことになるだろう。

ちらりとナインに目をやった。ナインは私の隣でお座りをしている。五歳になるオスのラブラドール・レトリバーだ。

ナインの耳に届いたエンジン音がようやく私にも聞こえ始めた。山道から脇道に入ってきた辺りか。私はドアの施錠を外したあと、キッチンでコーヒーメーカーをセットした。

ほどなくエンジン音が大きくなり、すっと止《や》んだ。続いて車のドアが開き、コンクリートを踏む革靴の音――。

その靴音がどことなく沈んで聞こえた。柳はいつも跳ねるように歩く。珍しいなと思いながら、「開いてるよ」と靴音に向かって声を張った。彼の目的はわかっていた。ナインに会いに来たのだ。

「よう、元気にしてたか」

柳が玄関で片膝をつき、ごつい手でナインの頭を撫《な》でていた。

「忙しくしているみたいだな」

「まあな。先月はなかなか時間がとれなかった」

柳はおおよそ月に一度のペースでここへ来ていた。今日は二ヶ月ぶりということになる。そのせいか、ナインは嬉《うれ》しそうに息を弾ませ、尻尾を振り乱していた。

柳は大柄な男だった。特に上半身の筋肉が隆々としており、着用しているジャケットの腕回りが悲鳴を上げていた。今にも生地が破れてしまいそうである。

三〇キロになるナインの体とのバランスを考えると、彼の方が飼い主にふさわしい。私も小柄ではないが、柳と並ぶと明らかに見劣りがする。それは現役の頃から常に感じていたことであり、現役を退いてからは、ますますその差を痛感せざるを得なくなった。じっと室内にこもっていれば、肉が落ちるのも当然だった。

「おい、村瀬《むらせ》。ちゃんと散歩に連れていったのか」

「前にも言ったろう。そんなもの、ずいぶん前に諦めたって。おれが引っ張られるだけだからな」

「少しは鍛えたらどうだ」

「遠慮しておく。こいつは賢い犬だ。おれがそんな有様だから、一人で出歩くことを覚えた。辺りを好き勝手に駆け回ってるよ」

「ちゃんと戻ってくるんだな」

「だから、そうしておまえを出迎えている」

「賢いな、お前は」

柳は頬を崩し、またナインの頭に手をやった。

実際、ナインと生活をともにするようになってから、その賢明さには驚かされた。なによりびっくりしたのは、ほとんど吠《ほ》えないことだった。私はこれまで一度も犬を飼った経験がなく、小型犬であろうが、大型犬であろうが、犬は一様に吠えるものだと思っていた。それくらい知識がなかった。

ラブラドール・レトリバーが狩猟犬であることも、温和で従順な性格であることも、すべてはナインがここに来てから知ったのだ。その知識の源は、私が先程ソファーに放り投げた〈ドッグライフ〉という雑誌だった。

「今日も泊まっていくのか」

時計は午後十一時になろうとしていた。柳が訪ねてくるのは大抵この時間で、ここでナインの相手をし、私と話し込んでいるうちに眠ってしまうのが通例だった。

柳は返事をせず、靴底をどしどし鳴らしながら中に入ってくる。この家では土足のまま生活していた。格好よく言えばログハウスであるが、見た目や経年数から言えば山小屋だ。ここに移り住んで二年が過ぎている。

でき上がったコーヒーを二つのカップに注ぎ入れた。最寄りのスーパーで買った安物である。

「おい、村瀬。いい加減にマグカップくらい買ったらどうだ。ステンレスかホーローの。この山小屋に合わないと何度も言ってるだろう」

「おれにはこだわりがないと何度も答えた」

「雰囲気が勿体《もったい》ないと思わないのか」

「思わないよ、全然」

「せっかくの山暮らしが台無しだ」

「山暮らしだって？　そんなつもりはないんだよ。アウトドアライフなんて望んじゃいない」

私がカップを差し出すと、柳は肩を竦《すく》めて受け取った。話にならないといったところか。しかし事実、私は本当にそう思っていた。退職してから間もなくこの家で暮らすようになったのだが、別に山に憧れていたわけでもなく、街の喧騒《けんそう》から逃れたかったわけでもない。私にとっては単なる引っ越しに過ぎなかった。

土足での生活を除いて、街で暮らしているのとなんら変わりない。電気やガス、上下水道もきちんと通っているし、エアコンもあれば、パソコンもある。携帯電話の電波だって届いている。柳は「山暮らし」と言うが、特に山深い立地でもなく、街まで車で二十分とかからないのだ。

「アウトドアを堪能《たんのう》したいんだったら、裏の山へ行けよ」

「ああ、連休がとれたらな」と、柳がコーヒーをすすりながら言った。「テントを張って、火をおこして、ホーローのマグカップで熱いコーヒーを飲む。そして俺の横でナインが眠る。最高だな」

「言っておくが、おれはテントなど持っていない」

「わかってるさ。お前の車を見ればな」

私の車は軽自動車だった。決してパジェロやジムニーではない。

「ちぐはぐなんだよな、まったく」

柳は呆《あき》れ顔を浮かべたあと、ジャケットのポケットからタバコを取り出した。

「飯はどうした？」と、私は訊《き》いた。

「まだだが、何かあるのか」

「インスタント麺くらいしかない」

柳はあからさまにため息をつき、「食欲が一気に失《う》せた」と呟《つぶや》いた。

私はソファーの定位置に腰を下ろした。ソファーの前にはローテーブルがあり、その向こうに四十インチのテレビを置いている。キッチンをはじめ、トイレや風呂などの水回りは左手側で、右手側にはベッドがある。この家には仕切りとなる壁がなかった。ただ一つの空間が広がっているだけである。

「座らないのか」

「ああ、これを吸ったらな」

柳は紫煙をくゆらせたまま、キッチンに突っ立っていた。タバコを吸わない私への配慮ではなかった。確かに換気扇はキッチンにしかないが、柳はいつも吸いたい時に、吸いたい場所でタバコを咥《くわ》える。私もそれを許していた。

「お前も葉巻でも吸ったらどうだ」普段なら、そんな軽口が続くはずだった。「本を読みながら葉巻をくゆらせる。ロッキングチェアーに座ってな。それが醍醐味《だいごみ》だろうが」と。

だが、柳は押し黙り、じっと床を見つめていた。どうも様子がおかしかった。考えてみれば、今だけではない。車を降りてからの足音も、いつもの軽快さがなかった。

「何かあったのか？　おまえらしくない」

「いや、別に——」

柳が顔を上げ、何か言いかけた。

一瞬だけ視線がぶつかった。

二重のくせに鋭い眼光。

しかし、彼の目はすぐにまた床へと落ちた。

私は柳の言葉を待った。その間に、彼の指に挟まっているタバコから灰が落ちた。

そして、私は間違いに気付いた。柳は今日、ナインに会うために来たのではなかったのだ。なぜなら、彼は手ぶらだった。

ここを訪ねる際は必ずドッグフードを買ってくる——ナインを受け入れた時、私は柳とそういう約束を交わしていた。二ヶ月前、彼は両脇にドッグフードを抱えていた。

「……村瀬、やっぱり今日は帰るよ」

柳がぽつりと告げた。

「泊まっていかないのか」

「ああ、邪魔をした」

柳は背を向けると、逃げるように玄関のドアを開けた。声をかける間もなかったし、こちらの声を待っている様子もなかった。私は床に寝そべっているナインと顔を見合わせ、互いに首を捻《ひね》った。

外からすぐにエンジン音が聞こえた。私は釈然としないまま、遠ざかっていくその音を聞くしかなかった。

2

翌木曜日の朝は午前九時頃に目が覚めた。四月の後半に入ったといっても、朝はまだまだ冷える。街に近いとはいえ、私の家は山裾に建っているのだ。街が動き出しても、山が目覚めるまでには時間がかかる。

「おはよう」

足もとで眠っていたナインに声をかけ、ベッドの上で大きく伸びをした。鼻腔から入ってくる空気は冷たく、身震いするほどだった。

ローテーブルには、コーヒーカップが置いたままになっていた。そのカップが昨日のことを思い出させる。

柳の態度は明らかにおかしかった。ナインとじゃれ合っていたが、終始俯《うつむ》き加減であったし、去り際もどことなく弱々しかった。体格通り、普段は快活な男である。学生の頃は陸上選手だったせいか、よく動くし、その動きにも無駄がない。それこそナインのようにしなやかに歩く。

しかし、昨日は違っていた。

昨晩の来訪は一体何だったのか。

ベッドサイドに置いた携帯電話を手に取った。柳から着信が入っているかと思ったが、画面には誰の表示もなかった。

私は毛布を体に巻きつけたままベッドを離れ、ナインの朝食を準備した。といっても、水を換えてやり、ドッグフードを器に盛るだけである。大型犬は意外と消化器官が敏感で、体が大きい分、骨格を支えるだけのカルシウムが必要らしいが、ナインを飼い始めて半年の私には、そこまでの食事のケアは難関だった。ナインには申し訳ないが、もうしばらく楽をさせてもらうつもりだった。

カランカランとドッグフードが器に転がると同時に、ナインが小走りに駆けてくる。今朝も食欲は旺盛のようだ。

食事を済ませると、ナインは勝手に散歩に出かける。ラブラドール・レトリバーは盲導犬や介助犬としての適性もあるくらいだから、人を襲うことはまずない。私が安心してナインを外に出すのも、それを信じてのことだった。もっとも、この山の中では人と出会わないのであるが。

窓の外には気持ちのいい晴れ間が広がっている。私は玄関のドアを開け、外の空気を室内に呼び込んだ。山の空気は澄んでいるが濃密だ。逆に、街の空気は淀《よど》んでいるのに薄い。私がここに移り住んで最初に感じたことがそれだった。

足もとをナインがすり抜けていった。当初は散歩をねだるような態度を示したが、今ではそんな素振りをまったく見せない。本当に賢い犬だった。

私はドアを開け放したままでキッチンへ戻った。そこで顔を洗い、歯を磨いたあと、ようやく毛布をはいだ。そして、ジーンズに厚手のパーカーという格好に着替えた。昨日も着ていたものだった。

と――玄関先からリズミカルな足音が聞こえた。ナインである。散歩へ出かけたばかりなのに、もう戻ってきたらしい。まさか、私を誘うつもりではないだろう。

「どうした？」

声をかけたが、ナインは玄関先で座ったまま、じっと外を見つめている。訪問者だろうか。だとすれば、ナインの様子から判断して、柳以外の誰かということになる。柳ならば激しく尻尾を揺らす。だが、柳以外にここを訪ねてくる者など心当たりがなかった。

「かわいい犬だな」

若々しい声とともに、すっと腕が伸びてきた。驚いたことに、一人の青年がナインの頭を撫でていた。

「きみは――」

「あなたが村瀬さん？」

「ああ、そうだが」

「はじめまして。秋山《あきやま》です。秋山亮《りょう》」

青年はそう名乗ると、ちょこんと頭を下げた。二十歳《はたち》前後だろうか。ナイキの黒いキャップをかぶっており、そのつばの下に控えめな目と鼻があった。印象として薄い顔立ちをしている。私はじっと青年を見つめたが、まったく記憶にない顔だった。

「ねえ、この犬の名前は？」と、青年が訊いた。

「ナインだが」

「どういう意味？」

「九月に生まれたからと聞いている」

「聞いているって、村瀬さんの犬じゃないの？」

「友人から強引に押しつけられて飼うことになった。名付け親はおれじゃない」

「ふうん。もしかして、その友人って柳さん？」

「え？　きみは柳を知っているのか」

「知ってるといえば知ってるかな。ついさっき会ったばかりだけど」

「ついさっき？」

わけがわからなかった。この青年は一体誰なのか。いや、どうしてここに柳の名前が出てくるのか。私は状況が呑《の》み込めず、困惑を隠せなかった。

「ねえ、入ってもいい？」

青年は返事を待たず、小屋の中に入ってきた。私はあっけにとられ、彼を制止することができなかった。

「山って冷えるね。ダウンを着てくるべきだったな」

青年は黒のマウンテンパーカーにジーンズと、キャンプにでも行くような格好である。

「秋山君と言ったな。もう一度訊《たず》ねるが、どうして柳を知っているんだ？　いや、柳だけじゃない。おれのことも知っているようだ」

「村瀬さんのことは、柳さんから聞いた」

「柳から？」

眉をひそめた。この青年は先程から何を言っているのだ。思わず声を荒らげそうになった。

「温かいものない？」

「湯を沸かしてコーヒーでも作ればいい」と、私はあごでキッチンを示した。「だが、その前にちゃんと説明しろ。おれはきみのことをまったく知らない」

「だから、秋山亮だって言ってるじゃない」

「そういう意味じゃない」

苛立《いらだ》ちを吐き捨てながら玄関のドアを閉めた。青年の背中を眺めつつ記憶を手繰《たぐ》る。しかし、いくら探しても秋山という姓に覚えがなかった。柳に訊いた方が早いと、私は携帯電話を手に取った。

「かけても出ないと思うよ、柳さん」

青年がキッチンから答えた。なかなか目敏《めざと》い。

「どうしてわかる？」

「だって急いでたから。本当はここまで送ってくれるはずだったんだ。でも急用が入ったみたいで、途中で車から降ろされた。この山道を上がっていけって。しばらく歩けば山小屋が見える。側道があるから迷うことはないってさ」

「柳の車に乗ってきたのか」

「そうだよ」

「どこからだ」

「嵐山《あらしやま》の方」

青年の返答は簡潔で、まるで淀みがない。

「嵐山？　柳の家からずいぶん離れているな」

柳は私と同じく京都市の左京《さきょう》区に住んでいる。嵐山は西京《にしきょう》区になり、西の端に当たる。ここから車で一時間近くかかるだろう。

「柳さんの家なんて知らないよ。行ったこともないしさ」

「じゃあ、どうして柳はきみの家を知っているんだ」

「さあ、親が教えたんじゃない？」

「親？　きみの親と柳が知り合いなのか」

「だと思うよ。じゃなきゃ、息子を預けたりしないだろうし」

「きみは柳に預けられたのか」

「そういうことなんじゃないかな。まあ、オレは一人暮らしだし、預けるもなにもないんだけど」

青年の中ではきちんと整理されているのかもしれないが、私にはまるで理解できなかった。何がどうなっているのか、時系列も関係性もわからない。

「きみは嵐山で一人暮らしをしているんだな」

「二年前からね」

「出身はどこだ」

「東京だよ」

「では、親は東京にいるのか」

「そうだね。目黒ってわかる？　渋谷の南側」

目黒、渋谷と聞いても、東京の地図などまったく頭に浮かんでこない。私は京都の外で生活した経験が一度もないのだ。

「きみはなぜ京都に来たんだ？　学生か」

「そう、大学二年」

「学校はいいのか。春休みはもう終わっているはずだ」

「よくはないんだろうけど、柳さんに着いていけって言ったのは親だから。オレはそれに従っただけ」

私は少し首を捻った。青年の口調がやけに他人行儀に聞こえたのだ。

親に従った、か。その言い方が妙に引っかかった。青年は呑気《のんき》そうにコーヒーを飲んでいたが、私はなんとなく、そこに嫌な臭いを嗅いだのだった。悪い癖だ。以前の職場が強烈な縦社会だったせいか、敏感になっているのかもしれなかった。退職してから二年も経《た》つというのに……私は青年に気付かれないよう軽く舌を打った。

「あ、そうだ」

　青年が急に声を上げた。何事かと思っていると、彼は玄関に置いていた紙袋を手に取り、私に差し出した。

「これ、柳さんから。村瀬さんに渡せって」

「おれに？」

「手土産だってさ。有名な京菓子屋らしいよ」

　ひどく驚いた。柳から手土産をもらうなど初めてのことだった。柳がここに持ってくるものといえば、ドッグフード以外にないのだから。

「それともう一つ」

　青年は続けて言うと、ジーンズの尻のポケットから封筒を抜き出した。なんの変哲もない白い封筒だった。

　中には便箋が一枚入っていた。角張った文字で素《そ》っ気《け》ない一文だけが記されている。

　——悪いが、しばらくの間、彼の世話を頼む。

　間違いなく柳の文字だった。

3

「もう一度確認する」と、私は言った。「きみは東京出身の大学二年生で、今は嵐山で一人暮らしをしている。そして、どういう理由か知らないが、柳に預けられることになった。だが、きみは柳と面識がない。あるとすれば両親ではないか——そうだな？」

「うん、合ってるよ」と、青年はコーヒーを飲みながら答えた。

「で、きみはここに連れてこられた。それは事前に聞かされていたのか？」

「いいや、車に乗ってから聞いた。今から市内の北にある山小屋へ行くって。そこでしばらく過ごせって」

「柳が言ったんだな」

「そうだよ」

青年の返事は相変わらずあっさりしていた。戸惑っているのは私だけらしい。

しかし、一つだけわかったことがあった。柳の昨日の訪問である。柳はこの件に関して告げるつもりでやって来たのだ。あの重い足取りはそういうことだったのだ。

「きみはこの状況をどう思っているんだ。知らない男に預けられ、今は別の知らない男の家にいる」

「どうもこうもないよ。仕方ないって感じかな」

「やけに素直だな。拒否しようと思えばできたはずだ。なぜ簡単に従う？　親の命令は絶対なのか」

わざと嫌らしく青年に詰め寄った。少しは怒りを見せるかと思ったが、彼の態度は落ち着いたままだった。

「自宅に戻ったって同じだよ。どうせまた柳さんが迎えに来る」

「柳はきみを監視しているのか？　おれに預けておきながら」

「違うって。オレがここから逃げたら、村瀬さんが柳さんに連絡するでしょ。だから同じだって言ってるの」

青年の返答には迷いがなかった。まるで、あれこれ訊ねられることを想定していたかのようである。私はそこに不信感を覚えずにいられなかった。

「質問攻めにされることはわかっていたのか」

「うん、まあね」

青年はこくりと首を落とした。しかし、気まずく思っている節はまったく見受けられない。

「訊かれたことに対しては普通に答えたらいいってさ」

「それも柳が？」

「そう。車の中で謝ってたよ。話をつけておくつもりが、まだできてないって。村瀬さんが怒り出して一悶着《ひともんちゃく》あるかもしれないけど、気にするなってさ」

やはりそうか。柳は昨日、この秋山青年について話をつけるために訪ねてきたのだ。だが、言い出すことができなかった――。

いや、こうして強引に押しつけてしまった方が早いと考え直したのかもしれない。なぜなら、ナインの時もそうだった。私はあれこれ文句を垂れながらも、結局は受け入れたのだから。

「怒られるのは嫌だし、話を通してよって頼んだんだけど」と、青年が唇を尖《とが》らせた。「柳さん、急用が入ったって車を止めちゃった。おまけに、もう近いから歩いていけだって。まったく勝手過ぎるよ」

柳の心情がなんとなく理解できた。おそらく今日、柳は青年と一緒にここに来るつもりだったのだろう。そして、私と直接話をするつもりだったのだろう。急用は単なる言い訳だ。多分、直前でまた気が変わってしまったのだ。柳は「一悶着あるかもしれない」と青年に話したらしいが、悶着を避けたかったのは柳本人だったに違いない。

それゆえの、あの封筒なのだ。

悪いが、しばらくの間、彼の世話を頼む――。

私は改めて青年を見つめた。顔の造りがあっさりしているせいか、優しそうな雰囲気が漂っている。だが、それだけだった。幼いというよりも、もの足りなさを感じる。感情を隠しているのではなく、感情そのものが薄い、そんな印象が拭えなかった。

「きみの親は警察の関係者か」

「警察？　どうして」と、青年が珍しく表情を変えた。

「もしくは、親族や知り合いに刑事がいるとか」

「え、柳さんって刑事なの？」

「聞かされていなかったのか」

「なんにも」と、青年は顔の前で手を振った。「じゃあ、村瀬さんも――」

柳が私についてどう紹介したのか知らないが、「昔の同僚だ」くらいは話しているかもしれない。しかし、私は自分のことを語る気になどなれず、「今は休暇中だ」と素っ気なく答えた。

「で、きみの両親は何をしている？」

「東京で飲食店を経営してるよ。父親が社長、母親が専務」

それなりに裕福な家庭であることは察せられた。青年が持ってきたスーツケースはハンドル部分が革製になったリモワのものだった。そのスーツケースはまだ玄関脇に置きっ放しになっている。大きさから判断すると、四日分の着替えは入るだろうか。

とすれば、青年は少なくとも数日間、ここに滞在するつもりらしい。いや、柳がそう指示したと言うべきか。

青年を追い返そうかとも思った。自分の生活が乱されることへの苛立ちはないが、面倒は避けたいというのが本音だ。なにより、見知らぬ青年とともに時間を過ごすなど想像ができなかった。彼はまだ大学生なのだ。何を話せばよいのか見当もつかないし、会話が成り立つのかさえ危うい。今はただ質問と回答を繰り返しているが、それが尽きてしまえば、無言のまま時間を過ごすことも考えられる。

私は間を埋めるように切り出した。

「これまでに両親の口から柳の名前が出たことは?」

「いいや、なかったな」

「柳は刑事だ。だが、きみの両親は一般人のようだ。普通に生活を送っていれば、両者がつながる機会はまずない」

「普通にって?」

青年はキャップを脱ぎ、軽く前髪を払った。その目の奥には興味の色が覗《のぞ》いていた。私の言葉の裏を理解しているのだ。

「ああ、村瀬さんはこう言いたいんだね。オレの親が普通じゃない生活を送ってるかもしれないって。それこそ、柳さんという刑事を必要とするくらいの」

なかなか鋭い。大学生だと侮るにはまだ早いらしい。

「実際はどうなんだ」

「考え過ぎでしょ。どこにでもいる平凡な親だから。警察の世話になるような真似《まね》はしてないと思うけど。東京で経営してる飲食店だって、悪い評判は聞かないしさ」

「両親の名前は？」

「晋太郎《しんたろう》と由梨絵《ゆりえ》」

「年齢は？」

「えっと父親が五十二で、母親が四十八かな」と、青年は指を折りながら答えた。

東京の秋山夫妻か――。

私と柳の付き合いは六年ほどになるが、彼の口から「秋山」の名が出たことはない。同じく、晋太郎や由梨絵らしき人物が話題にあがった記憶もなかった。

とはいえ、たかが六年だ。柳について私が知っているのはごく一部であり、知らない部分の方が多いのは当然である。加えて、互いの話の中心は常に事件だった。

私たちは六年前、左京署の刑事課強行犯係で一緒になった。それまでは別々の所轄署にいた。互いの名前と顔くらいは知っている間柄だったが、左京署で同じ班になってから、急に距離が縮まった。性格は正反対で、趣味や嗜好《しこう》もまるで異なるが、なぜか馬が合った。同い年であることが大きかったのかもしれない。

親友といえば大袈裟《おおげさ》だろうが、緊張感の漂う刑事生活の中で、気のおけない相棒であったことは間違いない。柳も同じように感じていたはずである。だからこそ二人の関係性は、私が手帳を置いてからも途切れなかった。柳がナインを連れてきたのも、私を信用しているがゆえであろう。

そして、この秋山青年を押しつけたことも——。

柳の文面を思い返した——彼の世話を頼む。

それは多分、文字通りの世話ではない。現職の刑事である柳からの頼みなのだ。どうしても事件性が臭い立つ。しかも、かなりの濃度である。青年に何らかの危険が迫っているのかもしれない……そんな風に考えるのは、元刑事ならではの邪推であろうか。

昨日の柳の重い足取りが脳裏を過《よ》ぎる。

青年を守ってくれ。匿《かくま》ってくれ——柳はそう言っているような気がして仕方なかった。

4

「悪いけど、ちょっと寝かせてよ」

秋山青年は話を終わらせたいのか、急にソファーに寝転がった。実際、朝の早い移動とあって眠かったのかもしれない。ただ、私のベッドを使わない点は客としての弁《わきま》えを持ち合わせているようだった。

クローゼットから毛布を引っ張り出し、彼にかけてやった。柳がここで泊まる際に使っているものである。

いつの間にかナインの姿が消えていた。青年の来訪で中断してしまった散歩に行ったらしい。

私は携帯電話を手に外へ出た。柳を呼び出したが、やはり応答はない。柳の自宅を訪ねてみようかとも思ったが、この調子では多分捕まえられないだろう。

さて、これからどうしたものか。もし私の推測が当たっているのならば、少々厄介なことになりそうだった。

だが、あまり緊迫感はない。柳の文面が「青年を匿え」という意味だとしても、どんな危険に襲われるのか想像もつかず、準備のしようがなかった。青年を預けるのであれば、少しの指示くらいあってしかるべきである。ナインの時も困惑したが、「これを読んで勉強しろ」と、〈ドッグライフ〉一冊は置いていったのだ。私は四月の青空を仰ぎ見ながら激しく舌を打った。

とりあえず、食料の買い出しに向かうと決めた。仮に青年が数日間留《とど》まるとして、その分の食料が必要だった。コンビニ弁当でもなんでも構わない。大学二年の若者だ、質より量であろう。

財布と車のキーを取りに家の中に戻った。青年はもう寝息を立てていた。どうやら本当に眠りたかったらしい。

私は青年のスーツケースを脇に抱え、静かに玄関のドアを閉めた。そして、そのまま車の後部座席に乗り込み、スーツケースを開けた。ロックはされていなかった。

ほとんどが着替えだった。他にはポータブルのゲーム機、充電器、参考書らしき本が二冊あるだけだ。青年の両親につながるものがないかと期待したが、無駄だった。彼の学生証も見つからなかった。きっと財布の中であろう。財布は青年のジーンズの尻ポケットに入っている。彼がソファーに座る際、長財布の先端がちらりと見えていた。

諦めるしかなかった。私はファスナーを閉じ、スーツケースをそっと玄関に戻した。一時間ほど出るとメモを残し、私の携帯番号も記しておいた。何もないとは思うが、用心に越したことはない。

再び表へ出たところで、ちょうどナインが帰ってきた。車のドアの開閉音を聞き、急いで引き返したに違いなかった。

「よし、行くか」

運転席のドアを開けた。そこからナインが飛び乗り、助手席へと移る。ピンク色の舌を垂らし、荒い呼吸を繰り返していた。裏山から駆けてきたせいもあるが、それ以上に興奮を抑えられないのだ。

どういう理由か知らないが、ナインは車に乗ることが好きだった。ラブラドール・レトリバーがすべてそうなのか、ナインだけの特徴なのか未《いま》だに判然としない。柳がくれた雑誌には、その点について何も書かれていなかった。

エンジンを始動させ、脇道から山道に入った。京都市左京区を走る下鴨大津線《しもがもおおつ》。通称、山中越《やまなかごえ》。左京区の北白川《きたしらかわ》から比叡山《ひえいざん》の南を通り、滋賀県大津市に抜ける府県道である。私が暮らす家は、その途中にある脇道沿いに建っていた。

本線は上下ともに一車線が確保され、アスファルト舗装されている。つまり、それだけ交通量があるのだ。柳の言う「山暮らし」を否定するくらいに。

十分も走れば、ぽつぽつと建物が見え始める。小屋ではなく、ちゃんとした住居だ。瓦屋根の日本家屋が多いだろうか。

そして道に沿って西へ下っていくと、住居が住宅街に変化する。そこまでくれば、もう立派な街だ。学校もあれば、病院もある。山裾という立地にしては驚くほど栄えている。山々に囲まれた京都盆地ならではの光景かもしれなかった。

白川通まで出て、南へと左折した。週に二度のペースで通っているスーパーは目の前だった。

ナインが一瞬、悲しそうな顔を見せた。車内で待たされることを覚えているのだ。この表情のせいで、いつも買い物が雑になる。ナインのために早く戻ろうと、適当に食品をカゴに入れてしまうのだ。そして、家に戻ってから気付く。あれを買い忘れた、これは買う必要がなかったと。

「わかってるよ。できるだけ早く済ませるから」

私はナインの頭を撫で、車を駐車場に入れた。

人だかりが目についた。スーパーの出入口付近である。昼前とあって客が多いのかと思ったが、駐車スペースは適度に空《す》いている。

徐行しながら近づくと、人垣の隙間から馴染《なじ》みのある車が見えた。黒と白のツートンカラー。いわゆるパトカーだ。

何かあったらしい。私は少し離れた場所に車を止め、運転席から様子を窺《うかが》った。助手席では、ナインが不思議そうに首を傾《かし》げている。買い物はどうしたとでも言いたげだった。

制服警官が懸命になって人だかりを整理していた。管轄を考えると、左京署の者であろう。私が二年前まで所属していた署だ。

と、パトカーが動き出した。人垣を割って、ゆっくりと出口へ向かっていく。私はそのボディを見送りながら運転席のドアを開けた。

「おい、村瀬か」

散った人垣の中から声をかけられた。グレーのスーツを着た四角い男がのっそりと歩いてくる。一七三センチの私よりも頭一つ背が高く、壁を思わせるような体型である。短く刈った髪に角張ったあご。そのくせ、目の辺りだけは丸く窪《くぼ》んでおり、埴輪《はにわ》を連想させる顔は以前と変わっていなかった。

黒木武司《くろきたけし》――私がまだ現役だった頃、同じ左京署にいた五つ上の先輩刑事だった。寺の次男坊という変わった出身で、さらに上の先輩たちからは親しみを込めて「住職」と呼ばれていた。だが、本人はその愛称をあまり好んでいないようで、実家の寺についてはほとんど語らなかった。寺の名称も聞いた覚えがなく、長男が跡を継いでいると耳にしただけだった。

「ご無沙汰しています、黒木さん。お変わりないようで」

「ほんま久しぶりやな」と、黒木が私の背後を指差した。「おまえも変わってへんな。その車、まだ乗ってんのか」

「ええ、燃費もいいですしね。気に入ってます」

「刑事で軽自動車乗ってるやつはおまえくらいやで。いざって時、追跡できんやろが」

「その必要はなくなりましたよ」

「せやった。辞めたんやったな」

黒木は分厚い唇を歪《ゆが》め、ごりごりと髪をかいた。

「ところで、何かあったんですか」

「ああ、万引きや」

黒木がため息混じりに答えた。彼は盗犯係の刑事だった。

「それだったら地域課が——」

言いかけて気付いた。盗犯係の黒木が出張っているのなら、万引き犯はかなり悪質であり、再犯でもある証拠だった。

「何回目ですか」

「四回目や。八十になるばあちゃんでな、いつも呆《ぼ》けたふりをしよる。ほんまはちゃんとわかっとるくせに」

黒木が困ったような顔で白川通を眺めていた。容疑者は先程のパトカーで連行されたのだろう。

「三回は示談にして見逃してやったのに、すぐにこれや。スーパーの店主もさすがに怒っとるわ」

「立派な窃盗犯、ですか」

「そうなるな。八十で犯罪者や」

黒木は窪んだ奥の目を細め、再びため息をついた。その悲しそうな表情を見ると、黒木は今回も示談に持ち込むつもりかもしれなかった。

優しい男だ——昔からそうだった。口は悪いが、根は温かい刑事である。柳のような俊敏さはないが粘り強い。この容疑者に対しても、そうやって向き合っているのだろう。八十の高齢者に実刑はきつい。そんな思いが滲《にじ》み出ているようだった。

「で、どうなんや。山小屋の生活は」

黒木も「山小屋」と言った。柳が署内で言い触らしているに違いなかった。

「快適ですよ。おれの車と同じで、小さくても不便はありません。街までも近いですし」

「おまえ、まだ四十やろ。もう隠居するつもりか」

「そういうわけじゃありません。今は貯《たくわ》えを切り崩して暮らしていますが、底をつけば働きますよ」

「ふうん。ほな満足はしとるんやな」

「ええ、それなりに」

「おまえには昔から頑固なところがあったんは知ってる。こうと決めたら意地でも貫くみたいなところがな。おまえの決断は尊重してやるけど、そんなにあっさり辞めんでもええのによ。同僚とも上手《うま》くやっとったやないか」

一瞬、黒木の目が尖った。先の容疑者へ向けたものよりも、ずいぶんと厳しかった。

私が手帳を置いたわけを探っているのだ。私は辞職の理由を誰にも告げていなかった。

「ふん、まあええわ」と、黒木が鼻を鳴らした。「一度、おまえの家にも顔を出さんとな」

「ええ、ぜひ。でも、黒木さんが思っているような山小屋じゃありませんよ。柳がどう言っているのか知りませんが、変な期待はしないでください」

「――柳？」

「山小屋と言い回ってるのは柳でしょう」

「おまえ、知らんのか？」

黒木が不思議そうな顔を見せた。そこには、単純な疑問だけではない何かがあった。

「おまえと一緒や」

「え？」

「柳のやつ――二月の末で辞めたんや」

5

「何ですって⁉　柳が辞めた？」

私は思わず大声を上げていた。

「おい、静かにしろ」

黒木に注意されたが、周囲を構っている余裕などなかった。

「辞めたって刑事をですか。他の署への異動じゃなくて」

「だから、おまえと一緒やと言うたやろ。あいつも手帳を置いたんや」

「そんな馬鹿な！」

「落ち着け。人前や」

数人の買い物客が立ち止まり、こちらを見ている。今はその視線が煩わしかった。

それくらい私は混乱していた。

「店の脇へ回れ。ここにおったら邪魔になる」

黒木が背を向けて歩き出した。しかし、私は動くことができなかった。ぐっと拳を握り締め、黒木の言葉を胸のうちで繰り返していた。

柳が辞職していた？　二月末ということは、今から一ヶ月半ほど前に……。

にわかには信じられなかった。だが、黒木が私に嘘《うそ》をつく理由などない。それだけに混乱は深まる一方だった。

柳が先月顔を見せなかったのはこのためか。辞職のせいで慌ただしくしていたためか……いや、それよりも昨日のことだ。どうしても頭に浮かぶのは昨晩の光景だった。明らかに柳の態度はおかしかった。だがそれは、秋山青年の件のせいだと思っていた。まさか辞職まで隠しているとは考えもしなかった。

店の横に小さな物置があった。黒木がそこで手招きをしていた。「早く来い」と唇が動いている。私は冷静になるよう努め、深く息を吐き出してから歩き出した。

「おまえ、ほんまに知らんかったみたいやな」

黒木が苦笑を浮かべていた。私はかなり重苦しい顔をしていたらしい。

「ええ……何も」

「ふうん、意外やったな。柳のやつ、おまえには話してるもんやと思ってたわ。最近も柳と会《お》うてたんやろ」

「はい……」

昨日も、と言いかけて口を噤《つぐ》んだ。黒木を信用していないわけではないが、告げてしまえば、あれこれ訊かれることは明らかだった。頭の整理が追いつかない今、それは避けたかったし、答えられることも何一つなかった。

「黒木さんは……柳と会ったんですか？　あいつが辞める時に」

「挨拶だけはあったな」

「理由を聞きましたか」

「一身上の都合、やってよ」

黒木が私の目を覗き込んでいた。厳しいというよりも、皮肉っぽい視線だった。その意味はわかっていた。一身上の都合——私もそう言って辞職したのだった。

「おれは……知りません」

「ほんまか？」

「……ええ」

黒木はスラックスのポケットに両手を突っ込み、首を傾けている。いくらでも答えを待つと言っているようだった。

「柳のやつ、なんかあったんと違うか」

「本当に……知らないんです」

「おまえは柳の元相棒やろ。それやのに聞いてへんのか」

耳に痛い言葉だった。黒木は私と柳の仲を疑っているのではない。「おまえら、隠すのもいい加減にしろ」と暗に詰《なじ》っているのだ。いつまで黙っているつもりだ、と。

私はうな垂れるしかなかった。とてもではないが、黒木と目を合わせられなかった。

「まあええわ。俺は署に戻る。あのばあさんを聴取せんといかんしな」

黒木は私の肩を叩くと、駐車場へ歩き出した。

今日は引き下がってやる——そう告げられているのはわかっていた。黒木の優しさを感じつつも、申し訳ない気持ちで一杯だった。

肩にはまだ彼の手の感触が残っている。ごつごつとした熱っぽい手のひら。それは間違いなく現職の温度だった。

黒木の背中を見送ったあと、私も自分の車へ戻った。

「悪いな、ナイン。買い物の気分じゃなくなった」

車のドアを開けると、ナインがきょとんとした表情をよこした。いつもより長く待たされた上に、手ぶらで戻った私が不思議なのだろう。

「心配するな。おまえのドッグフードはまだ家にある」

私は運転席に座ったまま、しばらくの間じっとしていた。頭にあるのはやはり柳のことだった。

柳が刑事を辞めた——それが事実であるならば、背景には一体どんな事情があるのか。

どうしても勘繰ってしまうのは、当然、昨晩との関連だった。

秋山青年。もしくは彼の両親。

秋山家との関わりのせいで、柳は辞職したのではあるまいか。黒木の話では、柳は一ヶ月半ほど前に手帳を置いたという。タイミングとしても、切り離して考えることは難しい。

携帯電話の画面に、ある男の番号を表示させた。

三島翔太《みしましょうた》――私が二年前に辞職したあと、新たに柳の相棒となった男である。

「もしもし」と、三島はすぐに電話に出た。

「久しぶりだな。村瀬だ」

「はい、ご無沙汰してます」

「少し話せるか」

「ちょっと待ってもらえますか。署にいるんで」

電話口が無言になった。どこかに移動しているのだろう、微《かす》かに三島の靴音が聞こえていた。

年齢は十ほど下である。左京署で一緒だったのはわずか一年だが、面白い男だった。刑事にしては童顔で、険のない顔つきをしている。人当たりのよさそうな雰囲気は、まるで優秀な営業マンのようだった。それだけに同僚から舐《な》められることもあっただろうが、今も刑事を続けているのだから芯は強い男だった。

「どうぞ、外に出ました」と、三島が言った。

「事件に追われているんなら言ってくれ。あとにする」

「いえ、大丈夫ですよ。村瀬さん、最近はどうしてるんですか」

「普通に暮らしてるよ。貯えを食い潰してな」

「へえ。でも、元気そうで安心しました」

「安心って、心配してくれていたのか。そのわりには連絡がなかったが」

「そんな余裕ありませんよ。村瀬さんならわかるでしょう、刑事の仕事量を。捜査にも書類にも追われっ放しです」

冗談ではなさそうだった。この二年の間で私が抜け、柳も辞めたとなれば、その分の仕事を残った署員で分担しなければならない。新たに人員を補充しているとしても、間に合わないというのが実情であろう。

「ついさっき、白川通のスーパーで黒木さんに会った」と、私は切り出した。

「あ、もしかして、またあのばあさんですか。万引きの」

「知ってるのか」

「刑事課で有名ですよ。三回も万引きしたのに、黒木さんがなんとか示談に持ち込んだって。優しいですよね、本当」

少々容疑者に甘いのではないか、そんな批判も含んだ言い方だった。

「そこで黒木さんから聞いたんだが――」

「柳さんですね」と、三島が断定的に言った。「村瀬さんからの急な電話です。それなら柳さんのことだろうと思ってました」

「ならば話が早い。柳が辞職したというのは本当なんだな」

「ええ、本当です。二月の末に」

「何があった？」

「それは知りません。訊いても濁されました。一身上の都合だって。村瀬さんと同じですよ」

言葉に詰まった。黒木と同様、胸に響く皮肉だった。しかし一方で、そんな皮肉を言えるようになったのかと感心もする。この二年で、三島は着々と図太い刑事になっている。

「おれが去ったあと、おまえは柳の相棒になった。何か思うところはないか。どんな些細《ささい》なことでもいい」

「ありませんよ」と、三島はすぐに否定した。「辞職するって聞いて、こっちがびっくりしてるくらいです。柳さん、ずっと普段通りでしたから」

「そうか……悪いがもう一つだけ訊きたい」

迷いはあったが、私は口にした。三島に連絡をとったのは柳についてだけではなく、むしろ、こちらを訊ねたかったのだ。

「おまえが柳と組むようになってから、〈秋山〉という名前を耳にしたことがあるか」

「秋山、ですか」

「秋山亮、もしくは、晋太郎か由梨絵」

私は漢字も丁寧に教えた。

「誰ですか？　何かの事件の関係者ですか」

三島の答えは素直なものだった。たった一年の付き合いしかないが、いい加減な男ではない。彼は秋山家について何も知らないらしい。私の後任ならと淡い期待を抱いていたが、あっさりと散ってしまった。

「実は、おれもよくわかっていない」

「はあ？」と、三島が声を裏返す。「どういうことですか」

「とりあえず、名前を覚えておいてくれ」

私は重く言い残し、電話を切った。三島なら察してくれるはずだった。どうして「秋山」という名前を出したのか——。

彼の力を借りたいというのが本心だった。なぜなら、私にはもう手帳がない。しかし、現職ならば無理が利く。無理を通せる。警察手帳にはそれだけの力がある。

彼が私の意図を汲《く》みとり動いてくれるかどうか、ちょっとした賭けではあった。七・三で勝てるだろうと期待しながら、私はエンジンを始動させた。

と同時に、今度は着信が入った。柳かと思ったが、見知らぬ番号が表示されている。私は少し身構えながら応答した。

「――もしもし」

「村瀬さん、どこにいるの！」

秋山青年だった。携帯番号を書き残した紙に気付いたのだろう。

「どこって――」

青年は私を遮り、興奮した声を張り上げた。

「家が大変なことになってるよ！　早く戻って！」

6

想像していたよりも、家の中はひどい状況だった。テレビやテーブルは派手に倒され、マットレスや布団もベッドからずり落ちていた。もともと数少ないが、食器と書物は見事にすべてが散乱しており、床面が見えないような有様だった。念が入っているというか、執拗《しつよう》というか、明らかに嫌がらせの類《たぐい》だった。決して物盗《ものと》りの仕業《しわざ》ではない。私の家に高価な品などないのだから。

「凄《すご》いでしょ、これ」

「ああ、きみが電話で話した通りだな」

私が車を飛ばして家に到着した時、秋山青年はソファーに座って待っていた。この惨状を直接見せたかったのか、散らばった物を片付けるでもなく、彼はずっと携帯電話をいじっていた。

「ソファーだけは無事だったのか」

「ひっくり返ってたけど、オレが直したんだよ。どこにも座れなかったから」

「余裕だな。おれが戻ってくるまでに気持ちが落ち着いたか」

「まあね」

青年は悪びれるでもなく、肩を竦めてみせた。確かに彼は冷静さを取り戻したらしい。先の電話での狼狽《ろうばい》ぶりが嘘のようだった。

彼からの電話では、家が荒らされたこと以外、ほとんど何もわからなかった。青年はとにかく興奮しており、「家がめちゃくちゃだ」、「早く戻ってきてよ」と繰り返すだけだった。私が家を出るまで、どんな質問にも淀みなく答えていただけに、その大きな動揺は意外でもあった。

大学二年ならば、まだ二十歳そこそこだ。こちらが彼の地であろう。年齢相応にまだ芯が弱い。私は彼を見つめ、軽く微笑《ほほえ》んだ。

「家が襲われたってのによく笑えるね」

「ちょっと別のことを考えていた」

「村瀬さんこそ余裕だな」

「いいや。十分に驚いているし、腹も立てている」

私は胸の前で腕を組み、家の隅々にゆっくりと視線を這《は》わせた。

やはり物盗りではない。高価な物を探していたのではなく、ただ散らかしたという印象が拭えなかった。物盗りの犯行ならば、どこをどう探したのか、ある程度の動線が推測できる。だが、この荒らし方はあまりにも出鱈目《でたらめ》で、無駄が多かった。

「もう落ち着いたんだな。ならば改めて聞こう。何があったのか話してくれ」

「また？」

「ああ、まただ」

私は足もとに転がっていたペットボトルを拾い上げ、口をつけた。冷蔵庫の中に入っていたはずの水だった。

「オレがソファーで寝てたら、急にドアが乱暴に開いて――」

唇を噛《か》んだ。鍵をかけずに出たことを後悔した。この家を訪ねる者などほとんどいないため、夜以外、施錠の習慣がなかったのだ。

「何人だ」

「二人だよ」

「どちらも男だな」

「そうだよ」

「知っている男か」

「ううん、まったく知らないって電話で言ってたでしょ。聞いてなかったの？」

　青年が怪訝《けげん》そうに片目を細めた。私はその表情を正面から覗き込んだ。彼の話が本当かどうか、まだ推し量っていた。

「どんな風貌の男だった？」

「見るからにチンピラだよ。一人は坊主頭で、もう一人は金髪。どっちも派手なジャージを着てて、太いネックレスをしてた。二人とも関取みたいにでかくて、似たような顔つきだったな。兄弟かもしれない」

　電話の際には聞くことのなかった描写だった。時間が経ち、少しずつ状況を思い出しているらしい。だが、気が動転している最中の出来事だ。そのまま鵜《う》呑《の》みにするのは早いだろう。

「よく無事だったな」

「ん、どういう意味？」

「二人組のチンピラが家を襲った。しかし、きみは無傷のようだ。殴られなかったのか」

「だって、すぐに外に逃げたから」

「よく逃がしてくれたな」

「知らないよ、そんなの」

青年はまた肩を竦め、天井へと視線を逸《そ》らした。彼の話を疑うとするならば、まさにその点だった。これだけ家の中を荒らしておきながら、青年に対して拳を振るわないチンピラも珍しい。チンピラは弱者への暴力を好むものだ。

私は開け放たれたままのドアを指差した。

「きみは外に出て、二人組が暴れているのを黙って見ていたのか」

「そうするしかないじゃない。オレがあいつらに勝てるわけないしさ。それに突然だったから、スマホも中に置いたまま出ちゃった。撮影してやればよかったよ」

「おれに連絡を入れたのは、あいつらが帰ったあとか」

「そう、慌てて電話した」

「警察には？」

「だからしたでしょ、村瀬さんに」

なるほど、青年にしてみれば正論だ。彼は私が休暇中の刑事だと思っている。元がつくことをまだ教えていなかった。

「いいだろう。きみは黙って外にいた。その間、二人組も無言だったのか」

「楽しそうに笑ってたよ。暴れ回りながら」

「やつらと何も話さなかったんだな」

「なんにも。誰だって訊いたけど、あいつら答えなかった。どけ、邪魔だ、大人しくしてろってさ」

「やつらの口から、おれやきみの名前は出たか」

「ううん、まったく」

判断が難しかった。青年が事実を語っているのかどうか、まだ見極められない。

ほんの数時間前、見知らぬ青年が家にやって来たかと思えば、次は見知らぬ二人組の襲撃か――。

私は青年に近寄り、右手を差し出した。

「携帯電話を貸せ」

「え、どうして？」

「いいから渡すんだ。ロックを外して」

私に引く様子がないとわかったのか、彼は唇を尖らせながら携帯電話を手渡した。

通話履歴を画面に呼び出す。私の番号の下に柳のものがあった。

「柳にも電話したのか」

「したよ、出なかったけど」

確かに通話時間は表示されていなかった。柳は応答しなかったのだ。

「柳に何を話すつもりだった？」

「あのチンピラのことに決まってるでしょ」

私は黙ったまま青年に視線をぶつけた。

彼の瞳が揺れ動くことはなかった。

嘘はないようだ――私はようやく判断した。

「すまなかった」と、私は素直に謝った。

「別にいいけど」

彼に携帯電話を返し、ベッドの端に腰かけた。改めて警察に被害を申し出るべきか迷うところだった。

頭にあるのは柳の一文である。彼の世話を頼む――どんな事情があるにせよ、私はそこに柳の意思を感じずにはいられなかった。青年のことを公にしないでくれ、と。それが正しいとすれば、通報は厄介な事態を招きかねない。

ペットボトルを握り潰した。青年を押しつけられたことよりも、とにかく今は、柳と連絡がとれない状況が腹立たしかった。

「ねえ、家の中どうするの？」と、青年が訊いた。

「片付けると言ったら手伝ってくれるのか」

「それはまあ、オレは泊めてもらう立場だし」

可愛《かわい》げのある返答だった。私は思わず笑みを零した。

「さて、どうするかな」

「でも、片付ける前に何か食べさせてよ。腹が減ってさ」

そのために先程、スーパーへ車を走らせたのだった。しかし、結局は何も買わずに帰宅した。冷蔵庫には卵と野菜が少し残っているだけである。あとはインスタント麺くらいか。

「インスタント麺ならある」

「それはいいや。一人暮らしでもう食べ飽きた」

青年は大きく伸びをすると、足もとから四角い箱を拾い上げた。柳が彼に持たせたという手土産の京菓子だった。

「こっちの方がましだな。村瀬さん、これ食べていい？」

「ああ、構わない。おれはあまり甘いものが好きじゃない」

「だったら、柳さんはどうして京菓子なんて渡したんだろ」

「さあな」

私は気のない返事をしつつ、キッチンへと目をやった。ナインがしきりに鼻を動かしている。異臭を嗅ぎ分けているのだ。もちろん、チンピラ二人組の臭いである。犬の嗅覚が優れているのは周知の事実だが、中でも酢酸の臭いに強いと言われているそうだ。つまりは人間の汗の臭いだ。

私はナインの傍《そば》へ行き、頭を撫でてやった。

「さすがだな。この臭いを覚えておいてくれよ」

ナインが「わかった」と応じるように、ごろごろと喉を鳴らした。

7

食事は宅配ピザで済ませた。やって来た配達員は家の中を見るなり目を丸くしていたが、私は「大掃除の最中なんだ」と答えておいた。そして、こんな場所までの配達の礼にと、代金に色をつけて支払った。

片付けを始めると、意外にも秋山青年はきちんと手伝った。ぶつぶつ文句を垂れるかと思っていたが、私の指示通りに動いてくれた。変わらず飄々《ひょうひょう》としているが、根は真面目な性格なのかもしれない。

床に散った本の隙間に一枚の写真が落ちていた。何気なく拾い上げると、そこには一人の女性が写っていた。ショートヘアで活発そうな笑みを浮かべている。

すぐには誰か思い出せなかった。それくらいもう過去になってしまった昔の彼女であった。彼女と交際していたのは五年ほど前で、私がまだ現職の頃だった。刑事という立場上、プライベートでも写真はできるだけ避けていたのだが、それでも何枚かは一緒に撮った。万が一のことを考慮して、携帯電話には画像を残さなかったし、紙の写真にしても別れた時点ですべて捨てたはずだが、こんなところにまだ紛れ込んでいたらしい。私は特に感情を動かすでもなく、ただ懐かしいなと思いながらページの間に写真を戻した。

結局、片付けを終えた時にはもう陽《ひ》が沈んでいた。山小屋での一人暮らしとはいえ、それなりに物はあるようだ。青年は「オレん家よりも多いな」と零していた。

体を動かしたせいか、青年はまた腹が減ったと言い出した。これが若者の食欲というものか。私は少し羨ましく感じながら、「ちゃんとしたラーメンでも食うか」と誘った。どうせ、スーパーに買い出しに行かねばならない。そのついでだった。

今度は施錠を忘れなかった。先のチンピラがすぐに戻ってくるとは思えなかったが、用心しておいて損はない。

「ナインも一緒に行くわけ？」

車に乗り込むと、青年が後部座席から不思議そうに言った。

「ああ、こいつは車が好きなんだ」

「へえ、面白いな」

ナインは定位置である助手席に座り、息を弾ませている。こうして立て続けに車を走らせる日は滅多《めった》にない。街での用事は一度で済ませるのが常だった。

エンジンを始動させた時、ふと気付いたことがあった。まず最初に青年に訊ねておくべき点だった。今になって思い出すとは、私もそれなりに動転していたらしい。

「連中は車で来たのか？」

「それはそうでしょ。山の中なんだし」

「車種やナンバーを覚えているか」

「濃い緑色だったけど、車の名前まではわからないな。オレ、あんまり興味がないし。でも、王冠みたいなマークがあった」

「クラウンか……ナンバーはどうだ」

「読めなかった。っていうか、カバーみたいなものがしてあって、数字が隠してあったよ」

チンピラのくせに注意深い。いや、彼らを使った別の人物の指示か。あの雑な荒し方を見る限り、二人組にそんな警戒心があるとは思えなかった。

「で、村瀬さんはどうなのさ」

「どう、とは？」

「あのチンピラに心当たりはないの？　刑事なんでしょ、昔に捕まえた犯人が恨みを晴らしに来たとか」

「だとすれば、おれ自身を痛めつける」

「それはそうか」

青年はすんなり引き下がった。しかし、私はしばらく考えていた。青年が言ったように、私自身への報復という可能性はあるかどうか……。

答えはノーだった。当然、現職の時は多くの犯罪者を逮捕に持ち込んだ。それゆえ、彼らから一方的な恨みを買っている場合もあるだろう。だが、私は強行犯係の刑事だった。ヤクザが専門の組織犯罪対策係ではない。

もちろん、捜査の過程でヤクザ連中とぶつかることもあったし、実際に追い回したこともある。見知っている筋者も一人や二人ではない。しかし、手帳を置いて二年も経っているのだ。あの二人組がヤクザかどうかは別にしても、今になって報復とはあまりに呑気過ぎる。

対向車のライトが車内を照らした。両車線ともに交通量が増えていた。午後七時を回り、ちょうど帰宅時間帯に入っていた。

ルームミラー越しに青年と目が合った。彼は脱いだキャップを指にひっかけ、くるくると回しながら言った。

「ねえ、村瀬さん、結婚は?」

「はあ？　いきなりだな。見ればわかるだろう、独身だ」

「そうじゃなくて、経験はあるのかって訊いてんの。離婚して山の中に引っ込んだわけ？」

片付けの最中、私が偶然見つけた写真を彼も目にしており、別れた妻の写真をそっと残しているとでも勘違いしたのだろうか。

私は鼻で笑った。彼女とは結婚の話が出る前に別れがやってきた。付き合っていたのは一年半ほどであったが、その間、彼女は刑事の生活に慣れることはなかったし、私も変えようとはしなかった。簡単に言ってしまえば、たった五年前がもう完全に過去になってしまう程度の関係性だったのだ。

「偏見だな。傷心して山小屋で暮らしているとでも思っているのか。違うよ。おれには結婚の経験はないし、離婚もしていない。今の家に移ったのは単なる引っ越しだ。もとは父親の持ち物だった」

「ふうん。村瀬さんのお父さんは山が好きだったの？」

「ああ、三年前に亡くなったがな。休みになると、いつもあそこで過ごしていた。うちは父子家庭で、おれは一人息子だ。そのせいか知らないが、おれも子供の頃によく連れていかれたよ。でも、退屈で仕方なかった。だから、父親も次第に誘わなくなった。もともと父親とはあまり合わなかったんだ。趣味も性格も」

「じゃあ、あそこに住んでるのはお父さんへの供養とか」

「供養？」

「だって、お父さんは山が好きだったんでしょ。亡くなったお父さんのために、今は村瀬さんがあの家で生活してるんじゃないの？」

ルームミラーに映る青年を見つめた。若いくせになかなか古風なことを口にする。感情が薄いのかと思っていたが、むしろ感傷的なのが本質か。

警察を辞めて二年。刑事として人を見抜く目を持っている自負はあったが、相当鈍《なま》ってしまったらしい。呑気なのはあの二人組ではなく、私自身なのかもしれなかった。

「供養という考えはなかった。でも、結果的にはそうなのかもしれない」

父親は長年、工場に勤務していた。人と関わるのが苦手で、黙々と作業をこなす方が性に合っていたのか、定年まで勤め上げた。

そうして一人息子の私を育ててくれたのだから、立派な父親であったと感謝している。だが家でも無口で、私からすると、ひどくつまらない人物に映っていたのは事実だ。多分、母親も同じ思いだったはずだ。だから離婚を選択した。私がまだ幼かった頃である。父親が声を出して大笑いしていた記憶もない。満足そうに笑みを見せたのは、私が警察の道を選んだ時だけだった。

「お父さん、天国で喜んでるかもよ」

「え？」

あまりにピュアな言葉に、私は思わず後部座席を振り返っていた。青年はきょとんとした顔で「なに？」と訊き返す。冗談や揶揄《やゆ》ではなく、本心らしかった。

「きみの方はどうなんだ、父親との関係は」

「普通だよ。良くもなければ悪くもない。会えば話すし、会わなかったらそれはそれでって感じ」

青年はあっさり答え、前髪をかき上げながらキャップをかぶった。

「きみの父親の趣味は？」

「……さあ」

「さあって、京都に来るまでは同居していたんだろう」

「ずっと店が忙しかったみたいだし、趣味なんてないんじゃない」

他人事《ひとごと》のような口調だった。私はまた今朝と同じ違和感を覚えた。あれは確か、彼が「親に従っただけ」と口にした時だった。彼は自分の両親について、あまり話したくないのだろうか。親子の間に溝があるのか、妙な距離を感じずにはいられなかった。

「ねえ、ラーメン屋はまだ？」

「もうすぐだ」

車は山を下り、白川通に入っていた。スーパーを越えてしばらく行ったところに、

〈宝来軒《ほうらいけん》〉という馴染みのラーメン屋がある。カウンターだけの小さな店だが、味は抜群だった。外観は普通の民家で、住宅街の中に溶け込んでいる。そのため派手な看板はなく、控えめな暖簾《のれん》が出ているだけだ。

駐車スペースは二台分しかないが、今日はどちらも空いていた。

「ナイン、少しだけ待っていてくれ」

エンジンを切ると、ナインが寂しそうな表情を見せた。いつものことだが、やはりまだ慣れない。つぶらな丸い瞳で見られると、どうしても罪悪感を覚えてしまう。

「こんな顔をされたんじゃ、ゆっくり食べてられないね」と、青年が笑みを浮かべた。

店に入ると、明るい声に出迎えられた。

「いらっしゃい。おう、村瀬さんか」

頭の禿《は》げあがった初老の大将である。小柄なわりにでっぷりと腹が出ており、だるまそっくりだった。

「どうも、大将」

軽く挨拶し、手前のカウンター席に着いた。客は他に一人いるだけだった。

「へえ、珍しいな。いつも一人やのに」と、大将が秋山青年に目をやった。「村瀬さんの親戚？」

返答に困ったが、変な詮索を避けるためにも、私は「ええ、まあ」と頷《うなず》いた。

その微妙な反応を感じとったのだろう、大将は青年について深く訊ねてこなかった。引きどころをわかっている。そこも、私が〈宝来軒〉を気に入っている理由だった。

「大将、いつものを二つ」

「はいよ」

大将は大きく手を打つと、麺を寸胴に放り込んだ。

「――ごちそうさま」

カウンターの奥にいたもう一人の客が席を立った。私は視界の隅で人相を確認した。刑事を辞めてからも未だに抜けない癖の一つだった。

若い男であった。二十代前半、秋山青年よりはいくらか上に見える。ジーンズに黒いブルゾンというシンプルな格好をしているが、不必要に光るシルバーのネックレスが気にかかった。

「つりはいいよ」

男は千円札をカウンターに置き、一瞬こちらへ視線を流した。

見覚えのある男だった。茶色に染めた髪の両サイドを短く刈り込んでいる。はっきりとした二重まぶたで甘い顔立ちをしているが、やけに目尻が鋭い。どことなく危ない臭いのする男だった。

「今の男、知っているか」

男が店を出るのを待って、私は小声で秋山青年に訊いた。

「知らないよ」

「まさかとは思うが、例の二人組の片割れじゃないな？」

「違うよ。さっきの人、ジーンズだったでしょ。体も細身だったし」

見るべきところを見ている。私は大将にも同じ質問を重ねた。

「あの客は常連？」

「いいや、初めてやな。車で来たみたいやで。ビールも飲まへんかったし」

はっとした。店の駐車スペースではなく、向かいの古びたコインパーキングに一台の車が窮屈そうに止まっていた。車高の高い濃紺のBMW。確か、SUVのXシリーズといったか。寂れたコインパーキングには不釣り合いな高級車だった。

「先に食べていろ」

私は青年に言い置くと、店を出て足早に男を追った。男はパーキングの入口で料金を精算しているところだった。

と、BMWの後部ドアがおもむろに開いた。

「村瀬さん、ご無沙汰しています」

車の色と同じ濃紺のスーツ姿の男が頭を下げていた。首もとには光沢のあるネクタイを締めている。ベージュ色の独特のチェック柄はバーバリーのものだろう。

かつて、ある事件を通して対峙《たいじ》することになったヤクザの一人だった。

——阿佐井峻《あさいしゅん》。

8

「二年ぶり、ですか」

阿佐井は頬に笑みを湛《たた》え、じっと私を見つめていた。

「店に入る前に気付くべきだった」

私は挑むように睨《にら》み返した。頼りない街灯が阿佐井を青白く照らしている。もともと色の白い男であったが、光のせいで余計に不気味に映る。冷たい笑みだった。線で描いたような細い目には、温度というものが感じられない。私の記憶に刻まれている表情そのままだった。

「変わっていないようだな」

「たった二年くらいで人は変わりませんよ」

「何の用だ」

「山小屋での生活はいかがですか。引っ越されたと聞きましたが」

「おまえは塀の中に引っ越さないのか」

「まさか。私は普通の勤め人ですよ」

阿佐井がネクタイを軽く指で払った。楽しんでいる時に見せるこの男の癖だった。

阿佐井は実業家だと自称していたが、実際は、京都市北部を縄張りにする〈北天会《ほくてんかい》〉のナンバー2に座る男だった。まだ四十前という年齢ながら頭角を現し、五年ほど前から名前を耳にするようになった。〈北天会〉は小さな組織であったが、阿佐井の名が知れ渡るとともに勢力を拡大している——それが当時の左京署の共通認識だった。

「そいつはおまえの運転手か。どこかで見たと思っていた」

料金の精算を終えた茶髪の男が阿佐井の背後に控えていた。

「はい、松岡慎介《まつおかしんすけ》といいます」

阿佐井が答えると、松岡はその場で丁寧に腰を折った。

「おれを尾《つ》けてきたのか」

「松岡は、あなたよりも先に店に入っていましたよ」

「待ち伏せか」

「いいえ、偶然でしょう」

そんなはずがなかった。いや、ここで顔を合わせたのは偶然かもしれないが、阿佐井は間違いなく、今日どこかで私の前に姿を現すつもりだったのだ。

阿佐井は私の行動範囲を調べ上げている。刑事でなくなった今現在もなお――。

その理由はわからない。だが、恐ろしいとは感じなかった。阿佐井ならば、それくらいのことはする。なぜなら、この男の武器は情報だった。腕力ではなく、頭で地位を築いてきた男なのだ。

「何の用だ」

私は奥歯を嚙み締めながら、もう一度言った。

「どうですか、車の中で話しませんか」

阿佐井の言葉に松岡がすぐさま動き、後部座席のドアを開けた。

「ヤクザの車になど乗るつもりはない」

「どこにヤクザがいるのです?」

阿佐井はさらりと受け流す。視線にはまるで怒りの色がない。

「言いたいことがあるなら早くしろ。おまえのことだ、おれに連れがいるのは知っているだろう」

「秋山亮とかいう若者ですか」

一瞬、声が詰まった。二人で店に入るところを見られたとしても、まさか青年の名前まで知られているとは思いもしなかった。

途端に緊張が走る。阿佐井に悟られないよう堪《こら》えたつもりであったが、失敗に終わったらしい。阿佐井がまたネクタイをいじっていた。

「おまえの目的はおれじゃなく、あの青年か」

「いいえ、それは違います」

阿佐井がゆっくりと首を横に振った。私は足を踏み出し、距離を詰めた。阿佐井の反応を見たかったのだが、顔色を変えたのは背後にいる松岡の方だった。

しばらく沈黙が続いた。私は切り出すべきかどうか迷っていた。いずれは確認しなければならないとわかっていたが、これほど早く阿佐井と対面するとは考えていなかった。

「今日の昼、おれの家が襲われた」

私は告げた。歩み寄っておきながら、ここで引き下がるわけにもいかなかった。

「……ほう」と、阿佐井の眉が微かに動いた。

「おまえの仕業か？　おまえがチンピラに命じたのか」

「チンピラ？」

「図体のでかい二人組だ。坊主頭と金髪の」

阿佐井が松岡に視線を流した。松岡はすぐに「いいえ」と答えた。〈北天会〉にそんな者はいないと言っているのだ。

「だそうですよ、村瀬さん」

「外部のやつにやらせたか。足がつかないように」

「まさか。私なら松岡を使います」

松岡が嬉しそうに頷く。二人の関係性がどの程度のものか、私は把握していない。

だが、単に運転手というだけの存在ではないようだった。

「その松岡がさらに下っ端を使った可能性もある」

「だとすれば、必ず私の耳に入ります」

阿佐井の声に熱があった。癪《しゃく》であったが、阿佐井ははぐらかしているわけでも、嘘をついているわけでもないらしい。

「いいだろう。質問を変えよう」と、私はあごで〈宝来軒〉を示した。「なぜ秋山青年の名前を知っている？」

「それはもちろん調べたからです」

「どうして調べる必要があった？　彼は大学生だ。おまえの敵になるとは思えない」

「敵ではありません。味方でもありませんが」

「おまえにとって有益な情報でも握っているのか」

「いいえ、まったく。彼はどこにでもいる普通の青年に過ぎません。私には関係のない人物です」

「ならば、なぜ彼を――」

言いかけて気付いた。阿佐井が調べたのは青年のことではない。別の人物を追っている過程で、秋山亮という名前が出てきたのだ。

では、別の人物とは誰のことか。

柳だ——それ以外にあり得ない。秋山青年を私のところへ連れてきたのは柳自身なのだから。

「柳さんも辞職したそうですね」

思わず阿佐井の胸倉をつかみそうになった。余裕すら感じさせる阿佐井の口ぶりが癇《かん》に障る。しかし、さすがにヤクザの情報網としか言いようがなかった。私でさえ今日の昼に知ったばかりなのだ。

「おまえの目的は柳か」

「そういうことになるでしょうか」

煮え切らない答えだったが、その曖昧《あいまい》さがかえって気味悪い。裏がありそうな臭いがする。私は拳を握り締め、警戒を露《あら》わにした。

「なぜ柳を追う？」

「その説明は難しいですね」

「どういう意味だ。話したくないという意味か」

「ええ、今はまだ」

おそらく阿佐井は、柳に関して既に私よりも情報を持っている。それだけに、どうにも気が逸《はや》った。投げつけたい疑問がいくつも頭を過ぎっていく。このままでは、余計なことまで口を衝《つ》いて出てしまいそうだった。

「どうしておれの前に現れた？　おれが柳と一緒にいると思ったのか」

「それは否定しません。村瀬さんを追えば、柳さんに行き当たる可能性が高い」

「行き当たる？」

なるほど……阿佐井も私と同じなのか。柳と連絡をとりたいが、できない状況にあるのだ。

「柳の居場所か」

「──ええ」

「あいつは昨晩、おれの家に来た」

「昨晩ですか」

阿佐井の声が微かに揺れた。どうやら、その件は把握していなかったらしい。しかし、だからといって私が優位に立ったとは思えなかった。

「柳と秋山青年はどういう関係だ」

「柳さんは話さなかったのですか」

「ああ、何も」

実際には、青年について訊ねる機会がなかったというのが正しい。青年は今朝、柳の車から降ろされ、一人で山道を上がってきた。

「柳さんは、ちょっとしたトラブルの渦中にあります」と、阿佐井が淡々と告げた。

「それくらいはわかる。そして、そこに青年が絡んでいることも。だが、柳がどんなトラブルに巻き込まれているのか、おれは何も知らない。おまえの方が情報をつかんでいるのは明らかだ」

「私の情報を渡せと」

「そのつもりだったが、気が変わった。まずは柳本人から問い質《ただ》す。それが筋だ」

「ええ、私も同意見です」

「だが、一つだけ訊いておきたい。柳は——おまえの敵か？」

「現時点では違います。ですが、今後はまだわかりません」

「敵になるかもしれないし、味方になるかもしれない。秋山青年とは違って」

「いいえ、味方にはならないでしょう。元がつくとはいえ、柳さんは警察側の人間ですから」

「おまえのようなヤクザとは手を組まないと」

「そうは言っていません」

阿佐井はネクタイを指で弾《はじ》き、冷えた目をこちらに向けた。阿佐井にしては失言だったのかもしれない。

「事情はどうあれ、おれは柳の味方だ。柳が敵になるというのなら、おれもおまえの敵になる。互いに手帳の権力を失ってしまったがな」

「逆に考えれば、それが怖くもありますね。手帳がない分、自由になりました」

ある意味では阿佐井の言う通りだった。警察という強固な組織から解放され、厳守すべき規律も体裁もなくなった。私も柳も普通の市民になったのだ。だがそれは、簡単に一線を越えられる立場になったとも言える。柳が置かれている状況について、私が心配している点はまさにそこだった。

「そろそろ失礼しましょう。お時間をとらせました」

阿佐井は頭を下げると、後部座席から紙袋を取り出した。

「どうぞ、ほんのお礼です」

「何に対する礼だ」

「受け取ってください。最近、私が気に入っている菓子折りですから」

「菓子折り？」

はっとした。不覚にも、私は阿佐井の前でうろたえてしまった。

差し出された紙袋は私の家にもあった。柳が秋山青年に渡した手土産——あの京菓子屋の紙袋だった。

9

〈水仙堂《すいせんどう》〉。

百五十年の歴史を持つ京菓子の老舗《しにせ》だった。創業は明治初期で、もともとは煎餅屋から始まったそうである。本店は京都市北区の白梅町《はくばいちょう》にあり、他に嵯峨野《さがの》に店を構えている。京都において、その名を知らない者はいないだろう。

私は二つの紙袋をテーブルに並べ、昨晩のことを考えていた。

老舗京菓子屋と柳。そして、阿佐井――。

柳は一体どんなトラブルを抱えているのだ？　阿佐井はなぜ柳を追っているのだ？

頭にあるのはそればかりだった。

昨晩〈宝来軒〉を去って以降、秋山青年からいくつか質問を受けた。店にいた男は誰なのか、彼を追いかけてまで何を話したのか。もう一人別の男がいたが、あれは誰なのか……。

青年は少しの間〈宝来軒〉の表へ出て、こっそり様子を覗いていたらしい。私はまったく気付かなかった。意識はすべて阿佐井に向かっていた。

私は気のない返事を繰り返し、青年が諦めるまで待った。だが、〈水仙堂〉に関してだけは別だった。柳が何か言っていなかったか、逆にしつこく訊ね返した。

「なんにも聞いてないって。〈水仙堂〉って名前も初めて知ったくらいなんだから」

青年はそう話すだけだった。

しかし、一つだけ確信めいたものがあった。

〈水仙堂〉に何かがある——昨日の手土産で、柳はそれを伝えたかったに違いない。

「何も訊かず、秋山青年を預かってくれ。理由は〈水仙堂〉にある」と。意に染まないが、阿佐井からの菓子折りがなによりの裏づけでもあった。

私はすっかり冷えてしまったコーヒーを飲み干した。すると、玄関先から青年の声が届いた。ナインを連れて朝の散歩に出ていたのだ。

「本当に賢いな、ナインは。呼んだら駆け寄ってくる。もうオレのことを覚えたみたいだ」

ナインが青年の足もとで尻尾を振っている。彼を気に入ったらしい。

「朝食はどうする？ 今から買いに行くが」

昨晩もまたスーパーに寄らずに帰宅した。阿佐井と会ったせいで、悠長に買い物をする気分になれなかったのだ。

「別にいらないよ。朝はいつも食べないし」

「わかった。遅くなるが、昼過ぎには戻る。念のために施錠を忘れるな」

私は車のキーを取り、青年と入れ替わるように外へ出た。彼は一緒に行くとは言い出さなかった。

運転席のドアを開けると、ナインがすぐに飛び乗った。散歩から帰ったばかりというのに、まだ体力が有り余っているらしい。

時刻は午前十時になろうとしていた。私はエンジンを温めながら、柳に電話を入れた。しかし、やはり呼び出し音が鳴り続けるだけだった。さすがに不安が頭をかすめる。柳ならば滅多なことはないと思うが、それでも安否だけは知っておきたい。

苦々しく電話を切り、アクセルを踏み込んだ。これから山を下り、まずは〈水仙堂〉に行ってみるつもりだった。

通勤時間帯はもう過ぎており、交通量は少ない。スムーズに五分ほど車を走らせていると着信が入った。柳からかと慌てて携帯電話を確認した。

違った。だが、意外な人物からの電話だった。私はスピーカーに切り替え、通話ボタンを押した。

「――三島か」

「村瀬さん、お早うございます。今、大丈夫ですか」

「ああ、もちろんだ」

三島とは昨日、久しぶりに連絡をとった。柳の辞職について訊ね、秋山亮という名前をほのめかして電話を切ったが、これほど早く連絡が返ってくるとは思ってもみなかった。

ということは――。

「何かわかったのか」

「いえ、そういうわけでは……」

三島は小声だった。普通に話せる場所にいないのだ。

「署内にいるのか」

「いいえ、現場です」

「現場？」

一瞬にして体温が上がった。先程過ぎった不安が蘇《よみがえ》る。

「まさか……柳に何かあったのか」

「は、柳さん？　違いますよ。村瀬さんが言っていた秋山亮って人物です」

ほっと安堵《あんど》した。と同時に別の緊張感に襲われる。

「彼について調べてくれたのか」

「あの、そうじゃなくて……今朝、秋山亮の死体が見つかったんです」

「――え⁉」

思わず急ブレーキを踏んでいた。タイヤが横に滑り、中央線をはみ出しそうになった。対向車がなかったことが幸いだった。

「三島、何を言っているんだ。驚かせるな」

「驚いたのは僕の方ですよ。昨日村瀬さんから聞いた名前の男が、今日死体で見つかるなんて」

「同姓同名の別人だろう。それほど珍しい名前じゃない」

「そうかもしれません。でも、偶然にしてはちょっと奇妙でしょう」

奇妙と言われようが、秋山亮は今私の家にいるのだ。死体で発見されるはずがない。

「現場はどこだ」

「宝《たから》が池《いけ》公園です。雑木林の中で若い男が倒れていると通報があったんです。散歩をしていた近所の老人から」

「事件性は？」

「残念ながら他殺です――詳しいことはこれからですが、外傷が激しく、上半身をかなり殴られていて痣《あざ》が目立ちます。鈍器といった類は現場から出ていませんが」

「被害者の身元は他にわかっているのか」

「現時点で判明しているのは年齢と現住所です。二〇〇二年生まれの二十歳で、西京区の嵐山で一人暮らしをしています」

「……何だって？」

二十歳……嵐山……？

聞き間違いだろうか。それでは秋山青年と同じではないか。彼は大学二年で、嵐山で一人暮らしをしていると言っていた。

「村瀬さん、どうしました？」

三島の声が遠くに聞こえる。

「嵐山に住む二十歳の秋山亮……」

「はい。所持品の財布に歯医者の診察券が入っていまして、確認したところ、それだけはわかりました」

一体どういうことだ。別人ではないのか。名前だけならまだしも、年齢も住所も同じなど――。

じわじわと額に汗が滲み始める。偶然か？　これは本当に偶然なのか？

急に視界がぼやけ出した。その奥に浮かんでくるのは柳と阿佐井の顔だった。私は車を路肩に寄せ、サイドブレーキを引いた。運転どころではなかった。

「……財布の中に学生証はあったか？」

「いいえ、ありませんでした」

ナインが心配そうに見つめている。急に車を止めたせいだろう。私はナインの首筋を撫でながら呼吸を落ち着かせた。

「村瀬さんが言っていた秋山亮は学生なんですか」

「ああ、そうだ」

「もっと詳しく教えてくれませんか。別人なら別人で構いませんし」

私はそこでようやく気付いた。三島からすると、この電話は捜査の一環なのだ。本来なら、外部に事件情報を漏らすなどあり得ない。たとえ相手が元刑事であったとしても。

「いや……もういい」

「もういいって、そんな」

「事件に進展があれば、また連絡をくれないか。色々とすまなかった」

「待ってくださいよ、村瀬さん——」

電話を切った。三島には悪いが、どうしても話を続ける気になれなかった。

「行先の変更だ。戻るぞ、ナイン」

私はサイドブレーキを外し、車をUターンさせた。そして、アクセルをぐっと踏み込んだ。

フロントガラスにはまだ柳と阿佐井の顔が映っていた。

10

「あれ？　早かったね。遅くなるんじゃなかったの」

秋山青年はソファーで横になっていた。当たり前だが、きちんと呼吸し生存していた。

「――きみは誰だ」

私は玄関先に立ったまま、単刀直入に訊ねた。

「はあ？」

「きみは誰だと訊いている」

「村瀬さん、いきなりどうしちゃったの？」

「正直に答えろ」

「答えろって、昨日から言ってるじゃない。オレは――」

「秋山亮が殺された。年齢は二十歳。きみと同じく嵐山に住んでいる男だ」

「――え？」

青年は目を見開き、ゆっくりとソファーから起き上がった。そして、呆然《ぼうぜん》とした顔で唇を震わせた。

彼は何か知っている――私の勢いに押されたわけでも、殺されたという言葉に反応したわけでもない。もっと別の衝動からくる表情だった。

「……嘘でしょ」

「嘘じゃない。後輩の刑事から電話があった。今朝、宝が池公園の雑木林で発見されたそうだ」

青年は黙ったまま、じっと私に視線を向けていた。その瞳が小刻みに揺れている。

「きみと同じ名前なのは偶然か？　年齢も住所も同じなのは偶然か？」

一瞬、青年が目を逸らし、携帯電話へ手を伸ばそうとした。しかし思い留まったのか、すぐにその手を引っ込めた。誰かに連絡をとろうとしたのは明らかだった。もちろん柳に違いなかった。

「柳に電話しろ。きみをここに連れてきたのはあいつだ。どうなっているのか訊けばいい」

「柳さんも知ってるわけ？　その……秋山亮が……殺されたってこと」

「言い訳はしないのか」

「ん？」

「しらを切り通さないのか。オレとは関係ない別人だと。全部偶然だと」

青年は頬を歪め、大きく舌を打った。いまさら誤魔化しても無駄だとわかっているのだろう。既にそれだけの動揺を見せてしまっている。青年は自身の失敗をぶつけるように私を睨みつけた。若者らしく単純だが、素直な態度だった。

「……ずるいな、村瀬さん。不意打ちするなんてさ。完全に気を抜いてたよ。しばらく戻ってこないと思ってたから」

青年は大袈裟に両手を広げ、天井を見上げた。

「参ったな、二日でばれるなんて」

「二日？」

「四日間の約束だったんだ。四日間、村瀬さんと一緒に過ごせって言われてた」

「秋山亮としてか」

「うん、上手くやれる自信あったのになあ」

青年はもうすっかり観念したようだった。緊張が解けた反動だろうか、やけに饒舌《じょうぜつ》で、口調も明るくなったような気がする。

「きみの名前は？」

「藤崎優斗《ふじさきゆうと》」と、青年は名乗った。「京都の大学に通ってる」

「大学生というのは本当だったんだな」

「まあね。一人暮らしも本当だけど、嵐山じゃなくて下京《しもぎょう》区の方」

「柳とは知り合いだったのか」

「いいや。話した通り、会ったのは昨日が初めて。柳って人が車で迎えに行くから乗れって」

「そう指示したのはきみの両親か」

「違うよ。あれはオレが作った嘘。晋太郎と由梨絵ってのは同級生の名前。東京で店をやってるってのも嘘だよ」

青年が両親について語る時、妙に他人行儀に感じたのはそれが原因だったのか。偽の親ならば、違和感や距離感があって当然だ。

「オレの親は京都にいるよ。もちろん、柳さんとは何のつながりもない。どこにでもいる平凡な親って言ったけど、それは本当」

腹が立つというよりも、私はむしろ感心していた。二日で偽者と見抜かれたとはいえ、よくもあれだけ嘘を重ねられたものだ。三島からの電話がなければ、私はまだ正体に気付いていなかったはずだ。彼を秋山亮として今も接していただろう。

「では、改めて訊こう。秋山亮を演じるよう指示したのは誰だ」

「ああ、それは柳さんだね」

「ん？　あいつとは昨日会ったばかりじゃないのか」

「そう。仲介って言えばいいのかな、オレに仕事を回してくれた人が別にいるんだ。その人からは、泊まりの体力仕事だって聞かされてた。給料もいいし、食事も寝床も保証するってさ……びっくりしたな。聞いてた話と全然違うんだもん。柳さんと会うなり、『お前はこれから四日間、秋山亮として過ごせ』だって。村瀬さんの家に向かうってことも、車の中で聞かされたんだ」

「そんなわけのわからない条件でよく引き受けたな。怖いと思わなかったのか」

「思ったよ。でも、なんか面白そうだしさ。それにギャランティが破格だったからね。前金で十万。村瀬さんと四日間を過ごし終わったら残り十万」

合計二十万。学生からすれば大金だ。だが、そこには大きな危険手当が含まれていたというわけか。

「金額が金額だからさ、それなりに危ないってのはわかってたよ。柳さんからも、殴られるくらいの覚悟はしておけって言われたし」

「痛みよりも金か」

「まあね……いやあ、二人組のチンピラが現れた時はこれかって思ったよ。ここに来ていきなりだったから、ちょっと面食らった。けれど――」

「秋山亮が殺されるとは聞かされていなかったか」

「うん……そこまでとは思ってなかった」

「下手《へた》をすれば、きみが殺されていたかもしれない。替え玉だったんだからな」

「そうだね……」

藤崎青年は大きく息を吐き、首を落とした。さすがに気楽に構えている場合ではないと感じているらしい。

「秋山亮について、柳はどう話した？」

「教えられたのは、名前と年齢と住所だけ。何をしてる人で、どんな性格かも知らない。顔だって見てないくらいだから」

「おれを騙《だま》すにはそれで十分だと」

「そうなんじゃないの。村瀬さんに何か訊かれたら、適当に話をでっち上げろってさ。こう言えとか、あれは言うなとか細かい注文はなかった」

たった四日間では偽者だと気付かれない——柳はそう踏んだのだろうか。舐められたものだが、実際、柳の思惑通りになっていたのだから、なんとも言いようがなかった。

しかし、どうも腑《ふ》に落ちなかった。たとえ四日間だとしても、替え玉を演じさせるにしては杜撰《ずさん》過ぎないか。藤崎青年は昨日、車中で秋山亮という名前を聞かされたらしい。どう考えても準備が足りない。もっと入念なすり合わせが必要なはずだ。これでは単なるその場しのぎにしか見えない。

「ちぇっ、こんなに危険だってわかってたら引き受けなかったよ。二十万じゃわりに合わないな」

青年は頭のうしろで腕を組み、ソファーに寝転がった。

「偽者とばれたのに残金はもらえるのか」

「もらわなきゃ損でしょ。交渉するさ。手がないわけじゃないし」

「手？」

「それは言わない。オレの切り札だから」

青年はほくそ笑んでいたが、私には想像がついていた。これまでの彼の話の中で切り札になりそうなものは、仲介者の素性くらいしかなかった。

「仲介者の名は明かさない――それも条件の一つか」

青年の体がぴくりと跳ねた。わかりやすい反応だった。

「……さすが刑事さんだね。でも、これだけは絶対に教えないから」

青年は不貞腐《ふてくさ》れたように言うと、目と口を閉じた。もう喋《しゃべ》らないという意思表示のようだった。

私はキッチンへ移動し、冷蔵庫からペットボトルの水を取り出した。正直なところ、頭を抱えたい気分だった。藤崎青年の正体が判明したとはいえ、余計に疑問が増えただけであった。柳の行動も意図も、まだ何もわかっていないのだ。

柳よ、おまえは何をしているんだ？　いい加減、連絡くらいよこせ。

私は胸のうちで毒づき、ペットボトルを一気に傾けた。

と、それまで玄関で大人しくしていたナインが起き上がり、鼻をひくつかせた。誰か来たのだ。

昨日のチンピラか……？

間もなく、重いエンジン音が聞こえた。それを耳にして来訪者が誰かわかった。

二人組のチンピラではない。昨晩に会ったばかりの男――阿佐井だった。

11

玄関先に濃紺のＢＭＷが止まり、運転席から松岡が降りてきた。松岡は昨晩と同じように、その場で深く頭を下げた。

「今日は待ち伏せしないのか」

「村瀬さんをお迎えに来ました」

「お迎え？　そんな約束などしていない」

「阿佐井さんから話があるそうです」

後部座席に目をやった。だが、阿佐井の姿はない。

「おまえだけか」

「ええ。村瀬さんをお連れするよう言われました」

松岡が真っ直《す》ぐな視線を送っている。その目に敵意はない。命じられたことを従順に守ろうとする意思があるだけだった。

「何の用だ」

「わかりません。自分は何も聞かされていないんで」

「何も知らされずに、おれを連れてこいと」

「はい──失礼のないように」

「断る」

松岡の顔が険しく尖った。しかし、すぐに怒りの色は消えた。感情を抑える術《すべ》を身につけているヤクザも珍しい。これも阿佐井の教育か。

「どうぞ」と、松岡が後部ドアを開けた。

「断ると言ったはずだ」

「それは困ります」

「話があるのは阿佐井の方だろう。ならば、そちらから出向くよう伝えろ」

「ですから俺が来ました」

松岡はドアに手を添えたまま微動だにしなかった。首もとからは相変わらずシルバーのネックレスが垂れており、太陽の光を反射させていた。

しばらく睨み合った。おそらく松岡が引くことはない。折れるとすれば、私になるだろう。なぜなら、話があるのはむしろ私の方だった。多分、阿佐井はそこを見越している。阿佐井の意のままになるのは癪であったが、会わなければならないとわかっていた。秋山亮が殺された今は特に――。

「どこまで行くんだ」

「阿佐井さんの会社です。河原町今出川《かわらまちいまでがわ》の辺りになります」

「〈北天会〉の組事務所か」

「いえ、〈阿佐井企画〉という不動産会社です」

松岡は強く否定したが、〈北天会〉のフロント企業であることに変わりなかった。

「阿佐井はそこで待っているのか」

「どうしても外せない商談があるそうです」

「商談が終わってから電話しろ。阿佐井なら、おれの携帯番号も調べているはずだ」

「直接お会いして話したいんだと思います。電話で伝えるような内容ではないと」

「阿佐井がそう言ったのか」

「いいえ、俺の意見です」

松岡が堂々と答えた。阿佐井のことならば、すべて理解しているという自負があるらしい。松岡はかなり阿佐井に心酔しているようだった。

「――いいだろう」

頑《かたく》なに拒否し続けることもできたが、少しでも情報を得ておきたいというのが本音だった。こうして松岡に同行するのも、手帳を置いたからこそかもしれない。阿佐井が言っていたように、手帳がない分、確かに自由になった。

「しばらく出る。悪いが一緒に連れていけない」

私はナインに声をかけ、松岡の方へ歩き出した。ナインも通常のドライブではないと感じているのか、乗りたいと主張しなかった。

後部座席のドアが閉まる直前、藤崎青年に呼び止められたが無視した。偽者だと明らかになった以上、ここにいても仕方ない。自宅まで送って欲しいとでも言ったのだろう。

松岡が小走りに運転席へと回り、すぐにハンドルを切って車を反転させた。

「松岡、おまえは柳を知っているのか」

「名前だけは。実際に顔を合わせたことはありません」

「今回の一件について、どこまで聞かされている？」

「ほとんど何も」

「秋山亮という人物は何者だ」

「知りません」

ルームミラー越しに目が合った。甘い顔立ちをしているが、醸し出す空気はやはり一般人とは別のものだった。しかし、昨晩よりも優しげに映る。阿佐井を乗せていないため緊張感も薄いというわけか。松岡は阿佐井を崇《あが》めながら、恐ろしくも感じているのだろう。

「運転手になって何年だ」

「四年です」

私がまだ左京署にいた頃だ。だから松岡の顔に見覚えがあったのだ。

「きっかけは？」

「それは――」と、初めて松岡の口調が鈍った。

「答えられないのか。それとも答えたくないのか」

「あとの方です」

「阿佐井から失礼のないようにと言われたんだろう」

少々意地が悪いとわかっていたが、ヤクザに対して配慮する気にはなれなかった。

「……わかりました」と、松岡が呟くように言った。「恥ずかしい話ですが、俺、昔は怖いものなんてありませんでした。そこら辺のチンピラ連中とも平気でやり合って、京都のクラブなんかではちょっとした有名人だったんです。ああ、踊る方のクラブです」

「それくらい知っている」

「すみません、そういうつもりじゃ――」

「それで？」

「ある日、通っていたクラブに阿佐井さんが来たんです。若い女性を連れて」

「阿佐井の女か」

「いいえ。その女性のお付きというか、ボディガードというか、一歩下がって控えている感じでした」

その言葉で女性の正体も想像がついた。

「峰岸《みねぎし》の愛人か」

峰岸哲夫《てつお》。〈北天会〉のトップに立つ男である。つまりは阿佐井が頭を下げねばならない唯一の人物だ。

「いえ、愛人ではありません。あとで知りましたが、峰岸会長の娘さんでした」

峰岸に娘がいたとは初耳だった。もう六十歳を過ぎているはずだが、所帯を持ったという話は聞いた覚えがなかった。とすれば、囲っている愛人の娘だろうか。

「綺麗《きれい》な女性でした。とても清楚《せいそ》で透き通っていて」

「年は？」

「当時、二十三、四くらいだったと思います。世間知らずのお嬢様という印象で、どうしてこんな子がと驚きました。でも、そんな場違いな女性がＶＩＰルームに入っていったんです」

「生意気なやつだと腹が立ったか」

「はい。あそこは俺の部屋だと思っていましたから、ちょっと可愛がってやろうと——」

その時の阿佐井の胸中はどんなものだったのだろう。仕事と割り切っていたのか、あるいは、子守りという立場に苛立っていたのか。いずれにせよ、私の知らない阿佐井の過去だった。

「で、可愛がった結果、阿佐井に叩きのめされたのか」

「一瞬のうちに。気付いたら床に倒されていました。仕方なくその場は引き下がったんですが、でも悔しくて、それからずっと阿佐井さんを追い回したんです。あの人は誰だって周りに訊いて」

「それで、またやられたわけか」

「はい、まったく敵《かな》いませんでした……だから、頼み込んで阿佐井さんの運転手に」

松岡は意外に饒舌だった。いや、阿佐井についてはいくらでも語りたいのかもしれない。

阿佐井は頭脳派だと認識していたが、どうやら腕も立つらしい。考えてみれば、ヤクザ社会で地位を築いたのだから、それなりの修羅場をくぐっていて当然だった。もしかすると、このBMWにしても活動性や機動性の高いSUVを選んでいるのは、その辺りに理由があるのかもしれなかった。

車は山を下り、白川通を南へ向かっていた。このまま今出川通まで進み、西へ折れれば鴨川《かもがわ》に当たる。そして、橋を渡れば河原町通だ。

しばらくの間、車内に無言が流れた。私は車窓を眺めつつ、昨日からの出来事を思い返していた。未だに誰がどう動き、どんな思惑が絡み合っているのかわからない。確かなのは、秋山亮、柳、阿佐井が何らかの線でつながっているということだ。

しかし、秋山亮は殺害された。偽者を演じていた藤崎青年ではなく、本人自身が——この事実は何を意味しているのか。この事実から見えてくるものはあるか。私はそればかり考えていた。

「そこです」と、松岡が口を開いた。

交差点の南西にあるビルだった。さほど大きくはない。三階建てで、外壁は濃い茶色のタイルレンガだった。一見すると、瀟洒《しょうしゃ》な洋館という佇《たたず》まいである。側壁から〈阿佐井企画〉と看板が出ていたが、不自然なほど控えめだった。公にできる商売ではない証《あか》しだろうが、阿佐井ならば「京都の景観条例に則《のっと》った」と答えるに違いない。

松岡が緩やかに減速し、ビルの前にある駐車スペースに車を滑り込ませた。四台は止められるだろうか。他に一台、商用車らしき白いライトバンがあった。

「一階の左側が事務所です。阿佐井さんはそこに」

車を降り、ビルに入った。こぢんまりとしたロビーの先に階段が見える。中央を境にして左右にテナントが分かれているらしい。一階の右側が〈阿佐井企画〉、左側が阿佐井個人の事務所だという。松岡が先導し、左側の木製の扉をノックした。

「村瀬さんが来られました」

返事はなかったが、松岡は「失礼します」と一礼し、扉を開けた。

と同時に、松岡の大声が響き渡った。

「ど、どうしたんですか⁉ 阿佐井さん！」

室内を覗き込むと、阿佐井のスーツ姿が見えた。体を投げ出すようにしてソファーに寝転んでいる。

その横顔が——赤く染まっていた。

12

「恥ずかしいところをお見せしました」

阿佐井は上半身を起こし、深々とソファーに背を預けていた。しかし、明らかに辛《つら》そうだった。こめかみに当てた氷嚢《ひょうのう》で左目は塞《ふさ》がっており、右目も微かに開いているだけという状態だった。

「すぐに病院へ行け」

「それはできません。私が村瀬さんを招いたのですから。しかも強引な形で」

「強引だろうがなんだろうが、話をしている場合か」

「いえ、大丈夫です」

「おれがそんな気分になれないと言っているんだ」

「──申し訳ありません」

阿佐井が小さく頭を下げた。出血はもう止まっているようだったが、ジャケットの襟や肩には血の痕が滲んでいる。そんな痛々しい姿を前にして落ち着けるわけがなかった。

「失礼します」

扉がノックされ、松岡が入ってきた。コーヒーカップの載ったトレイを手に持っている。

数分前、松岡に続いて事務所に入った時、阿佐井はすぐに目を覚ました。ぐるりと周囲を見渡し、状況を把握したあとで「大丈夫です」と答えた。意識が飛んでいたことを自覚しているはずだが、「少し眠ってしまったようです」と無理に笑みを作った。

もちろん嘘だった。だが、松岡はそれ以上何も言わなかった。阿佐井がしつこく問うことを嫌うとわかっているのだろう。小走りに部屋を出て、どこからか氷嚢を持ってきた。

私は黙っていた。阿佐井の目が「何も訊くな」と訴えていたからだ。なぜこうなったのか、誰にやられたのか、何も問うなと語っていた。

松岡がテーブルにグラスを並べ、退室しようとした。私は彼を呼び止めた。

「阿佐井を病院に連れていけ」

「いえ、お気遣いなく」と、阿佐井が言った。「村瀬さんは私のお客ですから」

「松岡が言っていた。わざわざおれを呼んだのは、顔を合わせた上で伝えたいことがあるからだと」

「――確かにあります」

「端的に言え。客としてそれだけは聞く。だが、病院へ行くことが条件だ」

私は阿佐井を睨みつけた。阿佐井が「何も訊くな」と訴えるのなら、こちらも「引き下がらない」と訴えるのみだった。

「――いいでしょう」

阿佐井の目は虚《うつ》ろだった。おそらく焦点は合っていないだろう。

「秋山亮の死に関してか」

確認すると、阿佐井の腫れたまぶたがわずかに反応した。

「……ご存じでしたか」

「手帳を置いたからといって、情報網まで失ったわけじゃない。昔の部下から連絡があった。秋山亮が殺害されたと」

「宝が池公園で見つかったそうですね」

「さすがだな。おまえが飼っている刑事からの情報か」

阿佐井が鼻で笑った。否定というよりも、答えるのが億劫《おっくう》という感じだった。

「おまえは知っていた。おれと一緒にいる青年が偽者であると」

「はい。ですから、どこにでもいる普通の青年だと言ったのです。私には関係のない人物だと」

「彼は藤崎優斗というそうだ。彼を用意したのはおまえか」

「いいえ。それは柳さんでしょう」

阿佐井の口調に含みはない。藤崎青年を柳に紹介したのは阿佐井ではないかと私は考えていたが、どうやら見当違いらしかった。

「秋山亮は何者だ」

阿佐井がゆっくりと首を横に振った。知らないという意味ではなく、話の目的は彼ではないと告げていた。

　阿佐井が不意に目を閉じた。そして、しばらく静止した。
扉の前に控えていた松岡がいち早く駆け寄った。阿佐井の傍で身を屈《かが》め、そっと声をかけている。それでも阿佐井は動かなかった。完全に意識が飛んでいた。やはり相当無理をしていたのだ。

「馴染みの医者はいるのか」と、私は松岡に訊いた。

「はい、います」

「すぐに行け。阿佐井には、おれの指示だと言えばいい。おまえの判断ではないと。もし従わないようだったら、おれから話してやる」

　そう言って、私は携帯番号を口頭で伝えた。

「──わかりました」

　松岡はすぐに記憶したらしく、「あとで俺の方からかけます」と答えた。そして阿佐井の脇に腕を通し、ソファーから抱え上げた。

「外のライトバンは誰の車だ」

「え？　ああ、うちのですが」

「貸してくれ。足が欲しい」

「それは──」

「これもおれの指示だ。おまえが許可を出したわけじゃない」

松岡は軽く微笑み、部屋の角にある細い棚を指差した。

「そこにキーがあります」

私は頷き、松岡に手を貸した。阿佐井の両脇を二人で担いで部屋を出た。そして玄関ロビーを抜け、ＢＭＷの後部座席に放り込んだ。

「……また借りができました」

阿佐井が呻《うめ》くように零した。意識を取り戻したらしい。

「ああ、いつか返せ」

「村瀬さん、これだけは伝えておきます……柳さんが……まずい状況です」

「それがおれを呼んだ理由か」

「はい。柳さんが……奴らに捕まりました」

「奴《やつ》ら？」

阿佐井が後部座席に横たわったまま頭を持ち上げた。

「動くな。じっとしていろ」

「村瀬さんなら……わかり……ますね」

阿佐井の声が途切れ始めた。おそらく意識もまた途切れるだろう。

「それよりも、一つだけ教えてくれ。柳は殺害された秋山亮を守ろうとしていた。助けようとしていた――そうだな？」

「――はい、その通りです」

「よし、松岡、車を出せ」

私の声を合図に、松岡がＢＭＷを発進させた。クラクションを鳴らし、赤信号を突っ切っていく。許されない行為であったが、私は車の尻が消えるまで見送った。

柳が捕まった、か。

だが今は、危機感よりも安堵感の方が勝っていた。柳は「奴ら」に拘束されたが、とにかく生きている――その事実がなによりも大きかった。

柳はわかっていた。秋山亮が命を狙われる立場にいると。だからこそ、私のもとに藤崎青年を送った。阿佐井の言う「奴ら」に偽者を追わせ、欺くために。

そして、二人組のチンピラが私の家にやって来た。偽者を追いかけて――。

いや、待てよ。藤崎青年は無傷だった。連れ去られるどころか、殴られもしなかった。ならば、連中は初めから偽者だと気付いていたのか。あれは、知っているぞという警告だったのか……私はジーンズのポケットに両手を突っ込み、ＢＭＷが走り去った先をじっと見つめ続けた。

いずれにせよ、柳の策は失敗に終わった――それだけは確かだと思われた。

深いため息を残し、阿佐井の事務所に戻った。松岡に教えられた棚からキーを取り、改めて室内を見渡した。

十畳ほどの部屋である。驚くほど殺風景な空間だ。中央にソファーセットが配置され、奥の壁際に木製のデスクが置かれているだけだった。ひどく簡易的だが、費用はかかっている。ソファーはすべて革張りであったし、デスクは重厚なマホガニーだ。

何か情報をつかめないかとデスクを探った。しかし、天板にはペンとメモ用紙があるだけで、パソコンの類はない。おまけにデスクの引き出しはすべてロックされていた。重要なものはそこに収納されているのか、もしくは、そもそもこの部屋には何も置いていないのか。阿佐井のことだ、きっと後者であろう。でなければ、私を事務所に招くはずがなかった。

阿佐井が座っていたソファーに血の染みが残っている。阿佐井が誰に襲われたのかを含め、今回の事件について知り得た事柄はまだ少ない。だが、その全容をつかむよりも先に、私にはすべきことがあった。

もちろん、柳の救出だ。

13

瓦の庇《ひさし》の上に重々しい看板が載っていた。黒く塗られた一枚板に〈水仙堂〉の金文字が並んでいる。全体的にはげ落ち古びているが、さすがに伝統や歴史を感じさせる代物だった。〈阿佐井企画〉の看板とは比べ物にならないほどの存在感である。

〈水仙堂〉本店は西大路《にしおおじ》通沿いに位置していた。今出川通から少し北へ上がった辺りだ。入母屋《いりもや》造りの二階建てで、間口もかなり広い。外壁は白い漆喰《しっくい》だ。

店舗の裏手に専用の駐車場があったが、私は車内から正面入口の様子を見渡せるコインパーキングを探し、松岡から借りたライトバンをそこに止めた。

平日の昼過ぎにもかかわらず、客足は絶えない。年配の女性客が多いが、中には若い女性の姿も見受けられる。おそらくは観光客であろう。私が思っている以上に、〈水仙堂〉の名は他府県へ広まっているらしかった。

開閉を繰り返す自動ドアを眺めながら、阿佐井が残した言葉について考えた。

柳が奴らに捕まった。そして、奴らは〈水仙堂〉と関係している――。

そこには確信があった。しかし、この老舗京菓子屋と秋山亮の事件がどう結びつくのか、まるで想像できなかった。

事件の続報はないかと、三島に連絡を入れた。が、応答はなかった。捜査に奔走しているのだろう。

その代わりではないが、松岡から着信が入った。きちんと私の電話番号を覚えていたらしい。阿佐井を医者に見せたという報告であった。

「五針ほど縫いましたが、骨や眼球に異常はないそうです。これから事務所に戻ります」

「入院しないのか」

「医者から勧められましたが、阿佐井さんが断りました」

「ふん、急いで報復の準備か」

「だったら俺がまず行きます」

あながち冗談ではないような口調だった。

「阿佐井は何か言っていたか」

「村瀬さんにお礼をと。それだけです」

「そうか」

「ああ、ライトバンはどこかに乗り捨ててください。あとで俺が取りに行きますんで」

言われるまでもなく、このあと自宅まで乗って帰るつもりだった。私は「また連絡する」と電話を切った。

客が切れるのを待って車を離れた。

〈水仙堂〉の店内は眩《まぶ》しいほどに明るかった。ライトアップされたショーケースがずらりと並び、洒落《しやれ》たカフェのようにも映る。老舗とはいえ、こんな風に現代的であるから客が来るのか、客が増えた結果こうなったのか知らないが、表の看板とのギャップに戸惑いを隠せなかった。

「いらっしゃいませ」

若い声に出迎えられた。明るい髪色をした女性だった。制服らしき紺色のベストに河合《かわい》とネームプレートがある。

「どういったものをお探しでしょうか」

「何か土産を」

ショーケースを見ると、伝統的な京菓子の他にプリンやゼリー、クッキーといった洋菓子も並んでいる。私の偏見かもしれないが、老舗京菓子屋のイメージとはずいぶんかけ離れていた。

「すみません、少しお訊ねしたいのですが」

「はい、何でしょう」

「秋山亮という人物はここで働いていますか」

名前を出すべきかどうか迷ったが、他に手がなかった。しかし、事件については伏せておくべきだと判断した。

「あきやまりょう？」

「二十歳の青年です」

「さあ……いないと思いますが」

漢字も伝えたが、彼女はやはり申し訳なさそうに「いいえ」と答えた。

「そうですか、わかりました」

他にも店員はいたが、各々に訊ねるわけにもいかず、私は適当に饅頭《まんじゅう》の詰め合わせを手に取った。

「有難うございます。賞味期限は十日ほどですので、お早めにお召し上がりくださ い」

レジに誘導され、料金を支払った。そのまま入口までスムーズに見送られた。かなり訓練された接客態度だった。

私は店を出て、しばらくの間、敷地の隅の方で待っていた。レジにいた時、気になる視線を感じていたのだ。河合という店員ではなく、別の女性からのものだった。思い込みかもしれないが、待ってみる価値はあった。

昼食代わりに、買ったばかりの饅頭を頬張った。小豆の風味が鼻から抜けていく。甘さは控えめだが、濃厚なコクがある。皮も滑らかで、のど越しがいい。バランスよくまとまった一品だった。

店の裏の駐車場は観光客を見越してか、かなりのスペースがとられていた。一角のフェンスに〈水仙堂〉の京菓子のポスターが並んでおり、その端の方で一人の初老の男が微笑んでいた。市議会議員の政治ポスターだった。〈水仙堂〉が後援でもしているのかとぼんやり思いつつ、私は何気なく駐車場に出入りする車を眺めていた。店内で感じた視線は勘違いだったかと疑い始めていたが、あと五分、あと五分と待ち続けた。

そして十五分後——背後から囁《ささや》くような声が聞こえた。

「あの、お客様……」

五十代くらいの品のよい女性だった。先程、店内で見かけた店員に間違いなかった。裏口から抜け出てきたらしい。

「失礼ですが、お客様は……秋山亮を訪ねてこられたのでしょうか」

「はい。ご存じですか」

彼女は顔を伏せ、こくりと首を落とした。あの視線は彼女だったのだ。

「彼に……何かあったのでしょうか」

「何かとは？」

「いえ、その……」

彼女は周囲に視線を散らせた。人目を避けたいというよりも、見知らぬ客に告げるべきかどうか逡巡《しゅんじゅん》しているようだった。

「村瀬といいます」

彼女の警戒を和らげるためにも、私はまず名乗った。こういう時にこそ警察手帳が威力を発揮するが、今はもうない。

「彼はここにいますか」

「……嵯峨野店にいました」

「いました？」

「数週間前に急に辞めたそうです。わたしは以前、そちらに勤務しておりました。ですから、嵯峨野にいる同僚から聞いて驚いているところです。若く熱意のある職人で、将来を期待されていたのに……」

私はようやく知った。秋山亮は〈水仙堂〉の京菓子職人だったのだ――。

「彼と一緒に働いておられたのですね」

「ええ、一年ほど。彼は高校を卒業してすぐ京菓子の世界に入ってきました。まだ修業中でしたが、腕がいいと評判で」

「それなのに辞めたのですか」

「はい、どうにも不思議で……修業が厳しくて逃げ出したという人もいるのですが、わたしにはそう思えません。もちろん修業は大変ですし、辛いものです。でも、彼には向上心がありました。早く一人前になって自分の店を持ちたいと、口癖のように言っていましたから」

「貴重ですね、そんな若い職人は」

「今の時代は特に。ちょっとした罵倒や言い争いは、わたしも耳にしています。けれど、店側としては大事に育てようとしていたはずです。少なくとも、先輩の職人さんたちは」

彼女の口調は淡々としているが、心配している様子がひしひしと伝わってくる。

「店に馴染めなかったわけではないのですね」

「ええ、愚痴を聞いたこともありませんし、彼から相談を受けたこともありません。わたしが知らないだけかもしれませんが……」

「言いにくいのですが、他の店に移ったとか」

「わたしも初めはそう考えました。別の店でも修業したいと言い出したのか、あるいは、他店から引き抜きの誘いがあったのかと」

「違ったのですか」

「違いました。個人的にあちこち訊いてみましたが、そんな話はありませんでした。仮にそうだとしても、彼のような熱心な若手職人をうちも簡単には手放さないでしょうし……」

彼女はそこで間を置くと、はっと気付いたように腕時計に目をやった。

「すみません、長々と。仕事に戻ります」

「こちらこそ、お時間を有難うございました」

秋山亮に関してまだまだ訊ねたかったが、私は丁寧に頭を下げた。

「実は友人から頼まれて、秋山亮君を預かることになっていたんです。ですが、彼と連絡がつかない状況で心配しているのです」

嘘ではないと自分を納得させつつ、名刺を差し出した。名前と携帯番号だけが書かれている簡易的なものだった。

「よろしければ、仕事のあとにでもご連絡ください」

彼女は名刺を受け取り、「高橋《たかはし》です」と最後に名乗った。彼女のベストに「高橋」とネームプレートがあった。

私はもう一度腰を折り、彼女を見送った。

秋山亮は将来を嘱望された京菓子職人だった。しかし、なぜか〈水仙堂〉から去ってしまった。

そして――。

彼女を含め店内の様子を見る限り、事件のことはまだ届いていないようである。だが、警察は間もなく辿《たど》り着く。あるいはもう秋山亮の身元が判明しているかもしれない。

警察がやって来るまでに嵯峨野店を訪ねたかった。そちらの方には、秋山亮を知る職人や店員がまだ残っているらしい。彼らから少しでも話を聞いておきたい。

私は急いでパーキングに戻った。

が、遅かった。三島から着信が入った。

「村瀬さん、どういうことですか」

電話に出るなり、三島がきつい口調で切り出した。

「何がだ」

「どうして〈水仙堂〉にいたんです？」

「――え？」

慌ててその場で身を屈めた。三島が近くにいるのかと、車の陰からそっと周囲を盗み見た。

「今、西大路通を歩いてませんでしたか」

「……いや、人違いだろう」

咄嗟《とっさ》に嘘をついていた。後悔というよりも、自分が恥ずかしかった。後輩とはいえ、現職の刑事を相手に誤魔化せるわけがない。刑事の眼《め》はそれほど節穴ではない。

「村瀬さん、何か隠していませんか。この事件について知っていることがあるなら、すぐに教えてください。殺人事件なんですよ」

喉の奥に痛みが走った。何も答えられなかった。本来なら、柳との関係性を伝え、協力を求めるのが筋である。柳は今「奴ら」に捕まっているのだから……。

しかし、私は口を閉ざした。やはりまだ踏ん切りがつかなかった。柳の一件を公にしてよいものかどうか……。

「近いうちに村瀬さんの家に行きます」

三島が投げやりに言った。その時はすべて話せという意味だった。私は腹の中で「すまない」と謝り、電話を切った。

ほどなく〈水仙堂〉の前に一台の車が止まった。助手席から三島が降りてくる。運転席には見覚えのない男の横顔があった。三島はもう部下を持つ刑事になっていた。私は嬉しく、また誇らしく思いつつ、三島のうしろ姿を見届けた。

14

〈水仙堂〉本店に三島が来たならば、警察は嵯峨野店にも向かっているはずだった。だとすれば、これから嵯峨野へ行ったところで、店員や職人たちと話せる機会はないかもしれない。しかし、じっとしているわけにもいかず、私はパーキングから車を出した。

もちろん、阿佐井の言う「奴ら」をここで待ち続ける選択肢もあった。が、さすがに店の営業中に堂々と出入りはしないだろうし、また、高橋や河合ら店員の様子から、「奴ら」の存在を感じることもなかった。柳がこの店に連れ込まれた可能性を考えていたが、どうも違うようだ。柳を建物内で監禁しながら普通に営業するなど、少々ちぐはぐな気もする。少なくとも、一階の明る過ぎる空間の中に黒い影は見えなかった。

私は本店を背にして西大路通を南に下がった。丸太町通で西へ折れ、そのまま道なりに進むと嵯峨野、嵐山へ出る。

秋山亮の住所は嵐山だった。嵯峨野店との位置関係を考えると、徒歩でも通える距離である。

信号待ちの最中、ライトバンのダッシュボードを探った。阿佐井の裏の顔につながる情報はないかと思ったが、車検証があるだけだった。事務所とあわせ、徹底して管理されていた。

〈水仙堂〉嵯峨野店は、JR〈嵯峨嵐山駅〉の北側にあった。駅前にはロータリーが整備されているが、周辺は昔ながらの住宅街である。ほとんどが一軒家で、マンションはちらほらと確認できる程度だった。そして、それらのマンションは総じて背が低い。フロントガラスの向こうに見える空は広く、開放感があった。

目についたコインパーキングに車を入れ、徒歩で嵯峨野店へ向かった。

多くの観光客らしき姿とすれ違う。しかし、ここには地元の人々の生活が根づいていた。本屋に薬局、小さなスーパーに診療所。行き交う人々の歩調は、私が暮らす山裾とはまた違った緩やかさがある。

携帯電話で地図を確認しながら何度か路地を曲がった。すると、ちょっとした人垣に出くわした。嵯峨野店の前だった。

警察車両は見当たらないが、通りは細く、車一台分の幅しかない。店前に駐車しては邪魔になると配慮したのだろう。私は人垣の後方に立ち、周囲を見渡した。

嵯峨野店は完全に街に溶け込んでいた。本店と同じく瓦屋根の二階建てだが、佇まいは普通の民家そのものであった。

歩きながら携帯電話で検索したところ、もともとは嵯峨野が本店だったようである。明治四年の創業から大正を経て、昭和に入ると同時に白梅町に本店が移ったと書かれていた。本店にあった大きな看板も、きっとその時にこちらから移されたのだろう。

嵯峨野店にかかっている現在の看板は小ぶりなものだった。

店の入口は自動ドアではなく、木の引き戸である。そこに「休憩中」と書かれた木札が下がっている。壁面にある細長い窓から、わずかに人の動く様子が見えていた。

私は隣にいたふくよかな女性に声をかけた。六十代くらいだろうか。買い物帰りのようで、手に提げたナイロンバッグから大根の葉が零れていた。

「すみません、何かあったんですか」

「ああ、〈水仙堂〉に警察がきてるんやって」

心配よりも興味の方が勝った口調だった。表面上は平静さを装っているが、話したくて仕方ないのか、彼女は私の方に身を寄せて耳打ちした。

「なんか事件らしいよ。ここの従業員が関わってるとか。知らんけどね」

無責任な語尾をつけるのは関西人の特徴だが、わりと正確な情報に舌を巻く思いだった。

「どんな事件ですか」

「さあ、強盗とか麻薬とか色々言うてるけど……殺人事件やないかって話も出てたわ」

少しばかり驚いたが、早くも事実が漏れ出しているとは考えられなかった。根拠のない憶測に過ぎないだろう。

「それは物騒ですね」

「わたしはここに住んでるから〈水仙堂〉の常連やけど、そんな事件を起こすような従業員なんて思いつかへんのよ。みんな愛想ええし、感じのええ人やから。地元を大事にしてるっていうか、住人に馴染んでるっていうか。悪い噂《うわさ》も聞かへんしなあ……」

馴染んでいるという表現は私も同感だった。店内に入っていないためまだ判断はできないが、本店よりも遥《はる》かに素朴である。多分、煌《きら》びやかな照明もないだろう。

「ああ」と、彼女が声を上げた。「そういえば最近、若い職人さんが辞めたって聞いたわ。その子がなんかしたんやろか」

秋山亮が店を去ったことは、常連たちにも知れ渡っているようだ。私は話の腰を折らないよう、彼女に合わせて訊き返した。

「若い職人さんですか」

「そう。なんかね、突然やったらしいよ。店の人もびっくりしてたわ。辞めた理由もわからへんみたいやし」

高橋という店員が言っていた通りだ。少々嫌らしいが、何か聞き出せるかもしれないと、私は彼女の名前を出してみた。

「以前、ここに高橋さんという店員がおられたでしょう。実は彼女と知り合いで」

本当ではないが、嘘でもない。私は罪悪感を脇へ押しやり、神妙な表情を作った。

「ああ、高橋さんね、上品な感じの。わたしも知ってるよ。白梅町の方に移るって言うてはった」

「〈水仙堂〉の中で、店員や職人の異動って多いんですか」

「さあ、そこまで知らんわ。高橋さんに聞いてみたらええやんか」

藪蛇《やぶへび》だったか。私は答えを濁しつつ、前方へと視線を振った。警察車両が止まっているわけでもなく、規制線が張られているわけでもないのに、独特の緊張感が漂っている。木戸が閉まっているだけで、こうも拒絶感が出るものか。周辺住人の嗅覚はナイン並みに鋭いようだ。

「この前、白梅町の本店に行ったのですが」と、私は何気なく切り出した。「こちらとはずいぶん雰囲気が違いますね」

「あっちはもう京菓子屋やなくて、土産物屋になってしもたなあ」

「土産物屋？」

「そう。なんやケーキとかクッキーとか置いてたやろ。若い子が好きそうなもんを」

「ああ、観光客らしい女性が結構来ていました」

「せやろ。こっちよりも広いし綺麗やけど、わたしらはよう入らんわ。商売ってこともわかるし、時代の流れいうんもわかるけど、歴史のある京菓子屋としてはちょっとなあ……先代の頃はそうでもなかったんやけど」

「先代？」

「あんた常連やろ。白梅町があんな風になったんは代が替わってからやで」

彼女は眉根を寄せ、唇をすぼめた。顔のパーツがすべて中央に集まっていた。

「確か今は六代目でしたよね」

先程調べたサイトには「六代目　仙田雄太郎《せんだゆうたろう》」と書かれていた。しかし、いつ代が替わったのかは読んでいなかった。

「六代目になったんは四年ほど前やったかな。先代は職人上がりで、かなり腕もよかったんよ。〈水仙堂〉が京都に定着したんも先代のおかげやって評判やから」

それは意外だった。私が子供の頃から〈水仙堂〉は既に京菓子の名店として知られていた。しかし彼女の話によれば、ここ数十年の間に名を浸透させ、地位を築き上げたことになる。

老舗とはいえ、たかが百五十年程度の歴史というわけか。百年以上経ってようやく土地に根づくなど、京都の恐ろしい一面を垣間見《かいまみ》るようだった。

彼女の話は〈水仙堂〉から、観光客のマナーの悪さに移っていた。私は適当に相槌《あいづち》を打っていたが、そのうち隣人に対する愚痴まで言い出すのではないかと怯《おび》えていた。〈水仙堂〉にはまったく動きがない。私は「ちょっとすみません」とポケットから携帯電話を抜き出し、彼女に掲げて見せた。今度ははっきりとした嘘だった。会話しているふりをして人垣から離れた。来た道を戻り、死角に入ったところで振り返った。

ぎょっとした。振り返った先の電柱の横に一人の男が立っていた。こちらを見ながら分厚い笑みを浮かべている。

がっしりとした四角いシルエット——黒木だった。

15

「おまえ、なんでここにおるんや」

黒木が低い声を響かせ、のっそりと近づいてくる。昨日と同じグレーのスーツ姿だった。

「……黒木さん」

私は一歩も動けなかった。こうして出会ってしまった以上、無視はできない。しかし、それでも今はどうにかして立ち去りたいというのが本心だった。

「よう喋るおばはんやったな」

「……見ていたんですか」

「途中からな。どっかで見た背中やなと思ってたら、おまえやった」

黒木が背後にいるなどまるで気付かなかった。周囲を警戒する必要のない生活に慣れてしまったとはいえ、あまりにも鈍感だった。

「あのおばはん、知り合いか？」

「いいえ。人だかりができていたので、どうしたのかと訊いてみたんです」

「それで、なんて言うてたんや」

「〈水仙堂〉の従業員が何かの事件に関わっているとか」

「なんかの事件、ね」

窪んだ目の奥は鋭く険しかった。昨日スーパーで顔を合わせた時に見せた優しさは微塵《みじん》もない。

「おまえ、なんでここにおるんや」

黒木が尋問するように再び言った。かつては同じ署にいたのだ。私の素性はある程度知られている。嵯峨野に縁がないことを承知の上での質問だった。

ぶらっと散策を、など通用するはずがなかった。何か上手い言い訳はないかと、私は急いで頭を巡らせた。

「つまらんことを口にするなよ、村瀬。昨日は偶然やったかもしれんが、今日は通らんぞ。ここは嵯峨野や。おまえの家の近所やない」

「黒木さんこそ、どうしてここに？ 〈水仙堂〉で悪質な万引きでもあったんですか」

「さあな」

「管轄が違うでしょう」

「ああ、違うな」

黒木はほとんど唇を動かさず、唸《うな》るように言った。猛獣を思わせる威圧感があった。その圧に押され、一瞬、すべてを打ち明けてしまおうかと思った。柳を救い出すならば、警察の協力を仰いだ方がよいに決まっている。私は身をもって警察の力を知っているのだから。

しかし、引っかかるのはやはり柳の意思だった。加えて、不本意だが、今ではそこに阿佐井の意思も重なっていた。ヤクザに義理を立てる必要などないが、阿佐井はわざわざ私を事務所に呼び寄せ、こめかみに血を滲ませながら告げた。柳が捕まったと。多分、私だけに――。

もちろん阿佐井の腹は読み切れない。実際は柳と敵対関係にあって、柳の身柄を欲しているだけなのかもしれない。そして、自らが動けない状況になったため、私にその役目を押しつけただけなのかもしれない。それは十分理解している。だがいずれにせよ、阿佐井から柳の救出を託されたことは確かだった。

「柳と――連絡がつかないんです」

私は覚悟を決め、慎重に口を開いた。答え方によっては余計なことまで探られる羽目になる。

「連絡がつかんって、おまえ、最近も柳と会うてたんやろ」

「会いました。でも昨日、黒木さんから聞かされるまで、おれは本当にあいつが警察を辞めていたと知りませんでした。だから気になって、ずっと電話しているんです。柳本人から直接理由を聞きたいと思って」

「折り返しの連絡もないんか」

「……はい」

黒木は太い首筋を太い指でさすった。剃《そ》り残されたひげがざりざりと音を立てた。柳の辞職については黒木も疑問を持っていた。私はどうにか彼の意識をそちらへ向けさせ、この場を切り抜けたかった。

「ふうん。で、なんで嵯峨野なんや。柳はこっちにおるんか」

「わかりません。ただ、そういう話を耳にしまして……」

「あいつの自宅は左京区やなかったか。実家も京都やないはずや」

「はい、実家は神戸《こうべ》です」

「ほな、ここは関係ないやないか」

私も困っているのだという表情を作り、黒木に同意を示した。

「どこからの情報や。柳がこっちにおるかもしれんってのは誰から聞いたんや」

「それはちょっと……あいつのプライバシーに関わるので」

「ふん、個人情報ってか。そんなもん刑事にはあらへん。おまえもようわかっとるやろ。せやのに手帳を置いた途端にプライバシーか。あほらしい」

そんなことを主張するつもりは毛頭なかった。私としては、阿佐井の名前を出したくないだけだった。さらに言うならば、プ、ラ、イ、バ、シ、ーという言葉から、黒木が勝手に想像を膨らませてくれないかと期待していた。

「……あいつはまだ独身やったな」

黒木が呟いた。私は正直に「ええ」と答えた。柳の周りに女性がいると、黒木は考えてくれたのかもしれない。だとすれば儲《もう》けものであった。

「あいつ、女のために刑事を辞めたんか？」

「それを確かめたいんです」

柳との間では、不思議と互いの女性関係は話題にあがらなかった。意図して避けていたのではなく、担当する事件を中心に話すべき事案が常にあったせいである。毎晩のように夜遅くまで署に残り、意見や推察を重ねた。自宅に帰るのが面倒で、そのまま仮眠室で眠った日も数え切れない。今から思えば、二人とも独身だからできたのだろう。疲労は溜《た》まっていく一方であったが、充実感にあふれた時間だった。

私は当時のことを思い出しつつ、黒木の勘違いを肯定するように頷いた。

黒木は何か言いたそうであったが、すっと背後に視線を滑らせた。〈水仙堂〉の人だかりは見えないが、動きがあったような気配は感じられなかった。

今度は私の番だった。ここで区切りをつけることも考えたが、せっかくの機会を無駄にするのは勿体なかった。

「〈水仙堂〉で何かあったんですか」

「ん？」と、黒木が気のない声を返す。

「事件ですか」

「話すわけないやろ。警察のプライバシーや」

黒木は不敵な笑みを浮かべ、両手をスラックスのポケットに突っ込んだ。

「窃盗事件ですか？　そうでなければ、黒木さんがここにいるのも変ですし。もしかして、昨日の万引き犯と関係があるとか」

私は何も知らないふりをして口早に言った。

「そう思いたいんやったら、それでええ」

「ちょっと待ってくださいよ。おれはちゃんと答えましたよ」

「ふん、あれがちゃんとした答えか」

黒木は鼻を鳴らしたあと、背を向けて歩き出した。そう簡単に刑事は騙せないが、柳の女性関係をちらつかせた私の答えを、まったくの出鱈目だとも思っていないはずだった。

私は〈水仙堂〉から警察が去るまで待つことにした。特に黒木の視界に入らないよう注意しつつ、周辺を歩いて時間を潰した。

東の端の山裾を生活圏にしている私にとって、嵯峨野はあまり馴染みのない地域だった。住宅街はかなり密集しており、どの通りも車一台分の幅しかない。どうやってすれ違うのか不思議なほどである。

しばらく歩いていると、眩しいほどに太陽光を反射させている白い築地塀《ついじべい》に出くわした。最近改築したばかりといった様子の寺であった。敷地の中に大小二つの建物が見える。いずれも切妻造りで、漆喰の白壁の上に艶《つや》やかな屋根瓦が載っている。住宅街の中ではひと際明るく、浮いているようにも見えた。塀の傍に石柱が立っており、〈真言宗　両兼寺《りょうけんじ》〉と彫られていた。間口はさほど広くないが、京都特有の縦長の造りになっているのか、奥の方まで石畳が続いている。見たところ、突き当たりが本堂のようで、その手前に一棟の日本家屋が建っていた。おそらくは住職の家族の住まいであろう。

せっかくだから手を合わせていこうかと、私は石畳に足を踏み入れた。寺の次男である黒木とも会ったばかりだ。もしかすると、彼の実家も嵯峨野にあるのかもしれない。ならば、昔から〈水仙堂〉と懇意にしていた可能性もある。そのため今回の事件が起こったことで心配になり、急いで応援に駆けつけた――と考えれば、黒木がここにいた一応の理由にはなるだろうか。

私は柳の無事を願い、〈両兼寺〉をあとにした。そのまま歩き続けていると、前方から一台の車が走ってきた。狭い通りを常識を超える速度で近づいてくる。私は危険を感じ、咄嗟に他人の家のガレージに入ってやり過ごした。

この昔ながらの住宅街には不似合いな車に思えた。サイドとリアのウィンドウ一面に真っ黒のフィルムが張られていた。そして、ダークグリーンのボディに王冠のエンブレム——藤崎青年が私の家で目撃したものと同じ色のクラウンだった。

16

私は携帯電話を手にクラウンを追った。まさかとは思うものの、見逃してしまった運転席を確かめずにはいられなかった。

クラウンの尻が遠ざかっていく。直線ではどうしても追いつけない。しかし、角を曲がる度に少しだけ距離が詰まる。そうして三つほど角を折れた時、私は携帯電話の発信ボタンを押した。

着信履歴の一番上にあった番号——阿佐井の運転手、松岡であった。

「村瀬さん、どうしたんです?」

松岡はすぐに電話口に出たが、ずいぶんと驚いているようだった。

「京都 500 か 35-××」

「は?」

松岡の疑問を無視して電話を切った。まだ若いが、阿佐井の下に四年もついている男だ。告げた数字の意味と意図を理解し、阿佐井に伝えるはずだった。ヤクザを頼るなど大いに不満があったが、最も手っ取り早い方法だと判断した結果だった。今はとにかく柳の救出が優先だ。無関係であったとしても、気になる手がかりは調べておきたい。

それからさらに四つ角を曲がった。しかし結局、クラウンは消えてしまった。私が足を止めたせいだった。クラウンの走り方は最短距離で目的地へ向かうというよりも、必要以上に角を折れ、わざと迂回《うかい》しているように見受けられた。尾行がないか確認しているのではないか——その懸念が頭を過ぎり、無茶ができなかったのだ。

少し汗をかいていた。私は息を整えながら歩き続け、クラウンを探した。あの二人組のチンピラが乗車していた可能性は捨て切れない。なぜならここには、殺害された秋山亮が働いていた〈水仙堂〉嵯峨野店がある。二人が事件に無関係とは考えにくい。直接手を下した犯人でなくとも、秋山亮の偽者がいる私の家を襲ったのだから、何らかの役割を担っていたはずだった。

午後三時を回っていた。穏やかな日差しが降り注いでいるが、四月の風はまだ冷たい。しかも狭い通りを吹き抜けてくるせいで、勢いが増している。呼吸が落ち着く前にすっかり汗が引いてしまい、体が冷え始めた。

自販機を見つけ、温かい缶コーヒーを買った。そろそろ〈水仙堂〉に戻ってみようかと思ったが、クラウンを見失うと同時に方向感覚も失っていた。自分がどの辺りにいるのか見当がつかない。私は携帯電話の画面に地図を表示させ、現在位置を確認した。

そこへ着信が入った。松岡からだった。

「もう調べ上げたのか」と、私は驚いた。

「いいえ、調べたわけじゃなくて覚えていました」

「覚えていた？」

「車のナンバーだとは気付きましたが、突然だったんで、すぐに思い出せなかったんです。深緑のクラウンGですね」

「モデル名までは確かじゃないが、間違いなくクラウンだ。おまえや阿佐井にとって、記憶しておくべき車だったというわけか」

「ええ、まあ」と、松岡は曖昧に答えた。

「とにかく所有者がわかったんだな」

「はい。だから阿佐井さんには、村瀬さんからの電話について伝えていません。それで構いませんか」

松岡は、入院を断った阿佐井を連れて事務所に戻ると言っていた。阿佐井はまだ術後である。できるだけ休ませたいのだろう。

「誰の車だ」

「〈条南興業《じょうなんこうぎょう》〉です」

松岡がナンバーを覚えていたと話した時点で、予測できた名前だった。〈条南興業〉――簡単に言ってしまえば、阿佐井ら〈北天会〉の敵である。〈北天会〉は京都市北部を縄張りにしているが、〈条南興業〉は反対に京都市の南部を拠点にしていた。組織としては〈条南興業〉の方が古く、傘下に収めている企業や構成員の数も圧倒的に多い。

伝統のある〈条南興業〉からすると、〈北天会〉は北の端で騒いでいる新興の弱小ヤクザといったところであろう。

だがここ数年、その新興ヤクザが台頭し始めた。中心にいたのが阿佐井だと言われている。しかも、阿佐井は南へと勢力を拡大させていたため、〈条南興業〉にとっては目障りで仕方がないはずだった。

事実、私がまだ左京署にいた時、両者の間で小競り合いが頻発していた。私が直接捜査に関わった件は少ないが、阿佐井が名を馳《は》せる一方であったことを考えると、軍配は〈北天会〉に挙がったと言ってよいだろう。それだけに阿佐井も〈条南興業〉を警戒し、情報収集に余念がないに違いなかった。

「〈条南興業〉の誰か特定できるか」

「よく使っていたのは川添《かわぞえ》という男です」と、松岡が即答した。

川添は〈条南興業〉の幹部の一人だった。組長補佐だか、若頭補佐だか、そんな肩書を持っていたはずだが、実際にはどのくらいの地位にいるのか私は認識していなかった。

記憶にあるのは潰れた鼻である。川添は根っからの武闘派で、自らの修羅場を語りたがる典型的なヤクザだった。その象徴が自慢の潰れた鼻というわけだ。私はまだ川添と対面していないが、写真では確認していた。一度目にすれば忘れようのない顔だった。

「川添は今もクラウンに乗っているのか」

「川添はベンツのCクラスも所有していて、最近はそちらに乗っているようです。だから今は――」と松岡は言いかけて、あっと声を上げた。「もしかしてその車、村瀬さんの家を襲ったとかいう二人組が――」

勘がいい。私は「可能性が高い」と答え、藤崎青年が昨日、私の自宅付近でダークグリーンのクラウンを目撃していることを伝えた。

「ついさっき、同じ車を嵯峨野で見た。ウィンドウにはご丁寧に黒いフィルムが貼られていた」

「ひと昔前のヤクザって感じですね」

小馬鹿にしたような松岡の笑い声が聞こえた。私からすれば、ひと昔前も今現在も同じヤクザに変わりないのだが、松岡の感覚では古くさいスタイルらしい。ヤクザの中にも流行《はや》り廃《すた》りがあるということか。確かに阿佐井のＢＭＷにはフィルムなど貼られていなかった。

「〈条南興業〉は嵯峨野に手を伸ばしているのか」

「いえ、そんな話は聞いてませんが……」

「川添の自宅はどこだ」

「南区です。吉祥院《きっしょういん》の辺り」

吉祥院は南区の中では西に位置している。そこから西大路通を北へ上がっていけば、〈水仙堂〉本店がある白梅町に出るが、ずいぶんと距離はある。

「〈条南興業〉もしくは川添個人でもいいが、嵯峨野と関係があるとすれば何か思いつくか」

「具体的に言えば、阿佐井さんが村瀬さんに渡した紙袋——〈水仙堂〉とのつながりですね？」

私はこれまで松岡の前で一度も〈水仙堂〉の名前を出していない。事前に阿佐井から聞かされていたのかもしれないが、松岡は見るべき点をきちんと押さえていた。

「ああ、その通りだ」

「残念ながら、俺にはわかりません」

「阿佐井の事務所で、秋山亮が殺害された事件は聞いていたな。彼が〈水仙堂〉の職人であったことは知っていたのか」

「なんとなく。でも阿佐井さんは……秋山亮についてあまり口にしませんでした」

「阿佐井にとって、彼は重要でなかったというわけか」

「はい、多分……」

「では、誰が重要だった？」

「それは――」

松岡が言い淀んだ。阿佐井の許可なしに話してよいのか迷っているのだろう。

「阿佐井は半ば意識を失いながら、おれに柳の救出を託した――松岡、おまえもその場にいた。阿佐井の意思を無駄にするつもりか」

「村瀬さん、その言い方は卑怯《ひきょう》ですよ。拒否できないじゃないですか」

そのつもりで選んだ言葉だった。松岡はしばらく黙ったあと、「わかりました」と言った。

「重要人物かどうか俺には判断できませんが、阿佐井さんが気にしていたのはやっぱり〈条南興業〉の連中です。特に川添と本間《ほんま》」

「本間というのは〈条南興業〉の若頭だったな」

「ええ、次期組長と言われている男です」

私の記憶では、本間は川添よりも十歳ほど上で、今は五十五になっているはずだった。本間はヤクザにしては珍しく脂肪のない痩せた体をしており、おまけに小柄でもあった。ハッタリが勝負のヤクザ世界においてはひどく不利な体型である。それを僻《ひが》んでいるわけではないだろうが、銀縁の眼鏡をかけた神経質そうな顔をしていた。ただ、本間についても写真でしか目にしていないため、私は松岡に確認した。

「合っていますよ。眼鏡は銀縁でなく金縁に替わりましたけど」

「二人の関係は？」

「本間の下についているのが川添です。本間に腕っぷしはありませんから、武闘派の川添を重宝しているようです。この先本間がトップに立てば、必然的に川添がナンバー2に昇格するでしょうね」

「阿佐井はその二人と揉《も》めているのか」

「いえ、直接的にはないと思います。過去に因縁があったわけでもありません。でも、阿佐井さんは何かを懸念しているようです。あくまでも俺が感じた印象ですが」

「その印象を話してくれ」

「阿佐井さん個人の問題というよりも、〈北天会〉全体にとって不利益になると考えているみたいです。さっきも言いましたが、今現在、直接的な抗争が起こっているわけではありません。ただ、〈条南興業〉の内部で活発な動きが見られるのは事実です。一年ほど前から、頭の角倉邦男《かどくらくにお》が床に臥《ふ》せているんです。しかも今、危篤状態にあるという噂で」

「後継者争いか」

角倉邦男は八十近い、いわば老人であった。しかし、その年まで〈条南興業〉のトップに君臨しているのだから、相当な気力、武力、財力を持った人物である。〈条南興業〉内ではある意味、神格化された存在だとも聞く。その巨人が病に倒れたとなれば、幹部連中が跡目を狙って色めき立つのも当然の流れだった。

「本間に対抗馬がいるのか」

「いるにはいますが、本間が順当に跡を継ぐだろうと言われています。ですから、表立って内部抗争が起きているわけでもありません」

「ならば、阿佐井は何を懸念している？」

「うちと〈条南興業〉の均衡だと思います。正直なところ、角倉はうちを舐めていますす。〈北天会〉の規模は〈条南興業〉の半分以下ですから。ここ数年、阿佐井さんのおかげで〈北天会〉は勢力を拡大していますが、角倉からすれば、それでも眼中にないというのが本音でしょう。〈北天会〉など取るに足らないと」

「なるほど。逆に言えば、〈北天会〉を舐めているからこそ、阿佐井にいくら勢いがあろうと相手にしなかったというわけか。お気楽なことだな。のんびり構えていると阿佐井に食われるぞ」

「――はい」

阿佐井への誉《ほ》め言葉と受け取ったのか、松岡は嬉しそうに声を弾ませた。

「阿佐井さんはそれを逆手にとって、角倉が舐めているうちに勢力を伸ばしておくつもりだと思います」

「だが、その角倉が倒れた。均衡というのはそういう意味か」

〈条南興業〉内部にはもちろん、阿佐井を潰そうと考える連中もいるはずだ。しかし、頭の角倉が相手にしていないのだから、連中は行動に移せない。角倉がある種の重しになっていたわけだ。

その重しがなくなったとなれば――。

「本間と川添は、阿佐井を疎ましく思っているのか」

「それは否定できません。ただ、本間は自分がトップに立つことを考えて、今は地盤を固めている最中です。つまりは金ですね。金をばらまきつつも、手広く商売に励んでいます。不動産からドラッグまで稼げるものはなんでも。ですので、阿佐井さんにまで気が回っていないかもしれません」

「だとしても、いずれは衝突する危険性もある――」

「ええ、俺の勝手な想像ですが」

勝手な想像というわりには、ずいぶんと事実に基づいた考察だった。阿佐井が一目置くだけのことはある。私は松岡に感心しつつ、根本の疑問を口にした。

「〈条南興業〉については理解した。で、肝心の〈水仙堂〉はいつ出てくるんだ」

電話口が急に静かになった。松岡の息が漏れ聞こえてくる。

「それが……よくわからないんです」

「おまえの勝手な想像でも？」

「からかわないでくださいよ。本当に〈水仙堂〉がどうつながっているのか、俺にはまだ見えてないんです。でも――」

「でも、何だ」

「阿佐井さんはもう一人、気にしているみたいでした」

私の勝手な想像を巡らせるまでもなかった。

「仙田雄太郎か――〈水仙堂〉の六代目」

17

私にしては結構な長電話だった。太陽が西の嵐山に落ち始めている。半分ほど残っていた缶コーヒーはすっかり冷めてしまっていた。

松岡は電話の最後に、仙田雄太郎についてあまり知らないと前置きした上で、仙田は現在〈京都中央菓子組合〉の理事長を務めていると言った。しかし、この組合がどういった組織で、どれほどの規模なのかはわからないらしい。それでも阿佐井の口から何度か出たという話だった。

車を止めたパーキングの辺りに辿り着いた。そのまま〈水仙堂〉へ向かうつもりであったが、少し体を温めようと、ライトバンの運転席に座って暖房を入れた。

自然と助手席に目がいく。他人の車だが、そこにはいつもナインがいた。ナインを乗せずにハンドルを握ったのは本当に久しぶりだった。

藤崎青年に電話をかけた。偽者とばれた以上、私の家にいる理由はなくなったが、まだ留まっているはずだ。山から下りる足がない。わざわざタクシーを呼ぶような真似もしていないだろう。

「ああ、村瀬さん」と、藤崎青年が応答した。

「戻るまでにもう少し時間がかかる。腹が減ったら、インスタント麺でも適当に食べてくれ。それからナインにも食事をやってくれ。キッチンの棚にドッグフードがある。スプーンで二杯分だ。水も替えてくれ。水道水で構わない」

「うん、やっておくけど……」

藤崎青年はぼんやりとした口調で答えた。何か言いたそうだったが、今は彼に付き合う気分ではなかった。

「話は帰ってから聞く。とにかくナインの世話を頼む。ああ、食事のあとナインが散歩に出ても放っておけばいい。ちゃんと戻ってくる」

一方的に電話を切った。藤崎青年が話したい内容はわかっていた。ギャランティの残金をもらうために協力して欲しいといったところだろう。

阿佐井が管理している車だけあって、ライトバンの暖房は快適そのものだった。次第に眠気が襲ってくる。私はまぶたをこすりながら携帯電話の画面を見つめ、松岡から聞いた〈京都中央菓子組合〉について検索した。

前身となる団体は〈京都菓子商業総合組合〉という仰々しい名称で、設立は明治三十年だそうだ。京菓子の伝統を守るとともに、品質や技術の向上を目的とし、当初は四店の京菓子屋から始まったと書かれていた。

その四店舗の中に〈水仙堂〉の名はないが、四つの店すべてが現在も看板を掲げ、商売を続けているのは驚愕《きょうがく》だった。そして、いずれも名店と呼ばれる地位を築き上げていた。

二度の大戦をはじめ、何度も消滅の危機を経験したらしいが、分離や合併を繰り返しながら結束を固め、今では二百以上の店や関連企業が組合に名を連ねている、と締めくくられていた。私が思っていたよりも大きく、また、きちんと実体のある組織のようだった。

時刻は午後四時を回っていた。車から出るのは惜しかったが、私は〈水仙堂〉へ向かった。嵯峨野店の営業時間は午後五時までである。急がねばならない。だが、まだ警察がいるようであれば、今日は大人しく退散するつもりだった。

店前の人だかりは消えていたが、引き戸は閉まったままであった。そこに下がっていた「休憩中」の木札が「営業終了」に替わっている。警察の聴取が長引いているのか、聴取は終えたが営業どころではないのか、依然として張り詰めた空気が漂っていた。

引き戸に手をかけると、施錠がされていなかった。私はそっと引き戸を滑らせ、隙間から店内の様子を窺った。

箒《ほうき》を手にした女性が横切っていった。片付けが始まっているらしい。

「すいません、もう閉店ですか」と、私は外から小さく声をかけた。

「ええ、今日はちょっと……」

本店で会った高橋と年齢も雰囲気も似た女性だった。彼女も紺色のベストを着用している。制服はどちらの店舗も共通なのだろう。

彼女は壁にかかっている時計に目をやったあと、奥の商品棚へ視線を移した。その背後にくすんだ障子があり、人影がちらついている。障子の向こう側に部屋があるようだった。

彼女は心配そうにそちらを眺めていた。奥の部屋の中で、誰かがまだ警察の聴取を受けているのかもしれなかった。微かに声が漏れ聞こえる。内容は聞きとれないが、低く唸るような声である。

と、障子に映った人影が動いた。四角い影だった。私は思わずのけ反り、「また来ます」と引き戸を閉めた。

あの声と影は——黒木に違いなかった。

ここでまた黒木と会えば厄介なことになる。先程のちゃんとした答えなど、もう通用しない。黒木は徹底的に私を締め上げるだろう。私は足早にパーキングへと引き返した。

対応してくれた女性店員はかなり動揺しているように見えた。既に警察の聴取を受けたのか、自分の順番を待っているのか。いずれにしても、満足に話を聞ける状態ではなさそうだった。残念だが今日は諦めるしかなかった。

駐車料金を支払い、車を出した。

望みは本店の高橋だった。三島が本店を訪ねたならば、彼女も事件を知ることになる。私の名刺を思い出す余裕などないかもしれないが、連絡を待つしかない。あるいは明日、こちらから再度顔を出してみるか……。

丸太町通に向かう前に、住宅街をぐるりと回ることにした。例のクラウンを探すためだった。狭い道幅を考えると車は不便だが、いざという時、徒歩では追跡できない。徐行よりもさらに遅い速度を保ち、車窓から一軒ずつガレージを覗いていく。しかし、目当てのクラウンは見つからなかった。

後方からクラクションを鳴らされた。白の軽自動車だった。運転席には若い男が座っている。いつからうしろについていたのか知らないが、私があまりにも遅いため、痺《しび》れを切らしたのだろう。しかし、先に行かせたくとも道を譲るだけの幅がない。私は仕方なくアクセルを踏み、スピードを上げた。

適当に走るうちに軽自動車は消えた。左の側面に、先程の〈両兼寺〉の白い築地塀が見えている。再び速度を落とすと、運悪く対向車が来た。今度はハッチバックタイプのグレーのベンツだった。

私はブレーキを踏んだ。すれ違えるようなスペースがない。どうしたものかと思っていると、ベンツが〈両兼寺〉の敷地へ入っていった。私を通すためだろうと判断し、お礼代わりに軽くクラクションを鳴らして通り過ぎた。

が、ベンツは寺から出てこなかった。

〈両兼寺〉への客だったのか、もしくは住職の車か……そんなことを考えているうちに私は思い当たった。

ベンツを運転していたのは中年の男であったが、その顔はついさっき目にしたばかりだったのだ——携帯電話の画面で。

〈京都中央菓子組合〉の理事長、そして〈水仙堂〉の六代目、仙田雄太郎だった。

広い通りに出るなり、乗り捨てるようにして車を路肩に止めた。〈両兼寺〉へ徒歩で戻りながら、携帯画面に彼の画像を表示させた。

尖ったような鼻筋に二重の大きな目。口は横に広く、全体的に派手な顔立ちをしている。肌は焼いているのか浅黒く、耳が隠れるほどの長髪で、およそ京菓子職人らしからぬ容貌である——やはり間違いない。運転席に座っていたのは仙田雄太郎だ。〈両兼寺〉の石畳の途中にグレーのベンツの尻があった。エンブレムはAクラスを示している。私は再び寺へ入り、参拝客のふりをして本堂へ向かった。

さりげなく車内を見ると、誰もいなかった。エンジンも止まっている。本堂の手前にある家屋の窓から灯《あか》りが零れていた。仙田はここへ入ったに違いない。

仙田は普段、本店で仕事をしているのだろうか。嵯峨野店ではまだ警察の聴取が行われている。ならば、本店でも続いているに違いない。既に聴取を終えて店を出てきたのか、これから本店か嵯峨野店に向かうつもりなのか……。

どうも引っかかる。このあと聴取を受けるのだとしても、事件について警察から連絡があったはずである。そして、秋山亮が殺害されたと知らされたはずである。〈水仙堂〉の社長として、あまりにも不自然な行動ではないか。寺など訪ねている場合ではない。まさか、早くも葬儀の相談ではないだろう。

何か裏がある——阿佐井の口から「仙田雄太郎」の名が出ていたと知った今は、いくらでも偏った見方ができた。

私は寺を出て通りを引き返し、〈両兼寺〉を見張ることのできる場所を探した。仙田の車を追ってみるつもりだった。

しかし、それは無理だとわかった。

駐車していたライトバンのすぐうしろに——あのクラウンが止まっていたのだ。

18

運転席と助手席のドアが同時に開き、二人の男がのっそりと現れた。まるで、分厚い脂肪を蓄えた二頭の熊が穴から這い出てきたようだった。

「お前、なんか用でもあんのか。さっき、この車を追っかけとったやろ。用があるんやったら聞いたるわ」

口を開いたのは、助手席から出てきた坊主頭の男だった。運転席側の男は金髪で、車の横に突っ立ったまま、嫌らしい薄ら笑いを頬に張りつけていた。二人とも黒のジャージ姿で、生地の全面に〈VERSACE〉とアルファベットのロゴが激しく散っている。そして、チェーンくらいの太さがある銀のネックレスを首からぶら下げていた。

藤崎青年の描写は的確だった。格好や体型だけでなく、確かに顔も似ていた。少し目が離れており、その下に体格のわりには小ぶりな鼻と唇がある。ややあごが突き出ていて、なんとなく魚類を連想させる顔立ちだった。

「おまえたちは兄弟か」

「はあ？」と、坊主頭が汚い声を出した。

「兄弟のチンピラは別に珍しくないが、ここまでそっくりなやつと会うのは初めてだ。双子か」

「お前、なめとんのか。余裕かましてんのか知らんが、ふざけたこと言うとったら痛い目あうぞ」

「用があるのはそっちだろう」

「なんやと」

「おれの家を荒らしておいて、何の用だとはどういう言い分だ。おれの方こそ用があるなら聞いてやる」

「えらい強気やないか。俺らがお前の家を荒らしたやと？　そんな証拠があんのか、え？」

「もう家は片付けた。おまえたちの顔も撮影していないし、警察にも通報していない」

「ほら、みてみい。ええ加減なことぬかすなよ」

私の家には二人組が残した指紋がたっぷりと残っている。そこに気が回らないとは頭の悪い連中であったが、そもそも彼らはそんな証拠など気にしていないはずだった。マスクもせず、藤崎青年に顔をさらしているのだ。警察沙汰にならないと踏んでいたのだろう。いや、彼らに襲撃を命じた上の者がそう判断したと言うべきか。彼らは何も考えず、ただ単純に上の指示に従っただけなのだ。

「川添の命令か」と、私は訊いた。「おまえたちは〈条南興業〉のチンピラだな」

「知らんね」

「そのクラウンは川添から譲り受けたのか」

坊主頭の肩がぴくりと反応した。私がそこまで情報を持っているとは思っていなかったらしい。

「車内に川添はいるのか」と、私はクラウンをあごで示した。

「知らんね」

「先程は乗っていたはずだ。おまえたちみたいなチンピラは前しか見ていない。背後を狙われるような立場じゃないからな。おれの尾行に気付いたのは川添だろう。住宅街を不必要に走り回ったのもやつの指示か」

「お前こそ尾行に気付いてへんかったやろが。俺らがなんでここにいると思とんねん」

チンピラの言う通りだった。おそらくは、これもまた川添の指示であろう。車を追ってきた男を探し、事情を聞けと。残念ながら、松岡との電話に集中していた私の完全なミスだった。前方しか見ていなかったのは私自身だった。

「川添が車にいるなら会わせろ。おまえたちでは話にならない」

「ふざけんな」

私は慎重に距離を詰めたが、二人とも動く気配がなかった。後部座席に川添はいないのだ。

「〈両兼寺〉で降ろしたのか」

「川添さんになんの用や」

金髪が初めて口を開いた。坊主頭よりも高く細い声だった。この声では凄みもなにもない。本人もそれを自覚していて黙っていたのなら、なかなか健気《けなげ》なチンピラであった。

「――柳はどこだ」

「知らんね、そんな奴は」と、金髪が言った。

「〈両兼寺〉に監禁しているのか。川添が来たのはそのためか」

「なんのことか知らんね」

どうやら「知らんね」というのが二人の口癖らしい。

私は彼らを視界に入れたまま、しばらく考えていた。柳を連れ去ったのは、この二人や川添ら〈条南興業〉の連中に間違いないだろう。だが、問題は〈水仙堂〉との関係だった。

阿佐井は〈水仙堂〉を示唆した上で、「柳が奴らに捕まった」と言った。阿佐井は既に〈水仙堂〉と〈条南興業〉のつながりを知っていたのだ。

しかし、私にはまだそのつながりが見えない。目の前のチンピラに揺さぶりをかけようにも、情報が足りなかった。相手が一人ならば腕力で無理に吐かせることもできるが、巨漢二人に勝てる見込みはない。こちらが殴られて終わりだ。

「いいだろう。では、おまえたちも知っている話にしよう。秋山亮のことだ。〈水仙堂〉で働いていた職人」

「知らんね、そんな奴は」と、今度は坊主頭が答えた。

「あの青年も、おまえたちがさらったのか。まだ若い一職人が、なぜ〈条南興業〉のチンピラにさらわれる羽目になったのかわからないが、いまさら惚《とぼ》けても無駄だ。おまえたちは、秋山亮の偽者がいるおれの家を襲ったんだ。彼が偽者だと聞かされていたんだろう。だから彼にはまったく手を出さなかった。偽者を痛めつけても意味がない。あれはくだらない真似をするなという警告か」

「よう動く口やな。黙らせたろか」

「やれるものならやってみろ。だがその前に、秋山亮がどうなったか教えてやる。偽者ではなく本物だ――彼は今朝、死体で見つかった。事故ではない。殺人事件だ。警察がもう捜査に入っている」

坊主頭と金髪が小さく口を開け、互いに顔を見合わせた。彼らの体から圧力が消え、少し萎《しぼ》んだように見えた。

「おまえたちの犯行ならば、逮捕は時間の問題だ」

「……俺らはやってへん」と、坊主頭が小さく零した。

「否定したければすればいい。しかし、結果は同じだ。おまえたちが犯人に仕立て上げられる。川添から出頭しろと命令が出る。おまえたちはただの駒に過ぎないからな。今のうちに殺人犯になる覚悟をしておけ」

二人はそれでも目だけは怒らせていたが、体は正直だった。それぞれの右手がポケットの中に入っていた。携帯電話を探しているのだ。

「川添に指示を仰げばいい。〈両兼寺〉でその打ち合わせをしているのかもしれない」

「川添さんは……そんな人やない」

金髪が歯を軋《きし》らせた。私に言っているというよりも、自分に言い聞かせているような口調だった。

「もう一つ忠告しておく。柳の素性は知っているか。あいつは元刑事だ。おれは柳の相棒だった。いいか、秋山亮に加えて柳まで殺害してみろ、警察は全力でおまえたちを叩き潰す。おまえたちは連続殺人犯として一生塀の中だ。それをよく覚えておけ」

かなり誇張した内容だが、この場をやり過ごせるだけの効果はあったようだ。坊主頭が乱暴に助手席のドアを開けた。金髪の方はまだ冷静さが残っていたのか、唇を噛みながら甲高《かんだか》い啖呵《たんか》を切った。

「お前……元刑事のくせに阿佐井の世話になっとんのか」

「なってなどいない。むしろ敵だ」

「この車、阿佐井のやろが」と、金髪がライトバンを指差した。

「迷惑料にもらい受けた」

「ふん、ふざけたことぬかすな。ええか、お前もそうやが、阿佐井にも言うとけ。うろちょろすんなってな」

それが捨て台詞《ぜりふ》だった。二人は車に乗り込むと、かなりの速度でバックし、それ以上の速度で前方へ走り去った。

深く息を吐き出した。心拍数がかなり上がっている。阿佐井を相手にした時とはまた違う緊張感があった。数発は殴られる覚悟をしていたが、とりあえず無事に済んだらしい。

私はポケットからキーを取り出し、ライトバンへと歩いた。あの二人組を追うか、〈両兼寺〉へ車で戻るか迷っていたが、そのどちらも無理だと気付かされた。

——くそっ、やられた。

ご丁寧に四本のタイヤすべてがパンクさせられていた。

私は怒りを抑えつつ、松岡に電話を入れた。

「村瀬さん、今度はどうしたんです？」

松岡が苦笑を乗せながらすぐに応じた。今日は松岡と話してばかりだった。

「借りたライトバンがパンクさせられた。〈条南興業〉のチンピラの仕業だ。ここに乗り捨てていく。悪いが回収に来てくれ」

私は現在の場所を細かく伝え、こうなった経緯について簡単に説明した。

「誰か向かわせます。ロックしておいてください。キーはバンパーの裏側にでも」

「すまない」

「代わりの足はどうしますか。必要なら俺が届けますよ」

「奴らを追いたいのは山々だが、追跡は明日にする。この住宅街を走るには、乗り慣れた自分の車の方がいい。小さい車の方が」

「わかりました」

〈両兼寺〉へ徒歩で向かい、もう少し連中の動向を探っておくべきかとも考えたが、あの二人組から既に川添に連絡が入っている可能性が高かった。〈両兼寺〉に川添がいるのなら、警戒しているところに近寄るのはかなり危険であろう。次は拘束される羽目になるかもしれない。

「自宅まで送りましょうか」と、松岡が言った。

「いや、市バスとタクシーで帰る。車を借りておきながら乗り捨てていくんだ。そこまで頼むつもりはない」

松岡がふっと息を零した。笑っているようだった。

「村瀬さんと話していると、元刑事だってことをつい忘れてしまいそうになります」

「はあ？　唐突に何だ」

「俺の知っている刑事はもっと高圧的で、利己的な人間ばかりです。あからさまに俺たちを舐めていますから」

「元がつくとはいえ、おれも大して変わらないだろう。こうしておまえや阿佐井を利用している」

「阿佐井さんがどう考えているのか知りませんが、少なくとも俺は利用されていると は思っていません。何と言えばいいのか、村瀬さんはどこか違うような気がするんで す。俺を普通に扱ってくれるというか」

「松岡、勘違いするな。おれはおまえたちをヤクザとしか見ていない」

「ええ、毛嫌いされているのはわかります。でも、だからといって見下されている感じも受けません……あ、偉そうにすみません」

松岡に他意はないのだろうが、ヤクザからの評価など嬉しくもなかった。だが、どことなく背中がむず痒《がゆ》く、私は「阿佐井の具合はどうだ」と話を切り替えた。

「ああ、処方された薬を飲んで今は眠っています」

入院は拒否したくせに、薬の服用は医師の言いつけを守るらしい。おかしなヤクザだった。

「一応、おまえの耳に入れておく。〈条南興業〉の連中は阿佐井をマークしている。ライトバンのナンバーが知られていた」

「阿佐井さんが奴らの車を把握しているように、ですか」

「〈条南興業〉もなかなか抜け目がない」

「伝えておきます」

私は「好きにしろ」と答え、電話を切ろうとした。が、すぐに思い直した。

「待て、松岡。阿佐井に伝えるなら、ついでにもう一つ――嵯峨野にある〈両兼寺〉を調べてくれ。〈水仙堂〉と何か関係がある」

19

翌土曜日は午前九時に目が覚めた。昨夜に雨が降ったせいで空気が少し濡《ぬ》れている。外壁の丸太が水分を吸っているため、家全体がどことなく湿っているような感覚があった。私はいつものように体に毛布を巻きつけたまま、ベッドから起き上がった。

「おはよう、ナイン」

足もとにいたナインがむくっと顔を上げ、キッチンの方へ目をやった。早速、朝食の催促だった。

私は大きく伸びをしてからベッドを離れ、キッチンへ向かった。ナインが軽快な足取りであとをついてくる。そして、ドッグフードを器に盛ってやるなり、がつがつと食べ始めた。

ナインは相変わらずの食欲だが、私はどうも調子が悪く、体が重かった。昨日の疲れがまだ残っているらしい。嵯峨野まで車を運転し、少し住宅街を歩き、市バスとタクシーを乗り継いで帰宅しただけであるが、首や肩の筋が妙に張っていた。刑事時代に感じていた痺れとまったく同じだった。

私は懐かしさを覚えつつ、シンクで顔を洗い、歯を磨いた。いくらか気分が晴れたところで藤崎青年に声をかけた。彼は毛布をかぶったまま、まだソファーで眠っていた。

「おい、起きろ。テーブルを片付けろ」

テーブルの上には、弁当の容器やスナック菓子の袋、ジュースのペットボトルなどが散っていた。昨晩タクシーに乗る前、コンビニで適当に購入したものだった。私はあまり食欲がなく、総菜をビールで流し込んだだけであったが、青年は時間をかけて色々なものをずっと食べていた。その間、会話はなかった。青年からは喋りたそうな雰囲気が出ていたが、私は気付かないふりをして、食べ終えるとすぐにシャワーを浴び、ベッドに入ったのだった。

「ああ、おはよう。村瀬さん」

青年は大きな欠伸《あくび》をして答えたが、体を起こす様子がなかった。典型的な大学生の朝を垣間見るようであったが、微笑ましい気分にはなれなかった。

私はジーンズをはき、生地の分厚いネルシャツに着替えた。昨日着ていた服が洗濯かごから零れ落ちている。洗濯物がだいぶ溜まっていた。

と、着信音が鳴り出した。私は急いでベッドサイドの携帯電話を手に取った。三島からだった。

すぐに通話ボタンを押せなかった。昨日は自分でも恥ずかしくなるくらいの嘘をついてしまった。三島に対して、すまないという思いがまだ残っている。しばらく迷っていると電話は切れ、またすぐにかかってきた。出ざるを得なかった。

「――もしもし」

「ああ、村瀬さん。寝てましたか」

三島の声は普段通りだった。秋山亮の事件で捜査に追われているはずだが、疲労感はない。

「いや、さっき起きたところだ」

「じゃあ、家にいるんですね。あと十分ほどで着きます」

「――え？」

「そっちに向かって山道を走っています。今日は逃げないでくださいよ」

やられた。連絡をせずに訪問しても、私が居留守を使えば家の中には入れない。それを防ぐための電話だったか。私が考えているよりも三島は嫌らしく、したたかな刑事になっている。

電話を切り、慌てて藤崎青年を叩《たた》き起こした。

「すぐに着替えてナインと散歩に行け」

「もうちょっと寝かせてよ」

「いいから早くしろ」

強引に毛布を引きはがすと、青年は「寒い、寒い」と言いながらようやく起き上がった。

「今から客が来る。十分以内に出るんだ」

「そんな無茶な。オレがここにいたら駄目なわけ？」

「ああ、面倒なことになる」

三島の来訪の目的はわかっている。ここまでされたら、私が置かれている状況に関して、ある程度は話さなければならないだろう。その際、藤崎青年がいない方が都合がよかった。秋山亮の偽者について説明するのが面倒であったし、また、変に探られないよう上手く避けて話す自信もなかった。

「おれの言うことを聞けば、君の残金の支払いも交渉してやる」

「え、本当に？」

「ああ、約束する」

青年は急に満面の笑みを浮かべ、てきぱきと着替え始めた。現金なものであったが、今はその率直さが有難かった。

「少なくとも一時間は戻ってくるな」

「オッケー」

青年は愛用のキャップをかぶると、勢いよく玄関のドアを開けた。湿った風が室内に流れ込む。雨は降っていないが、薄い灰色の曇り空が見える。私は外を指差してナインに言った。

「ほら、食事はあとにして散歩に行ってこい」

「行こうか、ナイン」と、青年が声を重ねる。

ナインは玄関に目をやったあと、ドッグフードの残った器へと視線を戻した。丸い瞳がまだ満腹になっていないと訴えていたが、私は構わず器を取り上げた。

それでもナインは不服そうに私を見つめていた。しかし、結局は玄関の方へのっそりと歩き出した。悠然とした黒い背中が「これは貸しにしておくからな」と語っているようだった。

青年とナインの姿が消えると、私は部屋の掃除にとりかかった。テーブルに置かれた食事の残骸をゴミ袋に放り込み、青年の荷物をすべてベッドの下に押し込んだ。そして、部屋の中をもう一度見回し、青年の痕跡がないか確かめた。

開け放したままの玄関口から、車のエンジン音が聞こえ始めた。三島が側道に入ってきたのだ。なんとか間に合った。

私は玄関先に立ち、三島を待った。彼への負い目を隠すためであったが、果たして意味があるのかどうか、自分でもよくわかっていなかった。

木々の隙間から白い車体が見え隠れする。記憶にあるセダン。左京署にいた時、私も乗っていた覆面パトカーだ。

見ると、助手席には誰もいなかった。三島一人で来たらしい。二人一組で動くのが刑事の基本だ。見知らぬ刑事と一緒では、私が話しにくいと判断したのかもしれない。しかし、それがかえって三島の断固とした意思の表れにも感じられ、私は身構えずにはいられなかった。

「思っていたよりもずっと山の中なんですね」

三島は運転席から降りるなり、ぐるりと周囲を見渡した。紺色のスーツにクリーム色のネクタイを締めている。少し痩せただろうか。もともと丸顔だったが、頬の辺りが鋭く削《そ》げ、精悍《せいかん》さが増している。だが、全体の印象としては童顔のままで、私は妙にほっとした。

「山が近いからそう感じるだけだ。街まで二十分とかからない」

「それでも街の匂いはしませんよ。面白いな、こんなにも下と違うなんて」

「山が好きなら寄ればいい」

「いいえ、僕はインドア派なんで街の生活の方が合ってます。便利な方が」

三島は朗らかに笑ったが、目だけは厳しかった。二重まぶたの上に疲労感が滲んでいる。寝不足のせいではなく、デスクワークによる慢性的な眼精疲労だろう。私がここに移り住んで最も変化を感じたのは、まさしくそのまぶたの軽さだった。

「中に入るか？　急いでいるなら立ち話でも構わない」

「せっかくですから家の中も見せてください」

私がスニーカーのまま室内に入ると、三島は「土足でいいんですか」と驚いていた。

「そこに座ってくれ。コーヒーでも淹《い》れよう」

私の定位置であり、藤崎青年がベッド代わりに使っていたソファーを示し、キッチンでコーヒーメーカーをセットした。三島はまだ土足に躊躇《ちゅうちょ》しているのか、そっと歩いている。真面目な性格が足音に出ていた。

「へえ、中もちゃんとしてるじゃないですか。柳さんが言ってた通りだ」

「こだわりのない山小屋だと？」

「まあ、そんな感じですかね。でも、余計なものがなくて快適だって、いつも楽しそうに話してましたよ。その表情で村瀬さんの山小屋に行った日がわかったくらいですから。柳さん、相当ここを気に入っていたみたいですね」

私の家について柳がそんな風に話していたとは知らなかった。ただ、素直に嬉しいと思うものの、簡単には頬を崩せなかった。三島に意図がないのだとしても、状況が状況だけに何か探りを入れているのではないかと勘繰ってしまう自分がいた。

「正直なところ、僕は少し落ち込んだりもしたんですよ。そうやって村瀬さんに会いに行くってことは、僕はまだ相棒として認められてないのかなって。柳さんの中では、村瀬さんがまだ相棒のままなのかなって」

三島は部屋の中を見渡しながら、独り言のようにさらりと零した。あまりに何気なく、無邪気にも感じられた。三島への警戒心が途端に溶けていく。それほどにぐっと胸にくる言葉だった。

「柳はちゃんとおまえを認めているさ。おれだってそうだ。おまえはもう一人前の刑事だよ」

「そう言ってもらえると光栄ですね」

三島は一つ息を吐くと、ネクタイを緩めた。その仕草が様になっている。年を重ねただけではなく、深呼吸が必要な場面を何度も経験してきた証拠だ。

三島の視線がふと私の足の辺りで止まった。

「村瀬さん、わりと似合ってますよ。ジーンズとコンバースのスニーカー。署ではいつもスーツに革靴でしたけど、ラフな格好もいいですね」

「この山小屋だからじゃないのか」

「かもしれませんが、結構馴染んでますよ。ほら、たまに外で私服の同僚を見かけたりしますが、別人みたいで気付かない場合があるでしょう。でも、村瀬さんには違和感がない。不思議だな」

それだけスーツ姿から遠ざかっているという皮肉かとも思ったが、三島のことだ、本心を口にしているだけだろう。そういえば、黒木と会った時も服装について触れられなかった。黒木にもそんな風に映っていたということか。だが、普段着に違和感がないと言われても、私にはなんとも答えようがなかった。

コーヒーができあがるまで、しばらく沈黙が続いた。三島はまぶたをさすりつつ、どう話を切り出すか考えているに違いなかった。そして私は、それをどう乗り切るか頭を巡らせていた。

「ブラックでいいか」

三島は頷き、伸びた前髪を邪魔そうに右手で払った。

カップを二つテーブルに運び、私は傍のベッドに腰を下ろした。この家にはソファー以外にイスがないのだ。

三島はコーヒーに口をつけると、すっと表情を変えた。やはり現役の刑事である。黒木よりも小柄なのに、黒木と同じだけの熱量が体からあふれ出ていた。

「村瀬さん――昨日、なぜ〈水仙堂〉にいたんです？」

20

カップを持つ手が一瞬だけ宙で止まった。だが、私は何事もなかったかのように、そのままゆっくりとコーヒーを飲んだ。誤魔化すつもりはもうなかった。昨日〈水仙堂〉の前で三島に目撃されているし、その前に店員の高橋に名刺を渡してもいる。三島が彼女を聴取したのであれば、「秋山亮を訪ねてきた人がいる」と、私の名刺を見ているかもしれなかった。

「――秋山亮のことを訊くつもりだった」と、私は正直に答えた。

「事件に関して、村瀬さんに電話したのは昨日の朝でした。その時、秋山亮の職場については何も教えていません。いえ、あの時点ではまだ身元がはっきりしていなかった。名前と年齢、住所以外には。それなのに、村瀬さんは僕たちよりも早く〈水仙堂〉に辿り着いていた。彼がなぜ〈水仙堂〉で働いていたと知っていたんですか」

三島の目が尖っている。しかし、直接的に昨日の嘘を非難しない点は彼の優しさだった。いや、情けだろうか。私は恥ずかしさを胸に閉じ込め、じっと三島を見つめた。

「――柳だ」

「え、柳さん？」

「三日前の水曜の夜だ。柳が一人でやって来た。おまえが言った通り、あいつはよくこの家に顔を出したが、あの日は様子がおかしかった。いつもなら泊まっていくはずなのに、三十分もしないうちに急に帰ると言い出した。どうしたのかと不思議に思ったが、おそらくは秋山青年について話すつもりだったんだろう。でも言い出せなかった。柳は秋山亮という名前すら口にしなかった」

「じゃあ、どうして青年のことを――」

「あいつは一通の手紙を残して帰ったんだ。そこに書かれていた――秋山亮を預かってくれと」

事実とは異なるが、青年を知るに至った経緯に大きな間違いはない。偽者である藤崎青年と阿佐井には触れたくなかったため、すべては柳からの事前情報として説明するしかなかった。

「青年に関しておれが知っていたのは、嵐山に住む二十歳の大学生で、両親の名は晋太郎と由梨絵――それだけだ。しかし、住んでいる場所と年齢を除いて嘘だった」

「手紙には、秋山亮が〈水仙堂〉の京菓子職人だったとも書かれていたんですか」

「いや、違う――手土産だ。柳は手紙と別に、〈水仙堂〉の菓子折りを置いて帰ったんだ。おれはさほど甘いものを食べない。だから妙だなと思っていた」

三島の表情は何も変わっていない。納得しているわけではないだろう。刑事ならば、そう簡単に人の話を信用しないものだ。だが、その不信感を表に出さない点は立派だった。

「手紙の上とはいえ、おれはそうして柳から青年を預かるよう頼まれた。しかし、おれはまだ秋山亮本人に会っていない。どんな顔で、どんな人物なのかも知らないままだ。訊ねようにも、あの日以来、柳と連絡がとれなくなってしまった。電話をしてもつながらないんだ――そんな状況の中、おまえからの電話で事件について聞かされた」

「会ってもいない青年のことをよく調べようと思いましたね」

「気になったからな。秋山亮がではなく、柳の沈んだ様子が心配だった。何かあると考えるのは当然だろう。おまけに、あいつが刑事を辞めていたと知ったのは二日前だ。黒木さんから聞かされるまで、おれは本当に知らなかったんだ。柳は秋山青年のことだけでなく、辞職したことも黙っていた」

三島がわずかに首を傾け、何度か瞬きを繰り返した。

「じゃあ村瀬さんは、柳さんの辞職と今回の事件との間に何か関係があると考えているんですね」

「ああ、そうだ」

「なるほど」と、三島が目を細めた。「事件に関する情報は、いくら村瀬さんが相手でも漏らすわけにはいきません。ただ、今のところ、秋山亮と柳さんの接点は見えていません。いえ、そういう観点から捜査をしていなかったと言うべきでしょうか」

「おまえの立場は理解しているつもりだが、言える範囲で事件について教えてくれないか」

「無理ですよ。村瀬さんの今の話だって、まだ信用していないくらいなんですから」

刑事として正しい態度だった。黒木のような威圧感はないが、十分に肝が据わっている。私は所在なく視線を床に落とした。三島の革靴が黒く光っていた。レッドウィングのポストマンシューズだ。耐久性の高いこの革靴を三島は以前から愛用していた。刑事の靴は汚いものだと相場が決まっているが、よく手入れをする時間があるなと感心していると、三島がふっと息を零した。

「将来を期待されていた職人だったそうですね」

「──え？」

「秋山亮は福井県敦賀《つるが》市の出身です。地元の公立高校を卒業後、〈水仙堂〉に就職しました。両親が喫茶店をやっていて、子供の頃から食に対しての興味があったのでしょうか。勤務先は嵯峨野店。熱意があり、筋もいいと評判だったようです。それが三週間前、突然店を辞めました。同僚たちも驚いていて、まったく理由がわからないと口を揃えています。修業の身ですから、それなりに厳しかったのでしょうが、決して音《ね》を上げたわけではないと他の職人たちは言っていました。もちろん多少の小競り合いはあったようですが、職人たちはみんな、秋山青年に目をかけていたと断言しています」

三島はあまり抑揚をつけず、台詞を読み上げるように言った。私はなぜ三島が急に語り出したのかわからず、半ばぽかんとしながら聞いていた。

「特に親しくしていたのは樋口勇樹《ひぐちゆうき》という職人で、秋山亮の二年先輩です。樋口も北陸出身で、高校卒業後〈水仙堂〉で働き始めました。環境が似ていたこともあって、秋山亮を弟のように可愛がっていたそうです。実際、仕事の上でも教育係を任されていました」

「その樋口という先輩は今も嵯峨野店にいるのか」

「はい。かなりショックを受けていると聞いています。一言くらい相談があってもよかったのにと。秋山亮は最も近かった樋口にさえ相談せず、急に店から消えました。樋口は心配して、秋山亮の自宅のマンションを何度か訪ねたそうです。でも、常に部屋は真っ暗で、人の気配がしなかったと言っています。どれだけインターホンを鳴らそうが、ドアを叩こうが、まったく応答がなかったと」

「警察には届けなかったのか」

「それは考えたようです。嵯峨野店の同僚たちの間で話し合いがありました。ですが、その場で答えは出せず、店長の方から社長に進言するという形で終わりました」

「社長というのは仙田雄太郎のことだな」

「よく知ってますね」

「ホームページを見た」

「店長は花井《はない》という五十過ぎの男なんですが、どうも頼りにならないというのが周囲からの評判です。穏やかで人当たりのいい人物らしいんですが、押しに弱いというか、根が保身的というか」

「それで、その花井は社長に相談したのか」

「一応はしました。でも、警察沙汰にするほどではない、嫌になって去っただけだと一蹴されたようです。逆に、一人の職人が辞めたくらいで騒ぐなと叱責《しっせき》を受けたと、花井は語っています。花井の立場上というか、性格上というか、そこで引き下がるしかなかったのでしょう」

「社長の仙田自身はどう話している？」

「まだ会えていません」

「え？」

「出張で京都を離れていて、今はまだどうしても戻れないと。電話で形式的なことは訊ねましたが、本格的な聴取はこれからです」

仙田という男に対して、ますます不審感が募っていく。昨日、私は嵯峨野で彼を目撃しているのだ。ベンツに乗って〈両兼寺〉という寺に入っていくところを。あれは決して見間違いではない。

秋山青年の事件が発覚したが、仙田は警察の聴取に応えず、慌てて〈両兼寺〉に向かったというのか。そして、そこには〈条南興業〉の川添もいた——。

「社長の仙田が事件に絡んでいるのか」

「それは答えられません」

「捜査方針は話せないとしても、おまえ個人はどう考えているんだ。経験上の感覚でもいい」

「それも言えません」

「秋山青年については語ってくれたのに、仙田については口を閉ざすのか」

「秋山亮に関しては、村瀬さんでも知り得る情報です——本店の高橋という店員に訊ねれば、彼女は答えるでしょう」

三島は少し頬を歪め、意味ありげに微笑んだ。やはり、高橋が私について話したようだ。多分、名刺も差し出して。三島がここへやって来たのも、その裏付けがあってこそなのだ。

「仙田の聴取はおまえが担当するのか」

「ええ、僕が。あとで教えてくれなんて言わないでくださいよ」

三島がカップに手を伸ばし、ゆっくりとコーヒーを飲んだ。私はその様を眺めながら、昨日の仙田の行動について話すべきかどうか考えていた。

「村瀬さん、どうするつもりなんですか」

三島がカップに語りかけるように言った。

「どうするって？」

「この先も事件を追いかけるつもりですか。そして、自分の手で解決するつもりですか。手帳もないのに無理ですよ」

三島が視線を上げた。その目は硬く、冷えていた。急に分厚い壁が立ち塞がったようだった。あなたはかつての先輩ではなく、容疑者の一人なのだ――三島はそう告げている。

黒木に言われるよりも痛かった。三島の訪問は私への聴取だけが目的ではなく、勝手な真似をするな、邪魔をするなと戒めるためでもあったのだ。いや、そちらが本意だろうか。三島を見くびっていたわけではないが、私に甘えがあったのは確かである。三島の言う通りだ。目の前にいるのはかつての後輩ではなく、私とは関係のない一人の刑事だった。

「三島、質問はあと回しにしてくれるか」

「内容によります」

「どこかの誰かからタレコミがあったと思って聞いてくれ」

今度は私が視線を落とし、三島の綺麗な革靴に向かって口を開いた。

「昨日、仙田雄太郎は嵯峨野にいた。彼は〈両兼寺〉という寺に入っていった。そこには〈条南興業〉の連中もいた可能性が非常に高い」

三島の靴底が強く床を打った。ぐっと踏ん張っているのが見てとれる。

「……それで？」

「これで終わりだ」

何か言いたそうな気配が伝わってくるが、私は疑問を拒絶するために顔を上げなかった。そんな拒絶を察したのか、三島は大きく息を吐いてソファーから立ち上がった。

「村瀬さん、礼は言いませんよ」

「ああ、いらない」

「僕は村瀬さんのことを優秀な刑事だったと評価しています。でも、協力的でない態度をとり続けるなら、きっと見損なっていたでしょう。そうならなくてよかった」

三島の靴音が遠ざかっていく。三日前の柳のものとは違い、軽快で颯爽《さっそう》としていた。

藤崎青年と阿佐井のことは伏せたが、それでもある種の解放感を覚えたのか、不思議と晴れやかな気持ちになっていた。三島の車が去っていくエンジン音を聞きながら、私は笑みを浮かべていた。

21

藤崎青年とナインが戻ってきたのは、それから十分後のことだった。青年はその前に「もう戻っても大丈夫？」と連絡をよこした。なかなか律義であるが、残りのギャランティをもらうために、私の機嫌を損ねたくなかったのだろう。

ナインは家の中に入るなり、真っ先にキッチンへ向かった。水で喉を潤したあと「早く残りの食事を」と言わんばかりに、その場から動こうとしなかった。私は多めにドッグフードを器に盛ってやった。ナインは舌を垂らしながら、「それでいい」と嬉しそうに頷いた。

「ねえ、お客さんって女の人だったの？」と、青年が訊いた。

「いいや。なぜそう思う？」

「なんか村瀬さんの表情が柔らかくなってるからさ」

顔に出ていたとは恥ずかしかったが、多少なりとも胸のつかえがとれたのは確かである。柳の意思らしきものを尊重し、公にせず自身でなんとかしようと考えていたが、三島の指摘通り、やはり無理や限界があるのは明らかだった。

今から思えば、三島がここに来た時点で、彼にになら話しても構わないと心のどこかで考えていたのかもしれない。私も三島も、柳のかつての相棒だ——その共通項は大きかった。

「ところで君はこれからどうするつもりだ。自宅に帰りたければ山の下まで送るが」

「今日で三日目だから明日までいるよ。四日間って約束だったから。まあ、村瀬さんが帰れって言うんならそうするけど」

とは言いつつも、青年はあれこれ理由をつけて明日まで居座る算段だろう。偽者とばれたが、四日間過ごしたという条件はクリアしておきたいといったところか。ギャランティの交渉の際、一応の武器にはなる。彼の方こそ、そんな思いがありありと表情に出ていた。

私は「好きにしろ」と答えた。今日もこれから嵯峨野へ行くつもりだった。その間、ナインの世話を頼むこともできる。

「出かけてくる。食事は昨日の残りで済ませてくれ。今日も遅くなる」

「うん、わかった」

「ナイン、大人しくしてろよ」

私はナインに声をかけ、車のキーを手に家を出た。空はいくぶん明るくなっているが、まだ灰色の雲に覆われている。山全体が湿気に包まれており、むっとするほど緑の香りが強くなっていた。

運転席に座ると同時に携帯電話が鳴り出した。見知らぬ番号だった。

「もしもし、村瀬さんでしょうか」

聞き覚えのある女性の声――〈水仙堂〉本店の店員、高橋からだった。

「はい、村瀬です。昨日は急にお伺いしてすみませんでした」

「こちらこそ、ろくに時間をとれず失礼いたしました。あの……名刺をいただいて、昨日から電話をしてよいものかどうか迷っていたのですが……」

「いえいえ、助かります。これからまたそちらへ向かうつもりでした」

「そうでしたか。申し訳ありませんが、今日は店にはおりません」

「定休日ですか」

「いいえ、店は営業しています。シフト上、もともと休みの日で」

高橋はそこで口を噤んだ。用件はもちろん秋山青年の事件に関してであろう。だが、私が事件を知っているかどうか、彼女は判断できないはずだった。私は昨日「秋山青年を探している」としか告げていない。

「秋山亮君の事件ですね」と、私の方から切り出した。「ついさっき警察が家に来ました。高橋さんにお渡しした名刺を辿ってきたようです」

「え、警察が？　そんなつもりで見せたわけでは……」

「ああ、誤解しないでください。あなたを非難しているのではありませんよ。私に迷惑がかかったとか、そんなことは思わないでください。とにかく、私は警察の訪問に応じ、事件のことを聞きました。昨日の今日ですからとても驚いているところです」

本来なら悔やみの言葉を並べるべきであろうが、話を先に進めたかった。失礼を承知の上で私は続けた。

「秋山君がどういう人物かについては、警察の方からざっと聞いています。いきなりで申し訳ありませんが、改めて彼について訊ねても構いませんか」

「はい、わたしが知っていることでしたら」

私の質問に対し、高橋は落ち着いた声で答えた。だが時折、不意に間が空いた。感情を堪えている気配が電話越しに伝わり、その間こちらも黙って待つしかなかった。

彼女の話はほぼ昨日と同じだった。秋山青年がいかに熱心で、一生懸命な職人であったか、そして、未だに彼が店を辞めた理由がわからないという点に終始していた。

残念ながらと言うべきか、先程三島から聞いた内容とあまり大差がなかった。

「高橋さん、答えづらいと思いますが、秋山君が事件の被害者になるような原因に心当たりはありますか。誰かに恨みを買っていたとか、何か大きなトラブルを抱えていたとか」

「いいえ」と、彼女はすぐに否定した。「わたしには思いつきません。店を辞めた理由も見当がつかないのに、ましてや事件の被害者になるなんて……」

　そこに何か因果関係があると普通なら考えるはずだが、彼女の口ぶりには、両者を別物としてとらえているような潔白さが感じられた。

「高橋さん、以前は嵯峨野店に勤務していたと仰《おっしゃ》っていましたね。そちらにも警察が行っているはずですが、嵯峨野店の方から何か聞いていませんか」

「わたしも気になって、昨晩、仲のよい同僚と電話で話しました。でも、やはりトラブルなどはこれといって……」

「そうですか。あの、樋口勇樹という職人はご存じですか」

「ええ、もちろん。秋山君の先輩です」

「二人はとても親しい間柄だったと聞きました。厚かましいお願いですが、樋口君を紹介していただけませんか。これから嵯峨野へ向かいます」

「わかりました。わたしの方から連絡を入れておきます」

　私を警察の人間だと勘違いしているのかと思うほど、彼女の対応は誠実だった。秋山青年を心配し、探しているのだと告げた時点で、彼女は私を仲間と認めたのかもしれなかった。

「ああ、それからもう一つ——社長の仙田雄太郎という方はどういう人物ですか」

　彼女の優しさにつけ込んでいるような気がしないでもなかったが、仙田に関してはどうしても訊ねておきたかった。

「そうですね……」と、高橋の口調が鈍った。「正直に申しますと……仙田社長とはあまり面識がないのです」

「面識がない？」

「いえ、〈水仙堂〉は大企業ではありませんし、職人と従業員を併せても二十名ほどですから、当然お会いして話したことはあります。ですが、社長はほとんど店に顔を出さないと言いますか、業務的なこと以外話さないと言いますか……我々従業員からすると、距離があるのが実情です」

「先代の頃と比べて、ということでしょうか」

「……はい」

「先代から六代目になり、〈水仙堂〉本店の客層が変わったという話を耳にしました。観光客が増えて、若い女性にも人気が出ていると」

嵯峨野で会った地元の女性は、それを「土産物屋」と評していた。

「確かに以前ですと、若い女性客は一割にも満たなかったのに、最近では全体の四割近くを占めるようになっています。京都だけでなく、遠方からのお客さまも増えました。増えはしましたが……」

高橋個人として、あまり望むべき状況ではないのだろう。彼女の理想は、嵯峨野店のような地域に密着した昔ながらの店舗なのかもしれない。

「先代は社長というよりも、常に職人としてあり続けた方でした。経営についてはあと回しで、ずっと作業場で生地を練り、菓子を作っておられました。背中で語ると言うと古くさいかもしれませんが、職人たちはみんな、そんな先代に鍛えられ、憧れていたのは事実です。現在の〈水仙堂〉の礎を築いたのは間違いなく先代の力です」

それは嵯峨野の例の女性も口にしていた。〈水仙堂〉が京都に定着したのは先代のおかげだと。

「ですが、年には勝てません」と、高橋が続けた。「息子さんに看板を譲られたのは、自身が作業場に立てなくなったのが大きな理由です」

「ご病気か何か――」

「いえ、七十歳を過ぎて、もう体力的にきつかったようです。満足に菓子を作ることができなくなればやめると、日頃から仰っていましたので。わたしたちはとても残念に思いましたが、先代らしいきっぱりとした引き際でした」

「先代は今どうされているのです？」

「嵯峨野店の近くにある自宅でのんびりされていますよ」

「ああ、先代は嵯峨野にお住まいですか。では、時々お店に顔を出したり――」

「それはありません。六代目に看板を渡した以上、顔も口も出しません。これは〈水仙堂〉に限ったことではなく、歴史のある店は大抵そうだと思います。代が替わるとはそういうことなのです。少し大袈裟かもしれませんが、そうして伝統は作られていくのです」

高橋は諭すような口調で言った。伝統ある老舗で長年働いてきた風格や使命感のようなものが感じられ、私は少々押され気味だった。しかし、決して嫌な気分ではなかった。

「〈水仙堂〉は六代目の店になりました。先代はもう関わりを持ちません。口を出せば、看板を譲った意味がなくなってしまいます。代が替われば、必ず悪い噂が湧いて出てくるものです。味が変わった、質が落ちたと。でも、それらを払拭するのは看板を継いだ六代目の役目です。六代目の力でなんとかするしかありません。そこに先代が手を貸せば、『六代目は頼りない』『六代目はまだ当主の器ではない』と悪評が広がります。それは避けなければなりません」

「そういうものなんですか」

「そうして店を畳んだ老舗をいくつも見てきました――京都の恐ろしいところです」

耳の奥がちくりとした。伝統とは縁遠い私でも、この地で生まれ育てば、そんな噂の一つや二つ必ず耳にする。京都は狭い街である。一度噂が立てば、あっという間に広まってしまうのだ。この曇り空のように、どんよりとしたある種の閉塞感が存在するのは否定できない。

「では、そういった噂を消し去るために、六代目は方向転換したわけですか。本店の内装や商品を現代風にアレンジして、新たな客層を呼び込んだ」

「そういうことになるでしょうか。もちろん、そのせいで別の悪い噂が囁かれてもいますが……〈水仙堂〉は京菓子屋ではなく土産物屋になったと」

高橋が寂しそうに言った。彼女は〈水仙堂〉に相当な愛着を持っている。だからこそ、本店の現状を手放しで喜べないのだろう。いや、あまりにも理想と離れていると言うべきか。そしてまた〈水仙堂〉への愛着ゆえ、六代目についての不平や不満を口にしたくないのだろう。

職人気質《かたぎ》の先代と、利益優先の六代目——言ってしまえばよくある構図だ。だが問題は、そんな六代目が成功しているという事実だった。評判はどうあれ、これでは不満の申し立てようがないし、六代目も聞く耳を持たないであろう。

「高橋さん、もしかして、嵯峨野店も本店のように改装する案が出ているのではありませんか」

「……ええ、出ています」

利益を追う六代目ならば当然の筋道だ。本店の成功に乗じて、さらに儲けを出そうと考えるのは自然である。

「ただ、嵯峨野店はとても小さな店ですから、六代目はまだ決断できずにいるようです。店舗を拡大しようにも、周囲は住宅街で余っている土地がありません。仮に土地を購入するとしても、同じ投資をするなら、新店舗をオープンさせた方がよいのではという案もあるそうで……」

高橋の不安や憂いが言葉尻から届いてくる。私にはなんとも言いようがなかったし、彼女もまた、門外漢の私の意見など求めていないに違いなかった。

「あ、すみません」と、高橋が言った。「嵯峨野の同僚からキャッチホンが」

「どうぞ出てください。私の方はこれで。長々とすみませんでした。また何かあればお電話ください」

礼を言って電話を切った。まだ〈両兼寺〉や〈京都中央菓子組合〉に関して訊ねたかったが、仕方ないと諦めた。〈両兼寺〉については既に三島に委《ゆだ》ねた形になっている。下手に探りを入れれば、三島の邪魔をする可能性もある。

期待できるとすれば——それは松岡だった。

私はようやく車のエンジンを始動させ、家から出発した。

22

山を下り、白川通沿いにあるコンビニで地元紙を買った。そして、車を駐車場に止めたままざっと目を通した。

小さく事件の記事が掲載されていた。秋山亮の名は出ているが、〈水仙堂〉の元京菓子職人ということは書かれていなかった。警察が意図的に伏せたのかどうかわからなかったが、殺人事件として捜査にあたるとの明確な判断を示し、記事は締め括《くく》られていた。

想像はしていたが、大した情報量ではなかった。ネットでの記事も検索して見比べてみたが、ほぼ同様の内容であった。私は新聞を助手席に投げ、駐車場から車を出した。

そのまま嵯峨野へ向かうつもりだった。きっと〈水仙堂〉嵯峨野店や〈両兼寺〉の付近には警察の姿があるだろう。三島が早速手配しているはずである。不用意に動き、こちらが警察の目に留まることだけは避けねばならない。しかし、秋山亮と最も親しかった樋口勇樹という職人には直接会っておきたかった。

今出川通へと右折した。この先には阿佐井の会社がある。まさか出社していないだろうが、なんとなく様子を確認しようかと思った。〈阿佐井企画〉は通り沿いにある。表に車がなければ素通りすればよいだけだ。

が、河原町今出川の交差点から、濃紺のBMWの尻が見えていた。私が昨日借りたライトバンはない。修理屋でタイヤの交換をしているのだろう。私は少し迷ったが、〈阿佐井企画〉の駐車スペースに車を入れた。

運転席から降りるなりビルの入口のガラス扉が開き、松岡が小走りに現れた。昨日は気付かなかったが、監視カメラが設置されているに違いなかった。

「村瀬さん、ちょうど電話しようと思っていたところでした」

松岡は車の横に立ち、深く腰を折った。ジーンズに綿のジャケット、首からは相変わらずシルバーのネックレスが垂れている。

「ライトバンは修理屋か」

「ええ、知り合いの車屋に。派手にやられましたね。トラックに載せるのが大変でしたよ」

「すまなかった。四本ともパンクさせられるとはな。〈条南興業〉のチンピラに報復する時はおれも呼んでくれ」

冗談であったが、松岡もわかっているようで愉快そうに頬を崩した。その笑みが昨日よりも晴れやかだった。

「もしかして阿佐井がいるのか」

「──はい」と、松岡が力強く答えた。

「もう動いても大丈夫なのか」

「本人はそう言っています。心配は無用だと」

「心配しているわけじゃない。また急に意識を失ったりしたら、おまえが困るだろう」

「いえ、俺はいつでも阿佐井さんを支えますから」

松岡は阿佐井の回復を喜びつつ、それ以上に阿佐井の横にいられることが嬉しくて仕方ないようだった。

「で、おれへの電話とは何だ」

「紹介したい人がいるんです。今、事務所に来ています。村瀬さんも会って話したいと思うはずだと」

「阿佐井が言ったのか」

「ええ、まあ」

「誰だ」

「〈京都中央菓子組合〉の組合員です」

松岡は意味ありげに言い置くと、ビルの入口へ向かった。昨日の電話をきちんと阿佐井に伝え、組合の関係者を手配しましたといったところか。松岡の背中は自慢げであったが、腹は立たなかった。むしろ私は、彼の仕事ぶりに感心し始めているくらいだった。

ビルの中に入ると、阿佐井が待っていた。頭に包帯こそ巻いていないが、左のこめかみには仰々しいほどの医療用テープが貼られていた。

「ご迷惑をおかけしました」と、阿佐井が頭を下げた。

「そんなことより——」

傷の具合を訊ねようとすると、阿佐井はすぐに私の言葉を制した。

「心配しないでください」

阿佐井の左目の半分はテープに隠れていたが、右目には鋭く冷えた光が戻っていた。私が知っている阿佐井の目だった。しかし、それでも顔色はいつもより青白く、血色が悪い。多少なりとも無理をしているのは明らかだった。

「まだ完全には回復していないようだが、無理ができるくらいには回復しているんだな」

「そう思っていただいて結構です」

「いいだろう」

頷いて答えると、阿佐井が微かに笑みを見せた。痛みを堪えているのか、引きつった笑みだった。

「松岡から聞いた。〈京都中央菓子組合〉の関係者が来ているそうだな」

「菊池孝蔵《きくちこうぞう》という人物です」

「おまえの友人なのか」

「友人ではありませんが、一度彼に手を貸したことがあります。去年になりますか、彼はちょっとしたトラブルを抱えていて、私が解決してやったのです。組合の一部の者と、彼の店との間に限った悶着でしたが」

「彼の店？」

「〈きくや〉という店はご存じですか。〈水仙堂〉ほどの伝統も歴史もありませんが、創業四十五年を迎える京菓子屋です。とはいえ、京都ではたったの四十五年ですから到底老舗とは呼べず、まだまだ半人前のひよっこという評価になりますが。彼は現在〈きくや〉の営業部長という肩書です。順当にいけば三代目を継ぐでしょう」

〈きくや〉という名前は私も知っていた。ただ、それは新聞やインターネットの広告上でのみの話であった。店舗は東山《ひがしやま》に構えていたはずだが、実際に訪ねたことは一度もなく、味や質に関しては見当もつかなかった。

「その菊池という男は〈北天会〉の者か」

「違います」

「おまえに助けを求めたのであれば、それなりに関係性がある証拠だ。普通の者はヤクザに接触する機会などない」

「そうかもしれませんが、〈阿佐井企画〉という不動産屋と知り合うきっかけはあるでしょう。菊池は私と同じ一般人ですよ。少々欲深くはありますが」

阿佐井はいつものように一般人を主張したが、私はもう無視することにした。

阿佐井は濃いグレーのスーツに水色のネクタイを合わせていた。右手がそのネクタイを楽しそうにいじっている。こめかみの傷の痛みを抱えながらも、上機嫌ではあるらしい。

「菊池に会っていきますか」

「断る理由はないな。〈京都中央菓子組合〉の組合員ならば、〈水仙堂〉の仙田雄太郎と面識があるんだろう」

「私と菊池の関係性よりは深いでしょう」

「十分だ」

「ですが、初めにこれだけは言っておきます。菊池は今回の事件のことは何も知りません。秋山亮という職人についても、柳さんについても」

「なるほど。では、おれも初めに言っておこう。松岡から〈両兼寺〉について聞いているな。おまえのことだ、早速情報を集めているだろうが、下手に嗅ぎ回らない方がいい。おれは今日〈両兼寺〉に乗り込むつもりだったが、事情が変わった。警察が動き始めている」

私は一時間ほど前に三島に話したことを、彼の名は出さずにざっと説明した。

阿佐井は聞き終わると、背後に控えていた松岡に目配せを送った。松岡がすぐさま携帯電話を取り出し、ビルの奥へと引っ込んだ。

「有難うございます。村瀬さん」と、阿佐井が薄い笑みを浮かべた。

「おまえや松岡の周囲が騒がしくなれば、その分だけ柳を救い出すための時間を無駄にする。柳が奴らに捕まってから、少なくとも丸一日が過ぎている」

「警察が動いたのなら、もう時間の問題でしょう」

「ああ。自分で言うのもなんだが、おれが単独で捜索するよりもずっと早い。ただ、すべてを警察に任せたわけじゃない。おれはおれで柳を救い出す——全力でな」

阿佐井は大きく頷くと背を向けた。思ったよりも足取りはしっかりしている。やせ我慢をしているのなら相当な気力だった。

「ところで欲深い菊池孝蔵だが、本人にその点について訊ねても構わないのか」

「興味があればどうぞ」

阿佐井は振り返らずに答えた。阿佐井はどうやら菊池を見下しているらしい。同じ呼び捨てであっても、松岡に対する口ぶりとはまったく温度が違っていた。

23

菊池孝蔵という名前から年配かと想像していたが、三十前後のすらりとした若い男性だった。松岡と同じようにジーンズにジャケットという軽装で、足には白のレザースニーカーをはいている。左の手首には、これ見よがしにロレックスの腕時計が光っていた。

目や鼻や口が真ん中に集まったような顔つきだった。その中央に光沢のある黒縁の眼鏡がある。京菓子屋の営業マンというより、IT企業のビジネスマンといった印象を受けた。

私が阿佐井の事務所に入るなり、菊池はソファーから立ち上がり、丁寧に一礼をよこした。自己紹介を済ませると、私は菊池の向かいに腰を落とした。昨日、阿佐井が血を流して横たわっていた場所であった。

「村瀬さん、彼と二人で話したいのであれば、私は席を外します」と、阿佐井が立ったまま言った。

「いや、おまえがいた方が都合がいい。二人と面識があるのはおまえだ。互いに伝わりづらかったり、不明瞭な点があれば補ってくれ」

阿佐井は壁際にある自分のデスクに着席した。私と菊池が話しやすいように、応接ソファーから距離をとった形だった。

いつの間に電話を終えたのか、松岡がトレーを持って現れ、私の前にコーヒーカップを置いて退室していった。

「あの、〈京都中央菓子組合〉のことをお聞きになりたいとか――」

菊池が黒縁眼鏡を指で押し上げながら言った。気障《きざ》な仕草に見えなくもないが、単に眼鏡がずり落ちてしまうほど鼻が小さいのだ。そのせいもあってか、どことなくユーモラスな雰囲気のある男だった。

「より詳しく言えば、仙田雄太郎さんについてです」

「組合の理事長ですね。〈水仙堂〉の六代目」

「菊池さんは仙田さんと面識があるそうですね」

「同じ組合に入っていますから、まあそれなりに。会えば話もしますし、プライベートで呼び出されて食事に付き合ったこともあります」

言葉尻にどことなく棘《とげ》が感じられた。私の誤解かもしれないが、菊池は仙田に対して何らかの悪感情を抱いているようだった。

そんな私の思いを察したのか、阿佐井が冷静に口を挟んだ。

「わかりました」

「村瀬さんが余計な詮索をしないで済むよう、この菊池の立場をはっきりさせておきましょうか。彼は仙田を嫌っています。ですが、彼には仙田に敵対したり、反抗するだけの力はありません。陰口を叩くのがせいぜいです」

やけに突き放した口調だった。当の菊池はウェーブのかかった髪を恥ずかしそうに撫《な》でていた。困惑したり、恐縮している様子はない。普段から阿佐井のこんな態度に慣れているらしい。阿佐井に助けてもらった過去があるようだから、頭が上がらないのかもしれなかった。

「伝統には勝てないのですよ」と、菊池がぽつりと言った。「どうあがいても歴史には勝てません」

「店の創業年数ということですか」

「はい。〈水仙堂〉は百五十年、うちの〈きくや〉は四十五年です。我々の業界、いや、京都の伝統産業はどこでもそうでしょうが、この数字が大きな影響力を持っています。いわゆる『たったの百年』ですよ。創業百年に満たない店は歴史などないも同然です。老舗からすれば、うちの店など眼中に入っていません」

菊池は自嘲しながら語った。悲壮感はないが、やり切れない思いはあるらしい。本人も愚痴っぽいと理解しながら、わざとそのように話している節が見受けられる。菊池なりの照れ隠しだろうか。

「厄介なのは、この歴史がそのまま人間関係にも当てはまることです。歴史のない店の者はいつまでも下っ端で、歴史のある店の者は常に格上。残念ながら、これはもう覆りません。私に力がないと阿佐井さんが言ったのはそういう意味です。もちろん、老舗の人が全員そうだとは言いませんよ。けれど、その傾向が強いように感じます。特に仙田さんは——あ、村瀬さんは仙田さんとお知り合いでしたっけ」

「いえ、会ったこともありません」

「もしお聞き苦しいようでしたら、私の妄想だと片付けてください。負け犬の遠吠《とおぼ》えだと」

　阿佐井が鼻で笑っていた。菊池の言葉を馬鹿馬鹿しいと思っているのだろう。だが私は、菊池の言い分をすべて否定する気はなかった。大なり小なり、京都にはそんな慣習があるのは事実だ。伝統産業ならば、それも顕著だろうと推測はできる。

　しかし、それが良い方向に働く場合もある。現に〈水仙堂〉の高橋には、老舗京菓子屋としての品格や風格が感じられた。私は彼女の電話での態度に感心したばかりだ。

「組合には理事長を含めて五名の理事がいますが、すべて創業百年以上の老舗の人たちです。私はこの先、理事に入る機会はないでしょうね、ははは」

　そう続けて、菊池はことさら明るく笑ってみせた。卑屈とは言わないが、無駄な陽気さに嫌悪感を覚える。阿佐井が彼に冷たい理由もこの辺りにあるような気がした。

「〈京都中央菓子組合〉はどんな組織なんですか?」と、私は訊ねた。

「どこにでもあるような普通の組織ですよ。京菓子の普及、技術の向上、伝統の保存などを謳《うた》っていますが、実際は定期的に集まって飲み食いし、近況報告やあまり有益でもない情報を交換しているだけです。市内の商店街やデパートの催事場でイベントをすることもありますが、半年に一度あるかないかという程度です。最近では会合やイベントに参加する人も減っています」

「ですが、組合員の数は多いでしょう。二百以上の店や企業が名を連ねていると、ホームページに書かれていましたが」

「ああ、その数に偽りはないと思います。でも、組合の体裁を保つための数字と言った方が正しいでしょうね。名前だけ貸している人が大半です。私たちより大きな京菓子組合も他にありますが、実体は似たようなものです。付き合い上、重複して名前を連ねている企業もたくさんありますし。多かれ少なかれ、組合なんてどこも同じかと」

「こんなことを訊《き》くのもなんですが、そんな組合にいる意味はあるんですか」

「率直に言うと、私自身あまり意味はないと感じています。上の人に気を遣うのも面倒ですし、頻繁に活動していないくせに、事務作業だけは回ってきますからね。煩わしくて仕方ありません。けれど……そんな作業と一緒に、きちんとした仕事の話も回ってくるんですよ。組合の中で仕事を循環させているんです。上手くできていますよね」

「例えばどんな仕事が？」

「そうですね、多いのは冠婚葬祭です。式の引き出物や記念品として、あるいは供養の品として京菓子の発注があります。大きな結婚式ですと参加者の数も多いでしょう。一つの店だけだと手が回らない時があるんですよ。そういう場合に、足りない品を揃《そろ》えてくれと組合の仲間内から連絡がきます。まあ、おこぼれにあずかっているわけですね。組合を存続させていくために、私たちのような小さな店にも一応は気を配っているということでしょうか。エサをちらつかせて」

「組合を抜けられては困ると」

「そういう側面は大いにあるでしょう。規模が小さくなっていくのは見栄えがしない。京都は体面を気にする土地柄ですしね。村瀬さんは京都の人ですか？」

「ええ、生まれも育ちも」

「じゃあ、共感してもらえるかな」

私は曖昧《あいまい》に頷《うなず》いた。全面的に菊池に共感しているわけではないが、四十年を京都で過ごした身として、反論しにくい部分ではあった。私の中にも、そんな肌感覚が植えつけられている。だが、口にはしなかった。賛同の意を表せば、菊池の側に立つことになりそうな気がした。

「では、その仕事を回しているのが仙田さんというわけですか」

「仙田さんを含めた幹部ですね」

「よくわからないのですが、そうして仕事を振ってもらっているのであれば、なぜ仙田さんを嫌うのです？　感謝すべき人物のように思えますが」

菊池はずり落ちた眼鏡をまた指で押し上げ、ちらりと阿佐井の方へ目をやった。

「阿佐井さんから正直に話せと言われていますからね……いや、世話になっている私が言うのも変ですが、仙田さんのやり方がちょっとひどいのですよ。見方によっては犯罪行為かもしれません」

24

「犯罪行為？」と、私は訊き返した。

「共謀というのか、癒着というのか……」

菊池はとうとう邪魔になったのか、黒縁眼鏡を外してテーブルに置いた。

「結婚式の話が出ていましたが、それに絡んだことですか」

「いえ、めでたくない方の式――葬儀関係です。村瀬さんは返礼品というのをご存じですか？　葬儀や法要の際、弔問に来られた方に渡すお礼の品です」

「ああ、ハンカチか何かもらった記憶が」

「それです。一般的にはハンカチやタオル、あるいは菓子が多いでしょう。まあ、五百円から千円程度のものですが。香典返しとは違って、葬儀の参列者や弔問客すべての方に渡すお礼の品と考えてもらって結構です」

私は軽く相槌《あいづち》を打ち、先を促した。

「返礼品が菓子の場合、基本的に日持ちのする干菓子が好まれます」

「干菓子というのは砂糖を固めたような──」

「和三盆糖を型に入れ、固めて作る和菓子ですね。この干菓子は日持ちする点に加えて、価格が良心的というメリットもあります。そしてなにより、あまり職人の技術を必要としません。乱暴な言い方をすると、型抜きをするだけですから、誰が作っても品質に差が出にくい。だから大量生産できます。返礼品というのはある程度の数が必要です。そういう意味でも干菓子は向いているんですよ。生菓子ですと、こうはいきません。日持ちはしませんし、値段も張る。おまけに生菓子は職人の技術の結晶ですからね。丹念に生地を練って餡《あん》を包んで、美しく装飾を施して形を整えて……と、ずいぶん手間がかかります。一度に数を作れません」

菊池はそう言って和菓子の説明を始めた。私の聞きたい本筋から逸《そ》れていたが、話の腰を折るわけにもいかず、黙って耳を傾けた。

いわく、和菓子は大きく三つに分類されるという。

生菓子、半生菓子、干菓子。

その違いは含有している水分量で、おおよその目安として、水分を三〇％以上含むものを生菓子、一〇から三〇％のものを半生菓子、一〇％以下ならば干菓子と呼ぶそうだ。半生菓子という言葉はあまり馴染《なじ》みがないが、羊羹《ようかん》や最中《もなか》が代表的な菓子であるらしい。

「干菓子が返礼品に適している点は理解しました。先を急かすようですが、それがどう癒着につながるのです？」

「ああ、すみません。余計な説明でしたかね……つまり簡単に言ってしまえば、仙田さんが大量の返礼菓子の受注を受け、かなりの儲《もう》けを出しているということです。あれ、〈水仙堂〉の本店に行かれましたか？　綺麗《きれい》にリフォームされていたでしょう。あれ、そのおかげですよ」

私は〈水仙堂〉本店の店内を思い返した。老舗京菓子屋らしからぬ内装で、明るい照明も手伝って輝いているかのように綺麗だった。

「若い客層を取り込むことに成功したとか、他府県への広報活動が実を結んだとか言われていますが、あれは嘘《うそ》ですよ。いや、確かに〈水仙堂〉は若い女性に人気がありますし、観光客の数も増えているのは事実です。でも、利益を生み出しているのは間違いなく返礼菓子です」

「仙田さんがそうして業績を上げていたとしても、それはまっとうな商売なのではありませんか?」

「ええ、表面上は。だから、問題はそのやり口なんですよ――京都市には十一の区がありますね。そして、区ごとに複数の葬儀場がある。そこでは毎日のように葬儀が行われていて、たくさんの参列者がいる。仮に各区に三つの葬儀場、弔問客がそれぞれ五十名としましょうか。そうすると単純計算で、一日に一六五〇名が葬儀場にやって来て、その人数分だけ返礼品が必要になるわけです。凄《すご》いでしょう。まあ、実際は葬儀が毎日あるとは限りませんし、家族葬といって親類だけで執り行う形も増えていますから、あくまでも計算上での話です。でも、膨大な数だと思いませんか」

菊池の話の先がようやく見えてきた。市内のすべての葬儀場は無理だとしても、仙田はそのうちのいくつかと手を組んでいる。そして、返礼菓子の受注を大量に引き受け、見返りとして葬儀場へキックバックを流している――。

菊池に確かめると、彼は「はい」と首を縦に落とした。

「共謀というのはそういう意味ですか。〈水仙堂〉と葬儀場の両者が結託して――」

「いいえ」と、菊池が今度は首を横に振った。

「違うのですか？」

「両者ではありません——三者です」

「三者？」

「お寺です。寺の坊さんも巻き込んでいるんですよ。だから性質《たち》が悪い」

思わず私はぴくりと反応した。

——寺。

私の脳裏にあったのはもちろん、あの眩《まぶ》しいほどに白い築地塀《ついじべい》であり、嵯峨野の街から浮いたような〈両兼寺〉の佇《たたず》まいだった。

阿佐井からの視線を感じた。見ると、阿佐井は塞がっていない右目を険しく細め、「そういうことです」と語りかけていた。

「また余計な説明になってしまうかもしれませんが」と、菊池は前置きして続けた。

「本来、返礼品は絶対に必要なわけではありません。先の家族葬などでは返礼品を配らない場合も多い。参列しているのは身内ばかりですしね。そして一般的な葬儀であっても、弔問の方に返礼品を渡すかどうか、その選択は遺族の判断に委《ゆだ》ねられています。でも、葬儀に坊さんは絶対に必要です。とりあえず、宗教とか宗派とか細かい点は抜きにして」

「ちょっと待ってください。葬儀の際、住職がお経をあげるのは当然です。しかし、その住職を選ぶのも遺族側のはずです。お寺には檀家《だんか》が存在する。葬儀場がどうこうできる問題じゃないでしょう」

「ええ、檀家の方は仰《おっしゃ》る通りです。この寺の坊さんと決まっていますし、葬儀場ではなく、その寺で葬儀を執り行う場合がほとんどですね。けれど、檀家に入っていない遺族の方も多いのですよ。そういう方たちにとってみれば、お寺や坊さんのことなんてよくわかりません。言い方を換えれば、きちんとお経をあげてくれれば、どこの寺の、どこの坊さんでも構わないのです。まあ、初七日《しょなぬか》、四十九日と法要は続きますから、遺族の自宅に近い寺の坊さんの方が好ましいでしょうが」

「住職の紹介も、返礼品の手配も――葬儀場に丸投げするわけですか」

「厳密に言えば、葬儀場と葬儀社ですね。今はこの二つを一緒にして喋《しゃべ》っていますが、基本的に仕事の内容や役割は別々です。一般的に、遺族が最初に連絡するのは葬儀社です。そうして葬儀社が日取りを調整し、諸々の段取りを決定しながら葬儀場を押さえます。本来、葬儀場というのは場所を貸しているだけですから。でもまあ、両者の関係性を考えれば二つで一つみたいなところがありますので、ここでは同じものとして解釈してください。実際、葬儀場と葬儀社の大半は系列会社になっていますし」

　三者の癒着、か。

　私は胸のうちで呟《つぶや》いた。葬儀社、京菓子屋、住職がまとまって、悲しみに暮れる遺族を取り囲んでしまおうという腹らしい……菊池の言う通りだ。遺族感情につけ込むなど、かなり悪質に思える。

しかし、あり得ない話ではないだろう。三者の関係性を考えれば、自ずと深く濃密になっていくのも理解はできる。仙田をはじめとして一儲けを企てる連中が現れ、結託しても不思議はない――。

巧妙と言わざるを得なかった。何も知らない遺族にすれば、すべてを手配し、葬儀をつつがなく進めてくれるのだから、感謝こそすれ、非難する要素など一つもないのだ。

「さっきは触れませんでしたが」と、菊池が言った。「檀家に入っていない遺族の方であっても、宗派というものがありますね。ですので、仙田さんはその宗派ごとにいくつかの寺と組んでいる節もあります。さすがにすべての宗派に対応はできないでしょうが」

なるほど、〈両兼寺〉はそのうちの一つということか。確か〈両兼寺〉の表の石柱には真言宗と刻まれていた。

「ね、やり口が汚いと思いませんか。私たちは死者を悼み、遺族の方に真摯《しんし》に寄り添いますと悲嘆に暮れた顔をしながら、『返礼菓子は〈水仙堂〉でいかがでしょう。老舗京菓子屋ですから、知名度も信頼度も高いですよ。どこどこの宗派なら、どこどこの寺を紹介することもできますよ』と勧めるわけです。人の生死にはお金が湧くって言いますが、あれは本当ですね。あ、不謹慎でしたか」

　菊池は眉根を寄せ、渋い表情を作ってみせたが、本人が不謹慎だと考えているようには思えなかった。菊池とは会ったばかりであるが、私は好きになれそうになかった。これればかりは阿佐井に賛同できた。

「仙田さんが組んでいる葬儀場と葬儀社、お寺がどこかわかりますか」

「限定するのはちょっと難しいですね……ほら、うちは東山でしょう。仙田さんが仕事を振るのは、西の菓子屋の方が圧倒的に多いんです。うちが直接おこぼれをあずかったのは数えるほどなんで」

「では、〈両兼寺〉という名を耳にしたことはありますか。嵯峨野にあるお寺なんですが」

「いや、知りませんね」

　私は仙田のベンツを思い返していた。秋山青年の事件が発覚したその日に、仙田は〈両兼寺〉に入っていった。菊池の話を聞く限り、仙田はかなりあくどい商売に手を染めているらしい。だが、寺や葬儀社との癒着だけならば、商売の範疇《はんちゅう》として見ることもできる。秋山青年が命を落とすほどのことではないように思える。

　問題は――嵯峨野で遭遇した〈条南興業〉のクラウンだった。場所といい、タイミングといい、もはや仙田と切り離して考えるのは難しい。あのクラウンには犯罪の臭いが充満している。窓に貼られたスモークのように黒く濃い臭いが……。

菊池がテーブルに置いていた黒縁眼鏡を手に取り、阿佐井に目配せを送った。これで一通り話は終わったと告げているのだった。阿佐井はその目配せを受け、私に送り返した。

「お忙しいところ有難うございました」と、私は菊池に礼を言った。「とても参考になりました。助かりました」

「それならよかった。じゃあ、私はこれで。何か訊きたいことがあれば、また連絡をください。一応、組合のパンフレットを持ってきました。ほんの数ページ程度の簡単なものですから、ほとんど参考にならないと思いますが」

菊池は足もとに置いていた黒いレザーの鞄《かばん》からA4サイズのパンフレットを抜き出し、テーブルに滑らせた。そして、最後にまた眼鏡を押し上げてから去っていった。

25

「あの男、好きになれないでしょう」

事務所の扉が閉まり、菊池の背中が消えた瞬間、阿佐井が口を開いた。

「珍しく同意見だ。なぜか鼻につく」

「彼は多分、この先また何か問題を起こしますよ。本人は負け犬だとか、老舗には勝ち目がないとか言っていましたが、腹の中は違います。いつか鼻を明かしてやろうと考えています。そしてまた潰されることになる」

「――また？」

「一度失敗しているのです。無茶な事業展開をしてね」

私は再びソファーに腰を落とし、阿佐井へと視線を振った。阿佐井は自分のデスクに座ったまま、左のこめかみに貼られた医療用テープを軽く押さえていた。

「その火消しをおまえが担当したのか」

「ええ、まあ。〈きくや〉は東山にありますが、昨年、お隣の滋賀県草津《くさつ》市にもう一店舗構えたのです。京菓子処〈きくや〉草津店として。うちでその物件を仲介しました」

「おまえが？」

「言ったはずですよ。不動産屋と知り合うきっかけはいくらでもあると。菊池は組合の老舗に気を遣い、頭を下げ続けるうちに鬱憤《うっぷん》も溜《た》まっていったらしい。滋賀県で一旗あげようと画策したわけですね。現二代目である父親の反対を押し切って」

「それが失敗したのか」

「結果的には。しかし、当初は順調でした。もの珍しさもあったのか、本格的な京菓子が草津で安く買えると評判になりました。菊池自身は職人ではなく、経営の道を選択したようですが、父親の職人としての腕は確かで、味も質も相当なものです」

「ならば繁盛するだろう」

「繁盛しました。ですが、その評判が組合の中にも届き始めたのです。ひょっこの〈きくや〉が滋賀県で頭角を現している、と。それを一部の——とある老舗の、とある人物が問題視したわけです。ああ、〈水仙堂〉の仙田ではありませんよ」

「どこが問題なんだ。菊池は普通に商売をしていただけに思える」

「ええ、何も問題などありません。しかし、その老舗の人物は気に食わなかった。〈きくや〉ごときがと腹を立てたのかもしれませんし、私や村瀬さんが彼を好きになれないように、何か個人的な恨みや悪感情があったのかもしれません。とにかく、その人物はある陰湿な行動に打って出ました。ある意味では、いかにも京都らしい嫌なやり方で」

「京都らしい？」

「噂《うわさ》です。〈きくや〉の京菓子は本物ではない。京菓子と銘打つのならば、きちんと京都で作るべきである。滋賀県で作っていてなにが京菓子だ——と方々で噂を流したのです」

「何だって？　無茶苦茶な言い分だ。論理性も整合性も何もない。ただの言いがかりだ。そんなもの誰が信じる？」

「信じたのですよ、京都の人々は。草津店ではなく、東山の本店の売上が目に見えて落ちたのです。恐ろしいでしょう。百歩譲って、草津店の客足が鈍るのならまだわかります。しかし、影響を受けたのは本店の方でした――〈きくや〉の京菓子は偽物だというわけです。菊池が『本店で作った本物の京菓子を草津に運んで販売している』と、いくら訴えてもあとの祭りです。結局、その噂に押し潰され、草津店を閉めてしまいました」

にわかには信じられない話だった。そんな無茶な、いや、馬鹿馬鹿しい噂が現実に流布し、店を一軒潰してしまうなど聞いたことがない。私自身京都の人間だが、頷ける点など一つもなかった。

しかし、残念ながらと言うべきか、私は「そんな話はあり得ない」と声高《こわだか》に主張もできなかった。私の耳には、〈水仙堂〉高橋の言葉が残っていた。彼女も、根も葉もない噂の怖さを案じていた――それが京都の恐ろしさだと。噂や悪評によって店を畳んだ老舗もあると。

「菊池には同情しないわけでもありません。村瀬さんが仰るように、子供みたいな言いがかりをつけられて、それで店が潰れるのですからね」

同情とは言いつつ、阿佐井の中では既に過去の話になっているらしく、いつものように淡々とした口調のままだった。

「そうして菊池に泣きつかれたのか。おまえは物件を仲介した手前もあって、その老舗の人物に報復した」

「組合から抜けるよう進言しただけですよ」

「なにが進言だ。脅迫か暴力まがいの真似《まね》をしたんだろう」

「想像にお任せしますよ、村瀬さん」

阿佐井は微《かす》かに頬を崩し、ネクタイを触り始めた。

「いいだろう。では、想像とは関係ないことを訊く。おまえは松岡らに〈両兼寺〉周辺を洗わせていたな──〈両兼寺〉の住職の名前は？」

私は少し身構えながら答えを待った。頭に一つの名前があったからだ。だが、阿佐井がその名を口にしないことを心から願っていた。

「大前《おおまえ》です。大前真苑《しんえん》。真苑というのは僧名かもしれませんが」

僧名などどうでもいい。問題は姓の方だった。

「大前は本名か」

「はい。五十歳前後の男で、父親はもう隠居していますが、同じく僧侶でした。〈両兼寺〉を受け継いだ形ですね」

「大前真苑に兄弟は？」

「妹がいますが、とっくに寺を出ています。船越《ふなこし》という男と結婚して」

私は腹から息を吐き出し、ほっと胸を撫で下ろした。

よかった――黒木ではなかった。

今回の事件の渦中、嵯峨野で黒木に会い、〈水仙堂〉嵯峨野店内で彼の影を感じ、〈両兼寺〉に不穏な臭いを嗅いでから、私の中でずっと黒木の存在がちらついていたのだった。彼は寺の次男坊だ。その実家が〈両兼寺〉で、〈水仙堂〉と深い関わりがあり、この一連の事件に加担している――つまり、柳を拘束した側の人間ではないかと疑いを持っていたのだ。

しかし、それは邪推だったらしい。黒木の実家について私は現職の頃からほとんど知らなかったが、少なくとも〈両兼寺〉ではなさそうだった。

「知り合いですか」

「いや、知り合いでなくて安心しているところだ」

「それはよかった」

阿佐井は指でネクタイを弾《はじ》くと、おもむろにデスクから立ち上がった。

「村瀬さん、それにしても京都という街は面白い。伝統を懸命に守る者もいれば、その伝統を笠に着て儲けを企《たくら》む者もいる。そして、その伝統に挑み、抗《あらが》おうとする人物

「馬鹿な噂を信じる人々もいる」

「はい──私が京菓子に関心を持ったのは、奇しくも菊池の一件からです。本当に奥の深い世界です。京菓子の名誉のために言っておきますが、仙田のような連中は稀《まれ》な存在です。ほとんどすべての老舗は伝統を守るために日々精進を重ねているでしょう。他の京菓子組合もしかりです。〈京都中央菓子組合〉が例外なのです」

「ふん、ヤクザの言葉とは思えないな」

「どこにヤクザがいるのです？」

阿佐井は呆《あき》れたように言い返したが、上機嫌に見えた。

「意外だな。おまえが京菓子を好んでいるなど思いもしなかった」

「先日〈水仙堂〉の菓子折りを渡した時、気に入っていると言いませんでしたか。〈水仙堂〉嵯峨野店の菓子は本物ですよ」

阿佐井が小さく笑った。つられて私も微笑《ほほえ》んだ。阿佐井との間で、こんなに和やかな空気が流れたのは初めてだった。

噂か――。

私は松岡が置いていったコーヒーを飲みながら思った。仙田雄太郎の悪質なやり口も、そうして方々に漏れ出したのではないか。そして、真っ先にその噂をつかんだのが〈条南興業〉だった。これは儲かると判断し、本間と川添が動き出した。特に本間は、後継者争いの地盤を固めるために金を集めている最中であった。渡りに船とばかりに仙田に接近した。みかじめ料をよこせと脅したのか、商売を拡充しようと友好的に持ちかけたのか知らないが、結果的に手を結ぶことに成功した。仙田からすれば、思い通りにならない葬儀社や寺に対し、〈条南興業〉の力を借りて圧力をかけられると踏んだのかもしれない。

しかし噂は――〈水仙堂〉の一人の職人にも届いてしまった。その経路は不明だが、本店の高橋の様子を見る限り、秋山亮個人、もしくは、ごく限られた人物にだけ届いたと考えてよいだろう。

秋山青年は非常に熱心で、将来を期待された京菓子職人だった。社長である仙田のやり方――利益を優先させる京菓子の叩き売りのようなやり方が許せなかったのではなかろうか。しかも、そこには〈条南興業〉というヤクザが絡んでいる。まだ若く、真っ直《す》ぐな秋山青年にとってみれば、京菓子への冒瀆《ぼうとく》にも思えたはずだ。

彼は悩んだことだろう。二十歳《はたち》そこそこの青年が一人で抱え込むには大き過ぎるし、一人で解決するには力も経験も手段もない。あるのは熱意だけである。

親しかった樋口という先輩職人には打ち明けていた可能性がある――いや、実直な青年だからこそ誰にも語らず、一人でどうにかしようと思い詰め、あがきもしたのだろうか。そしてあがいた結果、返り討ちに遭い、命を落とす羽目になってしまったのか……。

私はカップを手にしたまま目をつむった。この推測にはまだまだ空白があるが、流れとして大きく外れていないような気がしていた。

いずれにせよ、樋口には会わねばならない。高橋が連絡をつけておくと言ってくれていた。私は残っていたコーヒーを飲み干し、ソファーから腰を上げた。

「阿佐井、もう一つだけ訊きたい」

阿佐井は部屋の中央まで足を運び、「どうぞ」と言った。

「また、とはどういう意味だ」

「はい？」

「昨日のことだ。倒れたおまえを松岡と二人で車に運んだ時、おまえは呻《うめ》きながら言った――また借りができたと。おれはその時、おまえを車に押し込むことで精一杯だった。だから、特に意味を考えずに受け流した。意識を失いかけているおまえのたわ言だと思っていた」

「私は……そんなことを口にしましたか」

「おれの聞き間違いではないし、おまえの言い間違いでもないだろう」

阿佐井がこめかみの医療用テープを撫でていた。多分、痛みのせいではない。ややぎこちない指の動きに、戸惑いや面映《おもは》ゆさのようなものが見てとれた。

「しかし、おれには『また』と言われる心当たりがない。おまえに貸しを作ったとするならば、それは昨日だけだ」

阿佐井と視線がぶつかった。が、阿佐井は珍しく足もとへと目を逸らせた。両肩が小刻みに揺れている。そこには押し殺した笑い声が乗っていた。

「何がおかしい？」

「そうですか……私は自ら漏らしてしまいましたか」

阿佐井がふっと顔を上げた。見たことのない表情だった。熱のある冷然さとでもいうのか、不思議な温度が感じられるのだった。

「村瀬さん――やはり気付いていなかったのですね。私がなぜこの一件に首を突っ込んでいるのか」

私は少し警戒し、探るように言った。

「それは〈北天会〉のためだろう。〈条南興業〉の本間と川添を牽制《けんせい》しつつ、これからの動向を見極めるために。〈条南興業〉の頭、角倉が病に臥《ふ》せていると聞いた。もし角倉が亡くなれば、本間の天下になる。〈北天会〉との均衡が崩れる恐れがある。おまえはそれを懸念しているんじゃないのか」

「松岡がそう言ったのですね」

「それも理由の一つですが些細《ささい》なものです。本当の理由は——あなたに借りを返すためです。あなたに恩を返すためですよ」

「恩だって？　そんな恩を売った覚えなど——」

阿佐井が音もなく歩み寄り、互いの距離を詰めた。私は思わず後退しそうになったが、ソファーのせいで下がることができなかった。

「村瀬さん、二日前の夜を覚えていますか」

私の馴染みのラーメン屋〈宝来軒〉の向かいにあるコインパーキングでのことだ。

私はその夜、二年ぶりに阿佐井と対面したのだった。

「柳さんを追っている——私はそう匂わせました。柳さんの居場所が知りたいと」

「だが、なぜ追っているのか理由は告げなかった」

「告げませんでした。というよりも、この一件が解決するまで黙っているつもりでした。できれば、そのあともずっと」

「おまえには答えたくないことが多いらしいな」

「ええ、そのようです」

阿佐井は笑みを噛《か》み、ふっと息を吐いた。

「あれは……嘘だったのか」

「……違うのか」

「いえ、嘘ではありません。ですが、少々回りくどい言い方だったのは認めます。あるいは卑怯《ひきょう》であったのかもしれません」

「どう卑怯なんだ」

「実のところ……私は柳さんなどどうでもいいのですよ。あくまでも、私はあなたのために動こうと決めたのです。柳さんを追うことで、あなたから受けた恩を返そうと考えていたのです。私にはそれしか方法が見つからなかった――村瀬さんが警察を辞めてしまった今となっては」

　怒りよりも先に襲ってきたのは、不安定で危うい疑念だった。阿佐井の話がまったく理解できなかったことに加え、何か根底を覆されそうな気配を感じ、私はまるで言葉が出てこなかった。

　そして、阿佐井は言った。

「今から二年前――村瀬さんが手帳を置く前に起きた事件です」

26

　およそ二年と四ヶ月前――。
左京署の刑事だった私はある事件を担当していた。もう十日もすれば年が明けるという十二月下旬のことだった。

〈北天会〉と〈条南興業〉のチンピラ同士が左京署管内で起こした小競り合いだった。左京区一帯は〈北天会〉の縄張りに近いため、〈条南興業〉が乗り込んできた形になる。しかし実際は、襲撃や出入りのような大袈裟《おおげさ》なものではなく、偶発的に起こったくだらない喧嘩《けんか》に過ぎなかった。

〈北天会〉の息のかかったスナックに、それとは知らず〈条南興業〉のチンピラたちが客として立ち寄り、一悶着《ひともんちゃく》を起こしたのだ。

店員はその場をどうにか収めようとしたが、チンピラたちは大いに酒が入っており、まるで引き下がらなかった。挙句には〈条南興業〉の名を出す始末だった。困った店員は仕方なく〈北天会〉に連絡を入れ、やって来た〈北天会〉の連中との間で取っ組み合いが始まった——というのが大まかな経緯であった。

結局、騒ぎ出した〈条南興業〉のチンピラたちが袋叩きに遭い、決着に至ったのであるが、騒動の最中、店にいた一般客の男性が真っ当で正しい行為を行った。つまり、警察に通報したのだ。〈北天会〉の連中にすれば、余計な正義感であったことだろう。くたばった〈条南興業〉のチンピラたちを店に置き去りにしたまま、慌てて逃亡してしまった。

通報が入った以上、警察は介入する。〈北天会〉も〈条南興業〉も、両者の間で片をつけたかったであろうが、通報者を含めて店には他にも客がおり、十分な証言を得ることができた。加えて、〈条南興業〉のチンピラたちは病院に担ぎ込まれ、入院を余儀なくされるほどの重傷を負った。

立派な傷害事件だった。

捜査は組織犯罪対策係が指揮を執り、私たち強行犯係はそのサポートに回った。恐れていたのは〈条南興業〉からの報復である。〈北天会〉の構成員、現場となったスナック、そこで働く店員、あるいは警察へ通報した一般客への報復も考慮し、慎重に捜査を進めた。

私は、店から逃亡した〈北天会〉の一人、神谷重政《かみやしげまさ》という男を追うことになった——相棒の柳とともに。

「すいません、もう一杯水割りを」

私はカウンター越しに店員に向かってグラスを掲げた。隣の席では柳が頬杖《ほおづえ》をついている。まだ午後九時を回ったところだったが、柳はどことなく眠そうだった。

「酔いが回ったのか」と、私は訊いた。

「いや、それほど飲んじゃいない」

「もう少し飲めよ。こういう場所に来ているんだ、怪しまれる」

「お前に言われなくてもわかってるさ。それよりも村瀬――いいか、変に目線を動かすなよ。俺らの背後に立ってる黒服の店員、さっきからこっちを窺《うかが》っていやがる」

「本当か?」

「資料にはなかったが、〈北天会〉の関係者かもしれん。注意しろ」

私は何気なく尻の据わりを直しつつ、柳の言う店員を一瞬だけ視界の隅にとらえた。

六十絡みの年配の男だった。黒のスラックスに黒のベスト。白髪の混じった長い髪をうしろで束ねている。いかにも年季の入ったバーテンダーという雰囲気だった。

「お待たせしました」

若い女性の店員が新しいグラスをカウンターに置き、にっこり笑った。彼女が私たちの接客担当だった。彼女も黒のスラックスに黒のベストを着用しているが、後方の年配の男とは違い、まだ服が体に馴染んでいない。おそらくはアルバイトだろう。私たちの給仕をしながらテーブルを拭いたり、グラスを磨いたりと雑用もこなしていた。

「君の名前は?」と、柳が彼女に訊いた。

「ユイです」

「ユイちゃんか。すまないが、何か腹に溜まる料理はないか。つまみじゃなくて」

「ああ、パスタはどうですか。魚介のジェノベーゼ。錦市場《にしき》から仕入れているんで新鮮ですよ」

「じゃあ、それを一つ」

「はい、わかりました」

彼女は酒場に不釣り合いな爽やかな笑顔を残し、カウンターの奥へ引っ込んだ。

私は彼女の華奢《きゃしゃ》な背中を見送ったあと、そのまま視線を店内へと流した。大箱ではないが、ゆったりと落ち着いた小綺麗なバーだった。壁面はコンクリートの打ちっ放しで、床は焦げ茶の板張りである。ほぼ正方形の造りをしており、入口の左手側にカウンター席、右側にテーブル席が五つある。カウンターの天板は一枚板で重厚感があった。よく磨かれているせいか、浮き出た木目が美しい。

私は声を落とし、柳にだけ届くように呟いた。

「〈北天会〉の店にしては品がいいな」

「まったくだ。てっきり、喧《やかま》しいスナックの類だろうと思っていたよ。峰岸ならそっちを好むだろう。しかも、もっと古くさい感じのな」

峰岸哲夫――〈北天会〉の会長のことだった。

私はまだ写真でしか目にしていない。角刈りに近い短髪で中肉中背。スーツよりも和服の方が似合いそうな男である。実際、かなり昔気質《かたぎ》の男らしく、そのせいか組織の体制も旧態依然としており、この時代によく生き残ったものだと揶揄《やゆ》されるほどだった。

そんな〈北天会〉に生命力を与えているのは、ナンバー2の阿佐井峻だと言われていた。阿佐井はまだ三十代だが、ここ数年、彼の名は左京署内でも頻繁に耳にするようになっていた。なかなかの切れ者で、峰岸よりもはるかに金儲けの才があると専《もっぱ》らの評判だった。

「峰岸じゃなく、阿佐井の店かもしれんな」と、柳が言った。

「同感だ。それにしても、よく祇園《ぎおん》に店を出したな。ここは〈条南興業〉のシマじゃないが、連中の息のかかった店があちこちにある」

「だから、こうして控えめに営業しているんだろうさ。ホステスもいなければ、派手な照明もない。店のBGMはクラシックだぜ」

スピーカーから流れているのはショパンだった。私にも聞き覚えのある楽曲である。

「他のヤクザ連中に目をつけられないよう、ひっそり営業しているってわけか」

「多分な。普通なら、こんな狭い路地の奥に店を出さんよ。看板もなかった」

花見小路《はなみこうじ》通の東側の路地だった。街灯が立っているが、ここに路地があると判別できる程度の明るさしかない。注意していなければ、まず見落としてしまうだろう。柳の説もあながち間違いではないように思えた。

店の名は〈灯《あかり》〉といった。もとは京町家だったと思われるが、一階がコンクリート、二階が木造という変わった造りをしており、路地に沿って竹の犬矢来が続き、途切れた部分が入口の扉になっている。扉はカウンターの天板と同じ木製で、その端にほんの小さく〈灯〉と書かれた銅板のプレートがあるだけだった。

「無許可で営業しているとか」と、私は冗談半分に言った。

「それだと楽でいいがな。堂々とガサ入れできる。峰岸にしろ阿佐井にしろ、さすがにその辺りは気を遣っているだろう。あの男を見ればわかる」

柳がすっと後方に視線を振った。例の年配の男は入口付近で直立し、目立たないように店内を見守っている。

「冷静そうな男だ」

「あいつ、さりげないが常に客を観察していやがる。厄介な奴《やつ》はいないかってな」

「おれたちはどう判断されたんだろうな。刑事だと気付かれたか」

「気付いていないとしても、疑ってはいるだろうさ」

「だとすれば、よく店に入れたものだ」

「あえてかもしれんぜ。どことなく臭うから、中に入れてじっくり確かめてやろうって魂胆とも考えられる。刑事ってのは普通にしていても空気が張り詰めている。それを察知したのかもしれん。ヤクザには見えないが、どうも面構《つら》えが気になるってよ。頑《かたく》なに追い返せば、あらぬ疑いを持たれる可能性もあるからな。現に俺たちは〈北天会〉の神谷を追ってこの店に来た」

「入店を拒めば、ここで神谷を匿《かくま》っているんじゃないかと勘繰られる」

事件が起きてから既に三日が過ぎていた。現場のスナックから逃げたのは神谷を含めて四人いたが、そのうち二人はもう警察の手に落ちていた。

「それにしても危ない橋だ」と、私は続けた。「見たところ、ボディガードになりそうな人物がいない。ユイという女性店員なんて、まだ学生だろう。〈条南興業〉の連中が乗り込んできたら、すぐに潰される。いくら路地の奥とはいえ、絶対に知られないとは限らない。こうして客が来ているんだから」

「その危険を冒してでも、この店を開きたかったんじゃないのか。少しでも金は欲しい」

「それはそうだが、リスクを考えれば、わりに合わないようにも思える」

「あいつに直接訊いてみるか？」

柳が頬を歪《ゆが》め、年配の男をあごで示した。男は変わらず定位置に立ったまま、視線だけを店内に這《は》わせている。

「お待たせしました。熱いうちにどうぞ」

ユイがそっとカウンターに大皿を置いた。鮮やかなバジルソースの中で、大ぶりのエビやイカが湯気を上げている。その湯気に乗ってガーリックの香りが匂い立っていた。

柳は自分だけが食べるつもりであったろうが、二人分のフォークとスプーン、取り皿がきちんと添えられていた。

「君が作ったのかい？」と、柳が訊いた。

「いいえ、奥にいるオーナーですよ。わたしはちょっと手伝っただけで」

私と柳は軽く目を合わせた。オーナーという言葉に反応したのだ。

「へえ、オーナーさんが料理を担当してるのか。このパスタ、美味《うま》そうだ」

柳がフォークを手に取った。私は腹が減っているわけではなかったが、柳に合わせて取り皿を自分の前に引き寄せた。

「美味《おい》しいですよ」と、ユイが嬉《うれ》しそうに言った。「それにね、料理が上手いだけじゃないんです。オーナー、びっくりするくらい綺麗で素敵な人なんですよ」

一瞬、私と柳の手がぴくりと止まった。

綺麗？　ということは、オーナーは女性なのか。

「ほう、だったら会ってみたいもんだ」

柳が一呼吸遅れて答え、皿にフォークを突き刺した。

私と柳が考えていることは同じはずだった。オーナーは峰岸か阿佐井の女ではないか――。

「オーナーとお知り合いですか」

突然、厚みのある声が頭上から降ってきた。年配のあの男だった。こちらの会話が彼の耳にも届いていたらしい。

「いや、まったく」と、柳が顔を上げた。

「オーナーとお会いになる約束でも？」

「ないよ。オーナーが綺麗だって言うから、じゃあ見てみたいってだけさ」

「お名前をいただければ、お伝えしておきますが」

男に引く気配はなかった。それだけ警戒しているという証拠であろうか。固く結ばれた唇に意志の強さが窺える。柳と男の視線が静かにぶつかっていた。互いに探りを入れているのがありありとわかる。

このままではまずい――私だけでなく、柳もそれは理解しているだろう。しかし、柳は刑事としての本能からか、鋭い眼光で男を睨《にら》んでいた。ついさっきまで眠そうにしていたのが嘘のようだった。

「残念ですが、オーナーは誰ともお会いになりません」

「そうか、ずいぶんと照れ屋さんなんだな」

明らかに挑発だった。私は慌てて柳の肘を引いた。こうして厳しい視線を送り続ければ、相手にいらぬ想像を抱かせる。結果、こちらの正体をさらすことにもなる。

「――ごゆっくりどうぞ」

男が丁寧に頭を下げ、ようやく折れた。そして、定位置である扉の傍《そば》に戻っていった。柳はもう正体を隠す気がなくなったのか、じっと男を見つめていた。

「あの男、俺たちが刑事だと気付いてるな……それでいて入店させるなんて、なかなか図太い男だ。俺の挑発にも表情一つ変えなかった」

その通りだった。男は薄い顔立ちをしていたが、その薄い眉や目尻さえも微動だにしなかった。六十前後に見えるが、まるで老いを感じさせない。ぴんと伸びた背筋は美しいほどである。

「それなりの地位にいる男だろう。少なくとも、峰岸や阿佐井から信頼されているのは間違いない」

私も柳に倣《なら》い、男を値踏みするように睨みつけた。

「あの男がいるからこそ、こうして店を続けられるのかもしれん。〈北天会〉にあんな男がいるとは知らなかったぜ」

「おれたち自身、そこまで詳しく調べ上げたわけじゃないからな。組対からの情報だけでは足りなかったか」

「署に戻ったらすぐに確認しよう」

柳はパスタを一気にすすり上げ、あっという間に平らげた。本当に空腹だったらしい。

「村瀬、出ようか」

柳は残っていた水割りも飲み干し、おもむろに席を立った。私も続いてカウンターを離れた。

柳が例の男に会計を頼んでいた。男が金額を告げると、柳は一万円札を手渡した。

「釣りはいい。その代わり一つ訊きたい」

「――何でしょうか」

「あんたの名前は？」

男は表情を変えずに一礼すると、慣れた動作で店の扉を開けた。

「チップはいただかないことになっております。こちらがお釣りです」

いつ用意したのか、男の手に三枚の千円札が握られていた。柳は憎々しげにその札を受け取った。

「また来る。その時までに名前を思い出しておいてくれ」

「ご来店、お待ちしております」

男はやはり表情を動かさず、私たちに向かって深々と頭を下げた。

27

新門前《しんもんぜん》通に車を止めた。〈灯〉へはこの通りを西へ進み、路地を北へと入る。その路地の突き当たりには白川が流れていた。

左京署を出たのは昼を過ぎてからだった。〈灯〉の営業は午後五時からだが、それまでの時間を使って周辺の店を訪ねて回るつもりだった。

〈北天会〉の神谷重政が〈灯〉に顔を出した——そんな情報を数日前に得てから既に聞き込みを行っていたが、私たちは改めて情報を集めようと決めた。理由はもちろん、昨晩の〈灯〉への訪問だった。

昨日の時点では、神谷が〈灯〉にいるという確証はまだなく、軽い偵察のつもりであったのだが、神谷以上に関心を惹《ひ》く人物と遭遇してしまった。私も柳も、あの年配の男の素性が知りたかったのだ。

周辺には小料理屋が多かった。どこも仕込みの最中なのか、甘い出汁《だし》の香りがほのかに漂っている。

店の扉を開けて話に応じたのは、いずれも女将《おかみ》らしき女性であった。優しげな笑みの裏側に本音を隠した京都の人間にはいつも苦労するが、警察手帳の前では得意の嫌

み も引っ込むらしい。面倒だという感情が見え隠れするものの、皆きちんとした対応だった。

「ああ、〈灯〉さんとこですか」

五十歳前後のふくよかな女将だった。洗濯したばかりといった真っ白な割烹着《かっぽうぎ》姿で、菜箸を手にしている。

「〈灯〉はいつ頃から店を?」と、私は訊いた。

「そうですねえ、三年は経《た》っていないんと違いますか」

「普段、お付き合いなどは——」

「ありませんねえ。会えば挨拶くらいしますけど。なんかあったんですか?」

女将は持っていた菜箸で〈灯〉の方向を指した。付き合いはないと言いながらも、興味を持っているのか大きく目を見開いていた。

「〈灯〉の従業員で親しい人物はいますか」

「いいえ、まったく」

「では、この男を見かけたことはありませんか」

私は神谷重政の写真を見せた。女将は写真を眺め、「ありませんなあ」とのんびり答えた。

「そういえば、数日前にも同じことを訊かれたような……」

「うちの署の刑事だと思います」

「へえ、そうですか」

隣でずっと黙っていた柳から「訊いても無駄だ」という合図があった。私も同じ空気を感じとっていたため、早々に話を切り上げた。

「お時間をとらせてすみませんでした」

「いいえ、おあいそなしで」

女将が笑みを作った。内心では、もっと〈灯〉について知りたかったと残念がっていることだろう。けれど、自ら口に出すような真似はしない。それも京都の人間の特徴の一つだった。

女将に背を向けるなり、柳がふんと鼻を鳴らした。

「ヤクザが絡んだ店だと教えてやったら面白かったかもな。どんな反応するか見ものだぜ」

「この調子だと、他の店も似たような感じだろうな。例の男どころか、神谷の情報もつかめない」

「張り込むしかないか」

柳は車へ戻らず〈灯〉へ歩き出すと、不意に足を止めた。

「村瀬――監視カメラだ」

路地に沿って犬矢来が続いているが、その犬矢来の裏側と二階の庇《ひさし》の内側それぞれに隠すような形で、二機の小型カメラが設置されていた。

「ご丁寧に上下からとはな。これじゃ昼でも気付かんな。夜ならなおさらだ」

柳の声に混じり、白川の水流が微かに聞こえていた。祇園の昼は、夜の賑《にぎ》わいが嘘に思えるほど静寂に包まれている。どちらが本当の顔なのか知らないが、その極端さには驚くしかなかった。

「あの男、何者だろうな」と、私は呟いた。

「さあな」

柳は素《そ》っ気《け》なく答えると、〈灯〉の二階を見上げた。二階には木枠の格子窓が三つ並んでいる。

「柳、どうする? また店を訪ねてみるか」

「いや、次に踏み込む時は必ず神谷の身柄を確保したい。ただでさえ昨晩のことで俺たちはマークされている。神谷はもう〈灯〉に寄りつかないかもしれん」

柳の言う通りだった。ここは慎重に、かつ確実に行動すべきであろう。長期戦になるかもしれないと思いながら、私たちは路地を引き返そうとした。

その時だった。〈灯〉の扉がゆっくりと外に開いた。そして、開いたわずかな隙間から、犬矢来を撫でるように一本の腕が垂れてきたのだった。

私と柳は目を合わせ、すぐに走り出した。

柳は先に着くと、監視カメラの存在を無視して扉を全開にした。

「おい、どうした⁉」

寝転がっていたのは一人の若い男だった。ジーンズにダウンジャケットという格好だが、昨晩フロアにいた従業員の一人に違いなかった。

「おい、何があった？」

柳が男を覗《のぞ》き込んだ。男のこめかみが赤く腫れている。誰かに殴られたのか、どこかに強くぶつかったのかわからないが、男の焦点はあやふやで、脳震盪《のうしんとう》を起こしているようだった。

「……あ、あかりさんを……助けないと……」

「あかり？」

男は懸命に立ち上がろうとしていた。柳はその体を抑え、地面に寝かせてやった。

しかし、男の意識はもう飛んでいた。

店内を覗くと薄暗かった。太陽の光は扉付近までしか届いておらず、奥にあるカウンターやテーブルの輪郭だけをぼんやりと浮かび上がらせている。

腰を落とし、息を殺す。ざっと周囲の壁に目を走らせ、照明のスイッチを探したが見当たらない。別の場所にあるようだった。

左手のカウンターの前に黒い塊があった。別の誰かが倒れているらしい。私と柳は互いに視線を交わし、そちらへと進んだ。

「村瀬、気をつけろよ。他にも人の気配がするぜ」

足を運ぶ度に、ぎしぎしと板張りの床が音を立てる。冷や汗が出る思いだったが、気にしていられなかった。

「おい、大丈夫か？」

私は黒い塊にそっと声をかけた。

「……うぅ」

呻き声だけが返ってくる。男の声だった。私は小型の懐中電灯を取り出し、男を照らした。男は体をくの字に折り、苦しそうな表情で横向きに伏していた。痛みに耐えているのか、きつくまぶたを閉じ、歯を食いしばっている。

「——神谷だ」と、柳が言った。

私は男の顔に光を集めた。写真よりも少しやつれて見えたが、確かに神谷重政だった。

「神谷、誰にやられた⁉」

柳が神谷の後頭部に手を回し、強引に上を向かせた。その唇に血が付着していた。

「……条南の……チンピラだ……」

神谷が絞り出すように答えた。懸念していた事態が起きてしまったらしい。〈条南興業〉の連中が報復にやって来たのだ。

しかし、妙だった。私たちは数十分前から表の路地にいたが、誰の足音も耳にしなかった。それは聞き込みの最中も同様であった。ということは――。

「裏口があるのか」と、私は訊いた。

「ああ……川から……来やがった」

〈灯〉の北側は白川だ。水流自体は細く緩やかだが、ちょっとした崖の下を流れている。〈条南興業〉の連中は、その護岸ブロックを登ってきたのだ。

「……あかりさんが……中に……」

神谷が、扉の前で倒れていた男と同じことを口にした。訊き返すまでもなかった。「あかり」とはオーナーのことであろう。ユイという店員がオーナーが女性であるとほのめかしていたし、なにより店名が〈灯〉であった。

私は携帯電話を取り出し、署に連絡を入れた。〈北天会〉の神谷重政が重傷であると簡潔に伝え、救急隊の出動を要請した。

電話を切ると、ふっと店内が明るくなった。柳がカウンターの中で照明のスイッチを探り当てたのだ。

右側のテーブル席に埋もれるように、また別の男が転がっていた。見覚えのない男だった。多分〈灯〉の従業員ではなく、〈条南興業〉のチンピラだろう。神谷とやり合い、互いに倒し倒されたといった風に映った。

素早く店内を見渡した。他に人はおらず、あかりらしき女性の姿もない。

が、次の瞬間——すぐ近くで爆発が起こった。

間違いなく銃声だった。

慌ててその場で身を伏せた。鼓膜が震え、耳の中で激しく残響が鳴っていた。

「柳、大丈夫か！　どこからだ⁉」

「カウンターの奥だ！」

柳がそちらを指差した。黒いカーテンが垂れている。昨晩ユイはその向こうへ消え、パスタの皿を持って戻ってきた。だとすれば、カーテンの奥に厨房《ちゅうぼう》があるのだろう。

私は立ち上がり、柳のいるカウンターの中に入った。じんわりと額に汗が滲《にじ》んでいる。ジャケットの袖で乱雑に汗を拭い、胸のホルダーから拳銃を抜き出した。柳は既に銃を構えていた。

「俺が先に行く。村瀬、フォローを頼む」

「ああ、気をつけろよ」

柳がカーテンをそっと引いた。そこには半畳ほどのスペースがあり、右手に二階へ上がる階段、正面にアルミ製のスライドドアが見えていた。くぐもった声と、がなり立てる声が聞こえてくる。いずれもドアの中からだった。

「威嚇《いかく》など考えるなよ。危険だと思ったら撃て」

柳が背中越しに言った。銃を撃つ際、原則として一発目は威嚇射撃をするよう教えられている。だが、できることなら銃撃は避けたかった。撃たずに収まるのであれば、それに越したことはない。

柳はドアの横で姿勢を低く保ち、銃弾の装塡《そうてん》を確認している。私は呼吸を落ち着かせ、柳に続いた。久しぶりに現場で銃を握ったせいか、やけに右腕が重く感じられた。

「俺が入る。ドアを頼むぜ。いいな？」

柳は鋭く目を細め、有無を言わさぬ口調で言った。頼もしい相棒だった。彼の素早い動作や判断が、私に恐怖を感じさせる隙を与えなかった。そして同時に、最悪の事態にはならないだろうという安心感を与えた。

「――開けろ」

柳が押し殺した声で告げる。

私は思い切りドアをスライドさせ、大声で叫んだ。

「動くな！　警察だ！」

28

縦に長い部屋だった。十畳以上はあるだろうか。手前にシンクやガスコンロなどが設置され、家庭用の冷蔵庫が並んでいる。奥の方には天井までの棚があり、食材などが収められていた。きちんと整理された厨房だった。

その厨房の中には、三人の人物がいた。

拳銃を持った坊主頭の若い男、昨晩に会ったあの年配の男、そして、あかりらしき女性が床にうずくまっていた。

「警察だ。銃を下ろせ！」

柳が棚の前にいる坊主頭に向かって言った。まだ二十歳前後くらいか。がっしりとした大きな体で、柳よりも分厚い胸板をしている。先程の銃声はこの男のせいだと思われた。

「銃を下ろせ」

私は男を刺激しないよう、低い声で繰り返した。目が血走っている。本人に二発目を撃つ覚悟がないとしても、何かの拍子に暴発させてしまう危険性があった。銃の扱いに慣れていない──それだけは瞬時に見てとれた。

「撃ってみいや、こら!」

坊主頭が銃口を私に向けた。体格とは似合わない甲高い声だった。

「〈条南興業〉のチンピラか」

柳が坊主頭に向かって声を投げた。しかし、「はい」と答えたのは、ドア付近にいた例の年配の男だった。昨日と同じく黒のスラックスに黒のベスト姿である。この状況下でも、うしろで束ねた髪は微塵《みじん》も乱れていなかった。

「あんたか」と、柳が言った。「そろそろ名前を教える気になったか」

「久保沼《くぼぬま》です」

年配の男――久保沼は素直に告げた。私たちが警察だと名乗ったため、隠す必要はないと考えたのか、あるいは、この期《ご》に及んで黙っているのも不自然だと考えたのか。だが、久保沼は私たちに用はないといった様子で、一度もこちらに顔を向けなかった。

「誰か撃たれたのか?」と、柳が久保沼に訊いた。

「いえ、威嚇でした。誰にも命中していません」と、久保沼が答えた。

「フロアに神谷が倒れていた。他に、ここの従業員ともう一人」

「もう一人の男は彼の仲間です。彼らは二人でやって来ました……迂闊《うかつ》でした。いえ、油断していました。裏口もきちんと施錠しているのですが、彼らが来るとすれば、表から堂々と乗り込むだろうと決めつけていたようです。そういう格好をつけたがる連中ですから」

柳が嘲笑を浮かべていた。「お前もそういう格好をつけたがる筋者だろう」と言いたげだった。

「ここで神谷を匿っていたのか」

「ええ、二階で」

「あんたは〈北天会〉の関係者だな」

「いいえ、違います。私は雇われてこの店で働いている立場です」

「それでも、あんたはここが〈北天会〉の店だと知っている。神谷を狙って〈条南興業〉の連中が報復に来る可能性も知っていた」

「——はい」

「今日はやけに正直だな」

「銃を突きつけられながら、腹の探り合いをする余裕などありません」

「てめえら、ごちゃごちゃうるせえんだよ！」

坊主頭が大声を張り上げた。柳と久保沼が冷静なため、相手にされていないと疎外感を覚えているのだろう。興奮や怒りの矛先を失い、坊主頭はかなり焦《じ》れていた。

私は柳に視線を送った。柳はすぐに頷いた。互いに今すべきことはわかっている。

坊主頭の精神が暴走しないうちに、女性を救出することが最優先だった。

「壁際にいる女性があかりさんですか」と、私は久保沼に確認した。

「ええ、この店のオーナーです」

オーナーという肩書から三十代、四十代を想像していたが、どう見てもまだ二十五、六だった。真っ直ぐな黒い髪が胸の辺りまで垂れている。その隙間から、怯《おび》えたような瞳がちらちらと覗いていた。髪とは対照的に、やけに肌の白い女性だった。

「間もなく応援が来る。もう諦めろ」

私は一歩踏み出し、坊主頭に向かって諭すように言った。

「ふざけるな！」

「おまえの仲間と神谷がやり合ったんだろう。二人は店のフロアで寝転がっている。共倒れになったようだが、おまえたちの目的は果たしたことになる。神谷への報復はもう終わった」

「まだそいつが残ってるだろうが！」

坊主頭の銃口は既に久保沼を狙っていた。

「おまえも聞いていただろう。彼は〈北天会〉の者ではないそうだ。関係のない人間を巻き添えにするつもりか。逃げ道はない。大人しく銃を置け。そうすれば多少は罪も軽くなる」

「黙れ！」

「おれはこれからその女性を助ける。丸腰で行く。いいな？」

私は足もとに銃を置き、両手を挙げながらゆっくり歩き始めた。坊主頭に考える時間を与えたくなかったのだ。強引ではあったが、こちらの思い通りに状況を展開させ、彼女を外に連れ出すつもりだった。仮に坊主頭が下手に動いたとしても、柳がどうにか対処すると信じてのことだった。

厨房の空気がひりひりと振動している。私は坊主頭をじっと睨みつつ、あかりへと近づいた。彼女はぎゅっと体を縮め、小刻みに体を震わせていた。こうして床にうずくまった状態でいることは、私たちにとって一つの幸運だった。人質の形になってはいるが、坊主頭に体の自由を奪われたわけではない。だからこそ、私はこの策をとったのだ。

緊迫感と戦いながらも、私は比較的落ち着いていた。このあかりという女性が、峰岸もしくは阿佐井の女なのか……それにしては若くないか……そんなことを考えていた。

「あかりさん、立てますか？」

声をかけると、彼女は震えながら小さく頷いた。ジーンズに黒のセーターというラフな服装だった。料理をしている最中だったのか、セーターの袖を肘までまくり上げている。その肌も透き通るように白かった。

私は彼女の脇に右手を差し込み、ぐっと体を持ち上げた。そして、すぐさま彼女の前に立ち、盾となった。

「彼女を外へ出す。何度も言うが、神谷への報復は終わったんだ」

私は両手を挙げたまま、一歩ずつ後退し始めた。あかりの足取りは確かだった。怪《け》我《が》はないらしい。

ドア付近まで戻った時、一瞬だけ久保沼と目が合った。久保沼は吐息混じりの声で「有難うございます」と囁《ささや》いた。

「柳、あとは頼む」

私は床に置いた自分の銃を拾い上げ、あかりと一緒に厨房を出た。カウンターの先に光が零《こぼ》れている。そこが裏口らしかった。

「裏口から通りに出られますか？」

「……いいえ、フェンスに囲われています。普段は空きビンなどの物置に使っているだけで、人の出入りはありません」

あかりの声はしっかりとしていた。もう平常心を取り戻しているのであれば大したものだった。

「では、表の扉から出ましょう。フロアに男が三人倒れていますが――」

「神谷さんは大丈夫ですか？」

「え？　ああ、苦しそうにしていましたが、命に別状はないでしょう。話をするだけの気力がありましたから」

「話というと」

「あなたを助けろと」

あかりはカウンターの中から店内を眺めた。神谷の姿を探しているのだ。肝の据わった女性だ。私と柳は、彼女が峰岸か阿佐井の女だと勝手に想像していたが、この気丈さを考えると、あながち間違いではないようにも思えた。

「……あかりさん……無事ですか」

神谷の声だった。あかりは小走りにカウンターを出て、寝転がった神谷の横で膝をついた。

「すみません……俺のせいで……」

「わたしは大丈夫です。久保沼さんが守ってくれました。それと、ここにいる刑事さんも……お名前は？」

急に振られ、私は戸惑った。「左京署の村瀬です」と答えたものの、あかりの沈着さに驚きを隠せなかった。

「刑事さん……礼を……」

神谷は床に片肘をついて上半身を起こそうとしたが、そこまでの体力は残っていなかった。すぐにまた仰向《あおむ》けに崩れ落ちてしまった。

「神谷、もうすぐ救急隊が到着する。それまで耐えろ。あとで署でたっぷり絞ってやるから覚悟しておけ」

「ふん、俺はどうでもいい……それよりもあかりさんを……」

そのあかりは、扉の前で倒れている若い従業員の方へ移動していた。「大丈夫？」と声をかけている。彼は先程気を失っていたが、今はもうあかりの言葉に反応していた。

「……久保沼さんは？」と、神谷が呼吸を荒らげながら訊いた。

「奥の厨房だ」

「あいつら……銃を持っていやがる」

「おまえ、撃たれたのか」

「いや……撃たれる前にそいつから奪った」

神谷はテーブル席に横たわっている男をあごで示した。

「その男、なかなか腕っぷしが強くてね……どうにか相打ちに持ち込んだが、もう一人の方にまで手が回らなかった……奪った銃は俺の足もとに落ちている……」

私はその銃をハンカチで包み、ジャケットに収めた。

「久保沼という男は何者だ。〈北天会〉の幹部か」

「いや、違う……というか俺もよく知らない。この店ができた時に雇われたとしか聞いていない……誰の紹介なのかさえわからない……」

救急車と警察車両のサイレンが同時に聞こえ始めた。私は神谷のもとを離れ、あかりを連れて表の路地に出た。路地は車両が入れるだけの幅がないため、新門前通までありを届けるつもりだった。

その新門前通に一人の男が立っていた。

〈北天会〉の阿佐井峻だった。写真では何度も目にしていたが、実際に対峙《たいじ》したのはこの時が初めてであった。

阿佐井は深々と腰を折り、頭を下げた。あかりに対する一礼だったのか、私に対してだったのかわからなかった。

そして、阿佐井が頭を上げた時――。

再び乾いた破裂音が路地に響いた。

私は反射的に足を止めたが、その破裂音はすぐにサイレンの音にかき消されてしまった。

しかし――。

それは間違いなく一発の銃声であった。

29

阿佐井の事務所を出た時、午後三時を回っていた。表の駐車スペースで松岡に出迎えられたのが昼前であったから、ずいぶんと長居していたことになる。だが、それだけ情報量の多い有益な時間だった。

ただ、阿佐井が語った「恩」については大いに疑問が残った。

二年前の事件のことはよく覚えている。神谷重政を匿っていた〈灯〉の店内の様子は今でも思い出せるし、オーナーのあかりという女性の白い肌や、久保沼という男の堂々たる態度も目に焼きついている。もちろん、阿佐井と初めて対面した路地のことも――。

しかし私には、阿佐井の言う「恩」が何を指しているのかわからなかった。報復に来た〈条南興業〉の連中を逮捕したことなのか、同時に捕まえた神谷にきちんと医療行為を受けさせたことなのか、あかりを無傷で店から連れ出したことなのか、あるいは、それらとはまったく別のことなのか……。

いずれにせよ、あの時の私には、刑事としてすべき行動をとったという信念があるのみで、阿佐井に感謝される筋合いなど何もなかった。

結局、阿佐井は自ら二年前の事件を示唆しておきながら、最後までそれ以上は語ろうとしなかった。私は茫《ぼう》とした靄《もや》のようなものを抱えたまま、〈阿佐井企画〉をあとにせざるを得なかった。

そんな私の心情を表すかのように、空には灰色の雲が重なり合っていた。今にも雨粒が落ちてきそうである。私は車に乗り込み、エンジンを始動させた。阿佐井らには〈両兼寺〉に近づくなと注意したものの、これから嵯峨野に向かうつもりだった。〈水仙堂〉嵯峨野店の状況に応じて、秋山亮の先輩である樋口勇樹を訪ねたいと思っていた。

だが、どうにも気分は沈んだままだった。首や肩の辺りが鈍く疼《うず》いている。考えまいとしていたことが頭を過《よ》ぎったせいだった。阿佐井と話したことをきっかけに、二年前の事件——いや、事件のその後について思い返してしまったせいだった。

あの時——。

〈灯〉の表の路地で二発目の銃声を聞いたあと、実は三発目の銃声が鳴ったのだ。到着した救急隊にあかりを預け、店へと駆け戻る最中のことだった。

私はフロアに横たわった神谷たちには目もくれず、奥の厨房へ飛び込んだ。中には柳が一人、突っ立っていた。銃を握った右手をだらりと垂らし、じっと床を見つめていた。久保沼と坊主頭の若い男がともに血を流して倒れていた。

「どうした⁉　何があった！」

私が声を荒らげると、柳は何度か首を横に振り、小さく舌を打った。

「ちっ……余計なことをしやがって……」

「おい、柳。どういうことか説明しろ！」

「説明もなにも見ればわかるだろう」

久保沼は左肩、坊主頭は右肩をそれぞれ撃たれていた。明らかに苦しそうなのは坊主頭の方だった。空いた手で傷口を押さえながら足をばたつかせている。一方の久保沼は身動きせず、ただ天井を見つめていた。気力で痛みを抑え込んでいるのか知らないが、久保沼の視線は普段と変わらず冷静そのものだった。

二人の服に付着した血痕や、床に散った血量を見る限り、互いに致命傷を負っているわけではなさそうだった。しかし、一刻を争う状況ではないとしても、今は救急隊に二人を任せるべきだった。

「村瀬、応援は来たのか」と、柳が言った。

「ああ、新門前通にいる」

「……彼らには俺から話す。いいな？」

「おまえ、この坊主頭を撃ったのか」

「そいつが久保沼を撃ちやがった。だから、俺は咄嗟《とっさ》に――」

柳はそこで口を噤《つぐ》み、続く言葉を弾き飛ばすように再び舌を打った。そして、「余計なことをしやがって」と繰り返し、厨房から出ていった。

どうやら、坊主頭の感情が爆発してしまったらしい。久保沼がそれを誘発するようなことを言ったのだろうか。ただでさえ追い詰められていた坊主頭は残っていた理性の糸が切れてしまい、久保沼に弾丸を撃ち込んだ。柳は身の危険を感じると同時に、坊主頭が連射しないよう仕方なく撃った――そんな流れが自然と見えてくる現場状況であった。

実際、柳はのちにその通りに供述し、久保沼も坊主頭も同じ証言をした。

私は――黙っていた。二発目、三発目が発射された時、自分は厨房にいなかったため詳細は知らないと言い続けた。

ある矛盾を感じながらも……。

遠くで癇《かん》に障る甲高い音が鳴っていた。はっと目の前の景色に意識が戻ると、信号が青に変わっていた。後続車が早く行けとクラクションを鳴らしていたのだった。

私はアクセルを踏んだが、このまま運転するのは危なかった。一時的にでも、頭の中から二年前の事件を振り払っておきたかった。感情や記憶がいつそちらに引っ張られるか、自分でも不安だったのだ。

車を路肩に寄せ、サイドブレーキを引いた。助手席に置いた携帯電話に手を伸ばし、藤崎青年を呼び出した。

「村瀬さん、どうしたの？」

藤崎青年は昼寝でもしていたのか、あくび混じりに答えた。今の私にとっては、その気楽さが有難かった。

「ナインはどうしている？」

「近くで寝てるよ。床に寝転がって」

「電話口に出してくれ」

「村瀬さん、ナインと会話できるわけ？」

「まさか」と、私は声を上げて笑った。「ちょっと気配を感じたいだけだ。いつもなら助手席にナインがいるからな」

「ふうん。ほら、ナイン。飼い主さんがおまえと話したいってさ。寂しいんだってさ」

青年の言い方に私はまた笑みを浮かべた。しばらく無音が続いたあと、微かに鼻息が聞こえてきた。軽く吠《ほ》えてくれるとよかったのだが、鼻息を耳にしただけでもかなり気分が落ち着いた。

「ナイン、夜には戻るよ——約束だ」

優しく声をかけて電話を切った。

小雨が降り始めた。私はワイパーを作動させ、嵯峨野へと車を走らせた。土曜日とあってか交通量が多く、やたらと信号に引っかかる。私はその度に助手席に目をやり、そこにいるべきはずのナインの姿を思い出すのだった。

何度目かの赤信号で止まった時、携帯電話が鳴り出した。〈水仙堂〉の高橋からだった。嵯峨野店に連絡を入れておいたという報告であった。どこまでも丁寧で律義な女性だった。

ふと、阿佐井の事務所で会った〈きくや〉の菊池孝蔵と彼女を対面させたら、どんな展開になるだろうかと考えた。菊池はきっと、高橋の品格に怖気《おじけ》づいてしまうだろう。いや、〈水仙堂〉の看板にひれ伏すだろうか。そんな場面を思うと、なかなか楽しい想像であった。

電話を切ると、今度は松岡から着信が入った。

「どうした」

「いえ、阿佐井さんからお礼をと。村瀬さんの忠告通り、〈両兼寺〉周辺に警察が大勢いるそうです。嵯峨野にいた者には引き上げるよう指示を出しましたが、念のため数人だけ残したんです。慌ただしくなっているみたいですよ。〈水仙堂〉嵯峨野店も」

「何か動きがあったのか」

「かもしれません」

「――柳は見つかったのか」

「いえ、その報告はまだです。何かあれば、すぐに連絡するよう言ってありますが……」

松岡は申し訳なさそうに言葉尻を濁した。私も少々気が急いていたらしい。今朝、三島に事件の情報を渡したことで警察が動いたのであれば、柳の救出も時間の問題だと考えていた。そんな期待が電話口から漏れ出ていたようだ。

「何かわかったら、おれにも電話をくれ」

「もちろんです」

「阿佐井の容体はどうだ。おれと話している時、無理をしていたはずだ」

「今はソファーで横になっています。村瀬さんには言うなと釘《くぎ》を刺されましたが」

「阿佐井が起きたら伝えてくれ――おまえが勝手に恩を感じるのは自由だが、おれは決しておまえのために動いたわけではない。自分の職務と信念に従っただけだと」

「は？　何のことですか」

「そう言えばわかる」

私は電話を切ろうとしたが、確認しておくべきことが一つあった。赤信号で停車している最中ずっと考えていたことだった。

「松岡、あかりという女性を知っているな」

「え？」

「〈北天会〉の会長、峰岸の娘か」

二年前の事件に絡み、もう一つの現場となった〈灯〉という店のオーナーである。当時の私と柳は、彼女を峰岸か阿佐井の愛人だと思っていたが、今になってふと昨日の松岡の話と結びついたのだった。

「昨日、阿佐井の事務所へ向かう車中で言っていたな。おまえが阿佐井と出会うきっかけになったクラブでのことだ。ＶＩＰルームに一人の女性が入っていった。阿佐井を護衛に連れて」

「……はい」

「世間知らずのお嬢様——彼女についてそんな風に話していたか。おまえはそのお嬢様に手を出そうとして、阿佐井にぶっ飛ばされた」

「やめてくださいよ、村瀬さん」と、松岡が恥ずかしそうに声を裏返した。

「彼女があかりだったのか」

「ええ……そうです」

「峰岸は独り身だったはずだ。愛人との間に産まれた娘か」

しばらく無言が続いた。答えてよいのかどうか、松岡は迷っているようだった。

「おれ自身の単純な興味だ。阿佐井に話すつもりはない」

「……わかりました」と、松岡は口を開いた。「あかりさんは、峰岸会長の実の娘さんです。奥さんは美弥子《みやこ》さんというんですが、愛人ではありません。けれど、籍には入っておられませんので妻という立場でもなく、いわば事実婚に近い形だと思います。ですが〈北天会〉の者はみんな、美弥子さんを会長の奥さん、あかりさんを会長の一人娘として敬い、慕っています。会長は何人も愛人を持つような人ではありません。昔気質で頭が古くさいとか揶揄されているようですが、俺の立場から生意気に言わせてもらえば、不器用なくらい真正直なんです。真っ直ぐに美弥子さんを想《おも》い、あかりさんを大切にしておられます」

「だったら、なぜ籍を入れないんだ」

「そこまでは知りません。でも、こういう商売ですから正妻となるといつ命を狙われるかわかりませんし、危ない目に遭わせたくないのかもしれません……実際、そんな場面に出くわしたことがあると聞きました。美弥子さんは昔、祇園で小料理屋をやっておられて、二人はそこで出会いました。会長がふらりと立ち寄った時に一目惚《ひとめぼ》れしたみたいです。美弥子さんは相当な美人だったせいか、言い寄ってくる客も多く、中には悪質な筋者もいたようで……ある時、一人の男がチンピラを集めて店に押しかけてきたそうです。美弥子さんをさらうつもりで」

「峰岸も〈北天会〉の人間を集めて対抗したのか」

「いいえ、それでは大事《おおごと》になってしまいます。美弥子さんが余計に危険になるだけです。会長もその辺りは理解しています。だから、たった一人で『帰ってくれ』と盾になり続けました。連中に殴られながら気を失うまでずっと……結局、会長は病院に送られましたが、連中たちには美弥子さんに指一本触れさせませんでした」

「ふん、峰岸の武勇伝か。〈北天会〉の者は、そんな不器用な峰岸を崇拝しているとでも言いたいのか」

「そういうわけではありませんが、少なくとも、会長はそんな過去の武勇伝を自慢げに語ることはしません。無粋だと考えておられるようです」

松岡は長々と熱心に語ったが、私にはとても美談とは思えなかった。手帳を置いた今となっても、やはり彼らとは住む世界が違うのだと再認識しただけであった。

私はふっと息を吐き、峰岸のことを頭から追い払った。そもそも、峰岸と美弥子の関係などどうでもよかったのだ。知りたかったのはあかりのことだった。

「〈灯〉という店はまだ祇園にあるのか?」

「いいえ、昨年に閉店しました。あそこは賃貸物件でしたので、今は別の店がテナントに入っていると思います。どんな店かは知りませんが」

「移転したわけじゃないんだな」

「はい、違います」

「あかりは今どうしているんだ」

「お母さんの、美弥子さんの看病をしています。長い間、美弥子さんは闘病生活を続けておられます。抗がん剤を投与しながら……でも、今はもうあちこちに転移しているみたいで……まだ五十八なのに」

「店を閉めたのはそれが理由か」

「……そう聞いています」

松岡の話しぶりでは、美弥子に死期が迫っていると考えてよいのだろう。阿佐井は一切そんな態度を見せなかったが、〈北天会〉のナンバー2として、内心はひどく気を揉《も》んでいるのかもしれなかった。

「嫌なことを訊いた。悪かった」と、私は謝った。「だが、あと一つだけ訊きたい――久保沼という男は何者だ」

「久保沼？」

「二年前、〈灯〉の従業員だった男だ。六十前後の年配で、長い髪をうしろで束ねていた」

「うちの人間ですか？」

「いや、本人は違うと否定していた」

「だったらわかりませんね……二年前なら俺はもう阿佐井さんの運転手をやっていま

したけど、久保沼という名前は聞いた覚えがありません。俺、〈灯〉にはほんの数回しか行ったことがないんですよ。阿佐井さんがあまり〈灯〉に顔を出さなかったので」

一度は振り払ったはずの記憶が蘇《よみがえ》ってくる。食い止めようとしても無理だった。私は電話を切り、また路肩に車を止めた。

二年前、私と柳が〈灯〉を去ったあと――。

事件は完全に私たちの手から離れた。事後処理はすべて指揮を執っていた組織犯罪対策係が担当し、私と柳は通常の捜査に戻った。そのため、あかりについても、久保沼という男についても何も情報は入ってこなかったし、私たちは情報を集めようともしなかった。いや、集めるどころか、積極的に忘れようと努めたのだった。示し合わせたわけではないが、私と柳の間では、あの事件はなかったことになっていた。それぞれに理由を抱え、二人とも口を閉ざしたのだ――。

そしてあの事件は、私が手帳を置く大きな原因の一つになった。

30

嵯峨野に到着したのは午後四時三十分頃だった。雨は止《や》んでいたが、変わらず空には灰色の雲が垂れこめ、どことなく街が重く沈んで見えた。

私は車をコインパーキングに入れ、住宅街の中を歩いた。曇り空の夕方とあってか、人通りは少ない。昨日〈水仙堂〉嵯峨野店の前にいた野次馬たちは、一体どこへ消えたのかと不思議に思うほどだった。

松岡は嵯峨野店の周囲も慌ただしいと言っていたが、意外と静まりかえっていた。警察が動き回っているような気配が感じられない。松岡の情報は正しいであろうから、慌ただしさがもう過ぎ去ってしまったか、〈両兼寺〉界隈《かいわい》に集中しているかのどちらかに違いなかった。

嵯峨野店の営業時間は午後五時までである。ちょうどいい時間だった。高橋が私のことを店側に伝えてくれていたが、私は店内に入るつもりはなかった。昨日、そこに黒木の影を見たためだ。また黒木と会い、一から話して聞かせるのは面倒だった。

嵯峨野店に電話をかけた。中に警察がいるかどうか知っておきたかったし、このあと樋口勇樹と会えるかどうかも確認しておきたかった。迂闊なことに、高橋から彼の容姿を聞き忘れていた。どこかで待ち伏せしようにも、私には誰が樋口なのか判断する材料がなかった。

「〈水仙堂〉嵯峨野店でございます」

落ち着いた女性の声が電話口から聞こえた。

「すみません、村瀬という者です。本店の高橋さんより紹介を受けてお電話させてもらいました」

「ああ、伺っております。こちらにお見えになるとか――」

「ええ、樋口勇樹君を訪ねたいのですが、今少し話せますか。忙しいようでしたらかけ直します」

「いえ、お待ちください」

電話はすぐに保留音に切り替わった。老舗の風格を表しているわけではないだろうが、保留音の曲は〈威風堂々〉だった。

「――樋口です」

さほど待たずに〈威風堂々〉は終わった。私は再び名乗り、高橋からの紹介だと繰り返した。

「はい、聞いています」

「早速で申し訳ないんだが、営業が終わったあと会えるだろうか」

「大丈夫です。店に来られますか？」

不安や警戒心の混ざった低い声だった。普段ならば、もっと張りのあるバリトンなのかもしれない。ぼそぼそとした話し方だが、耳心地は悪くなかった。

「いや、別の場所にしよう。二人だけで話したいんだ。食事をしながらでも構わない」

「じゃあ、JRの嵯峨嵐山駅前にファミリーレストランが一軒あります。チェーン店ですけど、そこでいいですか。僕のマンションもそっちの方向なんで」

「もちろんだ。先に行って待っているよ」

「もうすぐ店は終わりますが、片付けとか明日の準備もあるので、一時間くらいかかるかもしれません」

「それは気にしないでくれ。まずはきみの仕事を優先して欲しい。警察が来て色々と支障が出ているだろう」

「ええ、まあ……今日もついさっきまでいました」

そうか、警察はもう店から引き上げたのか。私は念のため自分の携帯番号を伝え、電話を切った。

JR嵯峨嵐山駅までは徒歩で十分ほどだった。午後五時を過ぎ、一段と嵯峨野の街は薄暗くなっている。西に見える嵐山は黒々としており、こちらに迫ってくるようだった。

土曜日の夕刻にしては、駅前周辺は閑散としていた。この空模様では観光客の足も鈍っているのだろう。おかげで待ち合わせたファミリーレストランも混雑していなかった。

入口付近の席をお願いすると、若い女性店員が窓側の二人席に案内してくれた。窓から客の出入りが見えるため好都合だった。

店内は、ファミリーレストランと聞いて誰もが想像するようなレイアウトと配色だった。全体的に優しい茶系とベージュ系でまとめられていて、ほどよい間隔でテーブル席が並んでいる。客は少ないながらも、それなりに賑《にぎ》やかだった。

そういえば、今日はまだ何も口にしていなかった。あまり空腹感はなかったが、私はサンドイッチとドリンクバーを注文し、〈きくや〉の菊池孝蔵からもらった〈京都中央菓子組合〉のパンフレットを開いた。ほんの数ページ程度のもので、主に組合の趣旨や沿革、あとは役員と組合員の名簿が小さなフォントでずらりと並んでいた。事務所は中京《なかぎょう》区の堀川三条《ほりかわさんじょう》と書かれている。帰り道に寄ってみようかとも考えたが、土日は休業であろうし、仮に開いていたとしても、菊池ほどのお喋りな事務員がいるとも思えなかった。私は小さな文字に目を瞬かせ、途中でパンフレットを閉じてしまった。そして、窓の外を眺めながら樋口勇樹を待った。

樋口青年がやって来たのは、彼の言葉通り一時間後の午後六時過ぎだった。彼の容姿を知らないため心配していたが、杞憂《きゆう》に終わった。入口できょろきょろと店内を見回している青年を目にし、私は彼に向かって手を挙げた。彼もすぐに気付き、小走りでこちらに近寄ってきた。

「村瀬さんですか？」

私はそうだと答え、席に座るよう促した。

「急に連絡して、急な約束をとりつけて申し訳ない。迷惑でなければいいんだが」

「大丈夫ですよ。明日の準備もいつもより早く終わりました。昨日からお客さんの数が急に減りましたし、きっと明日も……噂ってこんなに早く広まるんですね。びっくりします」

「京都の人間は特に噂を好むらしい」

「ええ、店の電話が鳴りっ放しです。『警察が来ていたみたいだけど、どうしたの？』って。でも、来店して直接は訊かないんですね、京都の人は」

樋口青年は苦笑を浮かべ、白い歯を零した。電話口で話した時よりも声が高く、響きがあるように聞こえた。電話ではぼそぼそと喋っていたが、そういった客からの対応にうんざりしていたせいかもしれなかった。

「好きなものを頼んでくれ。腹が減っているだろう」

「いいんですか」

「ああ、遠慮なく」

変に気を遣ったりしない辺り、私は大いに好感を持った。素直な青年だ。二重の目が少し垂れていて、柔和な表情をしている。だが、はっきりとした眉毛には凛々《りり》しさが感じられ、意志の強さを表しているようでもあった。彼はざっとメニューに目を落とすと、ハンバーグセットとドリンクバーを頼んだ。

「すみません、先にドリンクだけ取りに行ってもいいですか。喉が渇いてて」

私は頷き、彼の背中を見送った。身長は一七〇センチほどで、やや痩せ型である。黒の綿パンツの上に緑のパーカーという格好で、サファリハットをかぶっていた。どこにでもいる普通の青年という意味では、私の家にいる藤崎青年とよく似た印象だった。

私は既にサンドイッチを食べ終えており、テーブルにはカップだけが置かれていた。そこには四杯目のコーヒーが入っているが、三杯目からもう苦味を感じなくなっていた。

青年がウーロン茶の入ったグラスを手に戻ってきた。席に着くなり一気に半分ほど飲み、ふっと息を吐いた。

「初めまして、樋口勇樹です」

青年は帽子を脱ぎ、ちょこんと頭を下げた。黒い短髪が頭皮に張りついている。この癖を隠すために帽子をかぶっているのだろう。彼はごしごしと頭をかいていた。

「いい髪型じゃないか」

「よくないですよ。髪の毛が菓子に混入しないよう、仕事中はいつも手拭いを巻いているんです。だから、こんな癖がついちゃって」

「とても似合っているよ」

本気でそう思った。京菓子職人としての片鱗《へんりん》が見え、私は妙に嬉しかった。

「さて、早速で悪いんだが――」

「亮のことですね」

青年は少し姿勢を正し、テーブルの上で手のひらを組み合わせた。体型は細身だが、指はごつごつとしている。これもまた職人の証《あか》しであろう。生地や餡を懸命に練っているところが想像できるような指だった。

私はまず、秋山亮について既に得ている情報を簡潔に語って聞かせた。樋口青年は律義に相槌を打ち、話の腰を折らずに耳を傾けてくれた。

だが、彼の表情が徐々に曇っていくことに私は気付いていた。心の奥にある悲しみが表にあふれ始めているのだろう。そんな感情を封じ込めるために明るく振る舞っていたのだとすれば、彼が不憫《ふびん》でならなかった。私はせめてもと、「死」や「亡くなった」という言葉を避けるようにした。

「きみが秋山君と最も仲がよく、また、彼の教育係も務めていたと聞いている。その中で、秋山君から何か相談を受けたとか、悩みを打ち明けられたとかはなかったかい？」

樋口青年は弱々しく首を横に振ったあと、「あいつ、真っ直ぐだったから」と零した。

「いえ、もちろん仕事の愚痴とかはありましたよ。僕も亮も、まだまだ下っ端ですから雑用も多かったですし、時には理不尽なことを押しつけられて腹が立ったりもしました。僕はわりと受け流せるタイプなんですが、あいつはそうじゃなかった。馬鹿正直というか、愚直というか、間違ってると思ったら口に出さずにはいられない性質で、先輩によく言い返していました」

「そんなことをしたら、先輩とぶつかるんじゃないのか」

「はい、まだまだ未熟なくせに生意気だって怒鳴られていました……でも、不思議なんですよね。絶対にそこから大喧嘩にはならないんですよ。先輩たちの懐が深かったんでしょうが、亮を責めながらも、どこかであいつの熱意を買っているようなところがありました。腹立たしいけれど、〈水仙堂〉の菓子への想いは認めてやるって感じで。まあ、亮は本気で訴えていましたから、僕は仲裁に入りながら援護しましたよ。

早く一人前になりたいってのが口癖で、ちょっと焦り過ぎている気もしましたけど、基本的にあいつの主張は『きちんと仕事もするけれど、京菓子を勉強する時間も欲しい』ってことに一貫していましたしね。あいつは本当に〈水仙堂〉の菓子が好きだったから……」

　樋口青年が口を閉じるタイミングを見計らったかのように料理が届いた。ジュウジュウという熱い鉄板の音が場違いに聞こえ、私は食事が終わってから話を切り出すべきだったと後悔した。

「気にせず食べてくれ」

「ええ……」

　彼はナイフとフォークでハンバーグを切り始めたが、一口食べるとすぐに手を止めた。しばらくの間、気まずい空気が流れた。私は窓の外を眺めながら、味のしないコーヒーを飲み干した。

　青年はそっとナイフとフォークをテーブルに戻し、ぽつりと呟いた。

「でも……あいつの態度が変になったと感じたことがありました」

「変になった？」

「あいつが〈水仙堂〉を辞める少し前でした……口数が少なくなって、ずっと塞ぎ込んでいるように見えました。ぼうっとしているというよりも、何かを考えているといった感じで。僕も先輩も心配して、どうしたのかと訊《たず》ねましたが、あいつはなんでもないと濁すだけです。仕事はちゃんとこなしていたので、それ以上は訊かなかったんですが、どう見ても様子がおかしかった。先輩に言い返すこともなくなりました」

「その態度に関して、きみに相談はなかったんだね」

「ありません。先輩たちのいないところで個人的に訊きもしましたが、やっぱり何も言いませんでした」

「店を辞めると匂わすことも？」

「はい……」

「秋山君はきちんと仕事をこなしていたと言ったが、店には来ていたのかい？　休みがちだったとか――」

「いえ、休日以外は必ず……あ、でも一度だけ、体調が悪いと早退したことがありましたね。それもあいつが店を辞める直前でしたっけ。次の日はきちんと来たんですが、どことなく辛《つら》そうだった覚えがあります。本人はちょっと疲れただけだって言ってましたけど」

樋口青年はその日を思い出すかのように顔を斜めに上げた。いつの間にか鉄板の音が消え、テーブルが静かになっていた。

私は彼の横顔に向かって訊いた。

「秋山君の口から、社長である仙田雄太郎の名前が出たことはないかい？」

31

「仙田社長、ですか」

樋口青年はあごを突き出し、眉根を寄せた。ずいぶんと硬い表情に変化したが、彼が持っている穏やかさは消えなかった。

「なぜですか？」

〈きくや〉の菊池孝蔵から聞いた話を告げるべきか、私は逡巡《しゅんじゅん》していた。葬儀の返礼菓子を巡る仙田雄太郎の仕事のやり方、あるいは葬儀社や寺との癒着、共謀。そして〈条南興業〉というヤクザの介入――まだ若い樋口青年にとっては、いや、秋山亮と同じく熱心な京菓子職人にとっては、あまりにも汚い〈水仙堂〉の裏の顔である。

「本店の高橋さんから聞いた。仙田社長に代が替わって、〈水仙堂〉はかなり方向転換したと。その辺り、きみたち職人はどう思っているのか気になってね」

上手い逃げ方ではなかったが、余計な詮索は免れたようだった。もっとも、それは樋口青年の素直な性格によるところが大きかった。

「ああ、色んな噂は耳にしていますよ。でも、それは本店に限ったことで、嵯峨野店にはあまり影響していませんね。うちのお客さんは地元の人ばかりですし、先代の頃と何も変わっていないと理解しているみたいです。嵯峨野店には今もまだ先代の技や心が受け継がれているって」

「きみは先代に会ったことは？」

「ありません。僕が入った時にはもう引退されていました。現役の頃は凄い職人だったそうですね。僕が感動したのも、先代が作った菓子だったのかもしれません」

「感動した？」

「僕が〈水仙堂〉で働きたいと思ったきっかけですよ。まだ高校生で実家にいた時、京都に旅行していた知人から、母が〈水仙堂〉の生菓子をもらったんです。今日中に食べてってことで、ちょっと摘まんでみたら……びっくりしました。こんなに繊細なんだって。ふわっと舌の上で生地が解けて、ゆっくりと甘味が溶けていって……あれが多分、僕が初めて口にした本物の京菓子です。僕はずっと〈八ツ橋〉なんかが京菓子だと思っていたんです。でも、あれらはあくまでも土産物なんですね。そういった土産物を否定するわけじゃないですけど、とにかく本物の京菓子とは全然違います」

嵯峨野店前にいた地元の女性や、本店の高橋が言っていた土産物とは、きっとそういう意味でもあるのだろう。

「秋山君も、きみと同じ理由で〈水仙堂〉を選んだのかな」

「はい。福井の実家で食べて驚いたって。地元に〈水仙堂〉のような菓子屋を出すことがあいつの夢でした」

　北陸の二人の青年を魅了した〈水仙堂〉の生菓子か……私はまだ口にしていないが、彼らは私よりもずっと鋭敏な感覚と舌を持っている。素直に感心するとともに、阿佐井が〈水仙堂〉の菓子を褒めていたことを考えると、ひどく悔しい思いがした。

「あ、ちょっと待ってくださいよ」

　樋口青年が不意に声を上げた。彼は記憶を手繰《たぐ》るように指先でテーブルを叩いた。

「そういえば……あいつ、本店へ行くって言ってたことがあったな。店の営業が終わって二人で片付けをしていた時に……これから本店に話をしに行くって」

「本店に話を？」

「誰と会って何の話をするのかは教えてくれませんでした。まあ、店が終わったあとでしたから食事でもするのかなと思って、それ以上は訊かなかったんです。僕も疲れていましたし、早く片付けを終わらせて帰りたかったですし……」

　テーブルを打つ青年の指が止まった。私は口を挟まず、彼の言葉を待った。

「でも、今から思えば……ちょっと変だな。本店には世話になった高橋さんもいますし、僕たちみたいに修業中の職人もいますが、一緒に食事に行くほどの仲じゃないんですよ。もちろん、本店の職人たちとは何度か会ったことがありますし、それなりに交流はあるんですが……けど、亮とそんなに親密だった同僚はいなかったと思うんだけどなあ。食事じゃないとしても、わざわざ話をするために出向くなんて……」

青年はぶつぶつと独り言のように呟き始めた。私は変わらず黙ったまま耳を傾けていた。

「あれ、まさか仙田社長に会いに行ったとか……いや、さすがにそれはないか……でも亮のやつ、かなり真面目くさった顔で強張《こわば》っていたような気もするなあ」

その可能性は十分に考えられた。秋山亮は、どういう経緯か不明であるが、仙田の黒い噂を知ってしまった。青年は自身の実直な性格、そしてなにより〈水仙堂〉の菓子を想う心から、仙田のやり方やヤクザとの関係がどうしても許せなかった。〈水仙堂〉の菓子は自分の将来を導いたほどなのだ。だから、仙田に直談判《じかだんぱん》を申し込んだのではないか。普段、先輩たちに主張するのと同じように——。

「村瀬さん？」

樋口青年が軽く身を乗り出し、こちらを覗き込んでいた。

「ああ、すまない。先を続けてくれ」

「いえ、もう終わりましたよ。やっぱり、亮が仙田社長を訪ねたというのは考え過ぎですよね。僕だってほとんど会ったことありませんし」

「仙田社長はいつも本店にいるのかな」

「社長室は本店にあります。でも、あちこち出張が多くて、あまり顔を出さないとも聞いています」

高橋も同様のことを言っていた。しかし、私の推測は方向転換することなく、そのまま突き進んでいた。

秋山亮は強引に仙田と面会したが、残念ながら、仙田は嵯峨野店の先輩職人たちほど懐が深くなかった。仙田が求めているのは利益がもたらす六代目としての成功であり、〈水仙堂〉の菓子を想う心や熱意ではなかった――青年にはそう映ったはずである。

「秋山君が店を辞める前後のことを教えてくれないか」

「教えるもなにも、突然だったのでびっくりしました。亮が辞めたって先輩から急に聞かされたんです」

「その理由は誰も知らなかった？」

「ええ、誰も。嵯峨野店のみんな不思議がっていましたよ。店長も知らないみたいで」

「秋山君が辞めたあと、君は彼のマンションを訪ねたそうだね。けれど、部屋は真っ暗だったと」

「はい……大袈裟ですけど、神隠しにでも遭ったんじゃないかと思ったくらいです。何度かマンションに行って、あいつの部屋のドアを叩いたりもしましたが、人の気配がまったくなかった。店長にも言ったんですよ。警察に連絡した方がいいんじゃないかって」

三島が言っていた。店長の花井はその旨を仙田に相談したが、一蹴されてしまったと。

「ではそのあと、きみは秋山君とは一度も会っていないのか」

「会ってません。他店に移った可能性も考えて探してみようと思いましたけど、あいつは〈水仙堂〉の菓子が好きだったから、それはないなって」

「電話にも出なかった？」

「ええ、いつも留守番応答に切り替わるだけでした」

しばらく沈黙が流れた。樋口青年は所在なげにナイフとフォークを動かし、機械的にハンバーグとライスを口へ運んだ。

他の客席が埋まり始めていた。子供のはしゃぐ声が聞こえ、家族連れが多く来店しているようだった。

私は最も気になっていた点について彼に訊ねた。

「柳智也という人物を知っているかな。きみ自身でもいいし、秋山君から聞いたとかでも構わない」

「それ、誰ですか？」

私は漢字を教えて繰り返したが、彼は首を傾《かし》げるだけだった。

「じゃあ、今からいくつか名前を挙げる。その中で聞き覚えのあるものがあったら教えてくれ」

「はあ……いいですけど」

「阿佐井峻、松岡慎介、藤崎優斗」

「いいえ」

「本間、川添……大前真苑」

「知りませんね」

「三島翔太、黒木武司」

「うん？　うちに来ていた刑事さん、黒木って名前じゃなかったかな。事情聴取っていうんでしたっけ。昨日、僕も話をしました」

「会ったのは昨日が初めて？」

「当然ですよ。刑事さんと向かい合って話したこと自体が初めてです。緊張しましたけど、優しかったですよ、黒木って刑事さん。目が丸くて埴輪《はにわ》みたいな顔だったなあ」

私は微笑で応え、二人が対面している光景を思い浮かべた。今回の事件において一時は疑いを持っていた黒木であるが、〈両兼寺〉とは関係がなさそうだと判明した時点で、私の頭には黒木の温かい笑顔が戻っていた。

「あまり考えたくないと思うが、今回の事件について、昨日今日と警察からどんなことを訊かれただろうか」

「さっき村瀬さんが訊ねたような内容でしたよ。亮が店を辞める前後についてと、あいつが何かトラブルを抱えていなかったかって……誰かに恨みを買っていたかとか……その……」

青年は顔を伏せ、ナイフとフォークをテーブルに置いた。皿にはまだ半分ほど料理が残っていたが、もう食べる気になれないという気持ちがはっきりと見てとれた。

私はいたたまれない思いでいっぱいだった。ほんの少しの間でも、彼を一人にしてやるべきかと迷った。しかし、こうなることは初めからわかっていたのだ。こちらから彼を呼び出した以上、私が席を外すのは間違っている。最後まで彼の前にいる責任がある。

「すいません、村瀬さん……」と、彼は声を震わせた。

「きみが謝る必要はない」

そう答えるのが辛かった。私は彼の癖のついた髪を見つめながら言った。

「きみの携帯電話に秋山君の写真はあるかな。あれば欲しいんだ」

彼はすっと顔を上げ、「ありますよ」とポケットから携帯電話を抜き出した。

「おれの方に送ってくれないか」

「わかりました」

彼は器用に指を動かし、あっという間に画像を送信してくれた。

二人が並んで映っている写真だった。ともに作務衣《さむえ》姿で、頭に手拭いを巻いている。背後に〈水仙堂〉の看板と木の引き戸が見える。嵯峨野店の前で撮影されたものだった。

樋口青年と同じくらいの身長だが、体格は秋山亮の方が分厚く立派だった。鼻筋が通っていて涼しげであるが、どことなく土の匂いがする顔立ちで、純朴そうな雰囲気が滲み出ている。

京都という街に染まるのではなく、自分は早く一人前になって地元に戻るのだ——写真から、私はそんな想いを勝手に感じとっていた。きっと樋口青年の話を聞いたせいだろう。

こうして私は写真を通して、秋山亮という青年を初めて目《ま》の当たりにしたのだった。

32

樋口青年とはファミリーレストランの前で別れた。近いうちに必ず嵯峨野店を訪ね、

〈水仙堂〉の菓子を購入すると約束した。彼はまだ生菓子は作らせてもらえないが、羊羹などの半生菓子は担当しているらしい。ではその羊羹を買おうと言うと、彼はにっこり笑っていた。

どうにか雨は持ちこたえてくれたが、気温がかなり下がっていた。私はジーンズのポケットに両手を突っ込み、住宅街の方へ引き返した。これから〈両兼寺〉界隈を歩いてみるつもりだった。この時間ならば、もう警察も引き上げているだろう。私が暮らす山中にはない温かい光景だった。

密集した家々の窓から灯《あか》りが漏れ、狭い通りをほのかに照らしている。

そんな光景に気が緩んでしまったのか、もしくは樋口青年との飾り気のない会話を思い出していたせいか、私は周囲の警戒を怠っていた。住宅街に入り、三つほど角を折れた時、背後に人の気配を嗅いだ。反射的に振り返ると同時に、腹に強烈な衝撃が走った。私は後方に吹っ飛ばされ、気付いた時にはアスファルトに尻をついていた。

こんな住宅街の中で襲われるとは思ってもみなかった。大声を出せば何事かとすぐに家々の窓が開くだろう、そんな安心と油断があったようだ。

「……〈条南興業〉のチンピラか」

見覚えのある二つの大きなシルエットが通りに立っていた。私は吐き気を堪《こら》えながら体を起こし、地面に片膝をついた。痛みのせいで視界が点滅していた。

どこから尾《つ》けられていた？　もしファミリーレストランに入る前からならば、樋口青年と会っていたのも連中に知られている可能性がある。そのせいで青年に被害が及んだとしたら、悔やんでも悔やみ切れない。

「油断していた……いつからおれを尾けていた？」

かすれた声を絞り出した。だが、二つの影は何も答えなかった。

ここで二人とやり合って勝つ見込みはあるか——あるわけがなかった。今はとにかく逃げるべきだ。この巨漢たちが相手なら、脚力では負けない。いくつか角を曲がれば、すぐに二人を振り切れる。私は呼吸を整え、タイミングを見計らった。

「おれが言った通り、おまえたちの周囲に警察が現れただろう。警察は〈両兼寺〉にも捜査の手を伸ばした。川添や本間に言っておけ。間もなく秋山亮殺害の証拠を固め、〈条南興業〉に踏み込むとな」

二人が互いに顔を合わせ、私から視線を逸らした。その隙を狙って立ち上がった。

しかし次の瞬間——目の前が真っ暗になった。

何だこれは……意識を失ったのか？　いや、そんなはずはない。腹を一発殴られただけなのだ。気力も体力もまだ残っている。なのに一体どういうわけだ……私は軽いパニックに陥った。

徐々に呼吸が苦しくなっていく。首に違和感があった。それが太い腕だと気付いた時、ようやく状況が呑《の》み込めた。

もう一人、別の男がいたのだ。その男が背後から私の首を絞め、顔に布袋のようなものをかぶせたのだ。急に視界が遮られたのはそのせいだった。

私は手足をばたつかせ、抵抗しようと試みた。が、首に絡みついた腕はびくともしなかった。このままではまずい。本当に意識が飛んでしまう……。

私は尻のポケットから携帯電話を抜き出した。通報しようと思ったのか、武器にしようと思ったのか覚えていない。黒い視界が今度は真っ白に染まり始めていた。そして、眠りに落ちるようにふっと楽になった。

ああ、夜には戻るとナインと約束したのに無理かもしれないな——それが最後の記憶だった。


ぼんやりとオレンジ色の光が見えている。街灯か、裸電球か。そんな頼りない灯りの中に、なぜか黒い点が無数に散っていた。

ここはどこだろうか……。

周囲に視線を振るが何も見えない。目の前にあるのはオレンジ色と黒が混ざり合った平面だった。

と、腹に鈍い痛みを感じた。小さく呻き声を漏らした時、その痛みがすべてを思い出させた。

そうだ、おれは〈条南興業〉の連中に連れ去られたのだ……このオレンジ色の光は嵯峨野の街の灯りではない。そして、この黒い点は顔にかぶされた布袋の繊維だろう。私はまだ目隠しをされている状態なのだ。

ゆっくりと深呼吸を繰り返し、他に体に異常がないか確かめようとした。しかし、両手が動かなかった。うしろ手にされ、パイプらしきものに縛られていた。手首の感触からすると、ロープではなく結束バンドか。無理に動かすと細いバンドが皮膚に食い込んだ。

布袋の中から目を凝らした。視界はぼやけているが、物の輪郭くらいは見えるようになった。段ボール箱が乱雑に積み上げられ、端の方に棚がいくつか並んでいる。倉庫だろうか。私はその一角に座らされていた。コンクリートの床から冷気が這ってくる。尻やふくらはぎが痺《しび》れるほど冷たかった。

数メートル先に光が差した。ドアが開いたのだ。そこに一つの影が立っていた。私を襲った〈条南興業〉のチンピラではない。大柄なシルエットであったが、あの二人組よりもずいぶんと引き締まっている。その影は黙ったまま中に入ってくると、傍らからパイプイスを引き寄せて座った。ざりざりと錆《さび》の擦《こす》れる音がしていた。

「目が覚めたか」

酒焼けでもしているのか、がさついた男の声だった。聞き覚えのない声であったが、この男が誰か想像はついていた。

「〈条南興業〉の川添か」

「あんた、元刑事らしいな。お友達を探しにきたんか」

不覚にも私は瞬間的にかっとなり、男に食ってかかろうとした。手首に巻かれたバンドが締まり、肩にまで痛みが走った。男が愉快そうに笑みを噛んでいる。相手の思う壺《つぼ》になってしまったことがひどく悔しかった。

「――柳はどこにいる？」

「さあな」

「おまえらが柳を拘束していることは知っている。どこにいるか言え」

「あんた、友達思いなんやな。けど、それよりもまず自分の心配をすべきや。ここから無事に出られるとでも思とんのか。やとしたら呑気《のんき》過ぎるで」

「逃げようなど考えてもいない」

「ほう、呑気やなくて諦めが早いんか。ええこっちゃ」

「別に諦めているわけじゃない。警察の捜査力に委ねているだけだ。警察は必ずこの場所を突き止める」

「さすがに元刑事さんやな。警察を信用したい気持ちはわかるが、過信したら痛い目に遭うで」

「もう痛い目に遭っている」

「せやったな」

男が高笑いを響かせた。その笑い声が室内に反響している。床だけでなく壁面もコンクリートなのか、わりと密閉された空間に感じられた。

「川添、おまえこそ警察を舐《な》めているようだな。おまえらがこうして追い詰められた原因をよく考えてみろ。すべては一人の元刑事が介入したからだ。柳が動いたからだ」

「俺らが追い詰められてるやと？　追い詰められてるんは、どう見てもあんたの方やろ」

「強がるな。おまえらが優位に立っていると思うなら、おれの目隠しを取ってみろ。おまえこそ、このまま逃げ切れると思うなよ」

「ようしゃべる元刑事さんや」

私自身もそう思っていた。理由はわかっている。少しばかり恐怖を感じていたからだ。この目隠しは私にとって一つの命綱でもあった。目隠しがある限り、ここから出られる望みがある。だが目隠しがなければ、連中は私に顔を覚えられることになる。この場所がどこか情報を与えることにもなる。そして最悪の場合、知り過ぎた私の口を封じてしまう可能性もある……。

しかし、それでも私は黙るわけにはいかなかった。いや、連中を咎《とが》め続けることで自分を奮い立たせようとしていた。

「川添、本間、大前真苑、仙田雄太郎——秋山亮を手にかけたのは誰だ」

男は何も答えなかった。パイプイスが軋《きし》み、嫌な音が不規則に鳴っている。

「もしくは四人全員で秋山青年を殺害したのか」

「……あんた、うろちょろ嗅ぎ回ってるだけあって、色々と知ってるみたいやな」

男はため息混じりにぼそっと零し、体を少し前に乗り出した。

「おまえらが思っている以上に知っている」

「大したもんや、元刑事さんの情報収集力は。もっとも、大半は〈北天会〉の阿佐井のおかげやろ」

「何だと」

「あんた、舐めてたらあかんで。こっちもそれなりに情報網を張ってるんや。阿佐井が裏で動いてることくらいわかっとる」

「阿佐井を見くびらない方がいい。舐めていたら、それこそ痛い目に遭う」

「ふん、所詮《しょせん》は田舎ヤクザや。潰そうと思えば簡単に潰せるわ」

「秋山青年のようにか」

「威勢がええな。ほんまに援軍が来ると信じてるみたいや。警察が先か、阿佐井が先か、あんたはどっちに賭けてるんや。おもろそうやから、俺も乗っかってやってもええで」

「おまえは何に賭ける？」

「援軍は間に合わん。その前に俺らは綺麗さっぱり行方をくらますわ」

「〈条南興業〉のチンピラを犯人に仕立ててか。無理だな。おまえらが共謀して荒稼ぎしていることは、おれも阿佐井も既に知っている。〈水仙堂〉の仙田雄太郎、〈両兼寺〉の大前真苑、そして、いくつかの葬儀社。そこに〈条南興業〉が絡み、寄ってたかって遺族を食い物にするとは最低だな。人の死が札束にしか見えていないようだ」

「あほらしい。あんた、なんにもわかってへんな。俺らは感謝しかされてへんわ。有難うございますって頭を下げられるくらいや。『何から何まで親身になっていただいて』ってな。これほどまっとうな商売も他にあらへんで」

「未来のある京菓子職人を亡き者にしてまで守りたかったのか、そのまっとうな商売を。笑わせるな」

「口の減らん元刑事さんや」

男に動揺は感じられなかった。よほど強靭《きょうじん》な神経をしているのか、何らかの勝算があると見込んでいるのか。ほとぼりが冷めるまで姿を消し、罪を逃れるような勝算が

――。

男がおもむろに立ち上がった。そして「ほんま、あのガキは」と小声で吐き捨てた。

「あんた、目障りなんや。生きて帰れると思うなよ」

それが男の捨て台詞《ぜりふ》だった。ドアが開き、男は奥へと消えた。私はうしろ手にされた拳をきつく握り締めた。

ほんま、あのガキは――男が零したその言葉で、私は改めて確信をつかんだのだった。やはり、私の推測は間違っていなかった。秋山亮を殺害したのはこいつらだ。

33

それからしばらく一人になった。その間、私は何も考えないように努めた。考え出すときりがなく、また不安も募ってくる。本当に警察は来るのかどうか、自分はこれからどうなるのか。嵯峨野で連中に捕まった時、もっと騒ぎ立てればよかった。そうすれば、誰かが通報してくれたかもしれない……そんな後悔ばかりが頭をかすめる。

どれほど時間が経ったのかわからない。再びドアが開き、室内に光が差し込んだ。先程の男が一人で喋りながら入ってきた。携帯電話で誰かと話しているのだった。

「――無理やと思いますけどね。村瀬とかいう元刑事、なかなか頑固者で。やるだけやってみますけど、期待せんといてくださいよ、川添さん」

そう言って男は電話を切った。

川添さん？

私の聞き間違いか？　そんなはずはない。この男は確かに電話の相手に向かって「川添さん」と言った。

「おまえ……〈条南興業〉の川添じゃないのか」

「あ、しもた。つい癖で言うてしもた。気が緩んどったな……まあええわ。あんたはこっちのつながりを知ってるみたいやし、いまさら隠す必要もあらへん。というか、あんたやったらその意味わかるやろ。こっちのことを知れば知るほど、あんたは危険になるってことや。ますます生きて帰れへんようになったな」

男ががさついた笑い声を上げた。どうやら、わざと川添の名を出したようだった。こうして私を苛《さいな》み、精神的に苦しめたいのだろう。私の胸には、怒りよりも嫌悪感が渦を巻いていた。

「おまえは誰だ」

「誰やろな」

「〈両兼寺〉の大前真苑か」

「おれが坊主に見えるか？　あ、目隠しされとったら見えんわな」

「この目隠しを取れ。隠し事は必要ないと言ったばかりだ」

男はパイプイスに尻を落とし、大きく上半身を伸ばした。

男が大前真苑でないとすれば、一体誰だろうか。「川添さん」と呼んでいたことを考えると、本間ではない。本間の下についているのが川添なのだから。では、川添の部下か。不遜な態度や横柄な口調を見ると、〈条南興業〉の組員にも思えるが……。

「電話を聞いとったやろ。俺は無駄やと言うたんやけど、川添さんが交渉せえ言うからしゃあない」

「交渉ではなく脅迫じゃないのか」

「好きにとったらええ。あんた、この件に関して口を閉ざす気はあるか」

「──ない」

「せやろな。けど一応、条件だけは伝えておこか。いくら欲しい？　あんた、刑事を辞めて無職なんやろ。しばらく遊んで暮らせるくらいの金は渡せるで」

「おまえらの汚い金などいらない」

「綺麗な金やったら欲しいんか」

「そうだな、うちには犬がいるが、ドッグフードは綺麗な金で買ってやりたい」

「ほう、おもろいこと言うやないか」

小さな炎が灯《とも》った。ライターの火だった。タバコの香りが私のところまですぐに届いた。

「ほな金の話はやめや。あんたのお友達を無事に解放してやる——それやったらどうや」

　ぐっと喉の奥が詰まった。多分、体が反応してしまったはずだ。男はそれを見逃さなかった。

「ほう、これはええ条件やったか。あんたは山小屋暮らしで独り身やそうやな。親はもう亡くなっとるみたいやし、兄弟もおらん。家族がどうなっても知らんぞって常套《じょうとう》句《く》が通用せん。ふうん、あんたの泣きどころはお友達やったか……さて、どうする？　あんたが口を噤むんやったら、大事なお友達を帰してやる」

「柳は——生きているんだな」

「ある場所に放り込んである。あんたと一緒で手を縛られたまま寝転がっとるわ。あんたほどしゃべれる状態やないけどな」

　相当な暴行を受けたのだろう。体力に自信のある柳のことだ、必死になって連中に抵抗し、その分だけ拳を食らったに違いなかった。

「柳にも同じ条件を出したのか」

「あんたと同じで金はいらんそうや。ほんでまたお友達も独り身や。あんたら、結婚できひんから警察を辞めたんか？　で、お相手探しでもやっとるんか」

「いい女性を紹介してくれるのなら黙っていてやろうか」

「それもええな。これからお友達のとこに行く。あんたが捕まったことを伝えて、あんたを解放するか、結婚相手を斡旋《あっせん》するか、どっちの条件を呑むか訊いてみよか」

男は楽しくてたまらないといった感じで、口笛とともにタバコの煙を吐き出した。

その煙の中に、先程まで気付かなかった匂いが微かに漂っていた。

線香の匂いだった。

ここは〈両兼寺〉なのか……しかし、コンクリート壁に囲まれた空間が寺の中にあるとは思えない。いや、待てよ。横に家屋があった。そちらの方か。だが〈両兼寺〉には警察の目が光っている。寺の敷地内に私を拘束するのは危険過ぎる……。

そんなことを考えていると、急に辺りが騒がしくなった。勢いよくドアが開き、別の影が転がるようにして室内に投げ込まれたのだった。

「おう、舐めた真似してくれるやないか。え、仙田」と、男が言った。

――仙田？　〈水仙堂〉の仙田雄太郎か？

「おまえ、逃げられるとでも思とんのか、こら」

「ち、違う。逃げるつもりじゃあ……」

「ほな、どういうつもりや。電話にも出んと逃げ回っとったやないか。そもそも俺らに泣きついてきたんはおまえやぞ。面倒なガキをなんとかしてくれってな。ええか、今回の件はおまえが発端なんや」

「しかし、なにも殺さなくても……」

「あほか、あれは事故や。ちょっと痛めつけて、そのまま帰すつもりやった。けど、あのガキは……」

「いくらなんでもやり過ぎだ。私はそこまで頼んでいない！」

「うるせえよ。いまさらどうにもできんやろが。おまえ、昨日のことをもう忘れたんか。わざわざ会《お》うて覚悟を決めたとこちゃうんか、え？　せやのにもう弱腰になっとんのか。気が変わるには早過ぎるぞ、こら」

仙田がぐっと呻き声を上げた。男に蹴り飛ばされたようだった。

「……本当にこのまま逃げ切れるのか」

「おまえが裏切らんかったらな。昨日、寺に集まって話し合《お》うた通りや。しばらくの間、俺らは雲隠れする。地下に潜る。騒ぎが大きくなるようやったら、川添さんが手下を警察に差し出す。それで終わりや」

「……そんな思い通りにいくのか」

「はあ？　どの口が言うとんねん。これまで散々思い通りにやってきたんは誰や。そのおかげでぼろ儲けしたんは誰や。今回も俺たちの思い通りに事を運ぶ。何がなんでもな。腹をくくれよ、仙田。せやないと、おまえは破滅や」

　男はそう言い捨てて室内から出ていった。仙田は蹴られた箇所が痛むのか、地面に横たわったまま苦しそうにしていた。

「おい、動けるか」と、私は言った。

「え？」

　仙田は今私の存在に気付いたのか、慌ててこちらに体を向けた。

「おれの目隠しを取ってくれ」

「無理です。手足を縛られていて動けないんです」

「――〈水仙堂〉の仙田雄太郎だな」

「そうですが……あなたは？」

「村瀬という者だ」

「村瀬？　どこかで聞いたような……」

「秋山亮の事件を追っている。おまえと会うのは二度目だ。昨日の午後、〈両兼寺〉に車で入っていくおまえを目にしている」

「ああ、あなたですか……私たちを嗅ぎ回っている元刑事というのは」

　仙田の顔が見られず、目隠しがもどかしかった。私はホームページにあった彼の写真を思い浮かべながら言った。

「もう一人、別の元刑事がいる。おまえも知っているはずだ」

「……知っています。確か、柳という名前でしたか」

「柳はどこにいる？」

「わかりません……私は柳という人に会っていないのです。拘束されているとは聞いていますが……」

「おれは柳の元相棒だ。その柳に秋山亮を助けるよう頼まれた。だが、柳は連中に捕まってしまった。だから救出に来た」

「けれど、あなたも捕まったわけですか」

「ああ、それこそ連中の思い通りになった」

仙田が軽く鼻を鳴らした。男の姿が消え、少しは余裕が出てきたらしい。

「先程の男は何者だ」

「船越という男です。船越光男《みつお》」

船越――その姓をどこかで耳にした。しかも、ほんの数時間前だったはずだ。

「〈両兼寺〉大前真苑の妹か……妹の嫁ぎ先が船越だった」

「ええ、大前住職の妹さんの旦那です。京都市の南区で〈船越葬儀社〉という葬儀会社を経営しています」

34

〈船越葬儀社〉。

それを聞いて、私は〈きくや〉の菊池孝蔵の話を思い返していた。

老舗京菓子屋、寺、葬儀社の三者の癒着——残っていた一つのピース、葬儀場および葬儀社がここで登場したのだった。

菊池は〈水仙堂〉の仙田が主導で共謀しているように話していたが、そこには菊池の反感や嫉妬といった感情が存分に含まれていたらしい。実際は、船越の方が仙田よりも明らかに立場が強いようだった。

なるほど、葬儀社か。どうりで線香の匂いがしたわけだ。職業柄、服に染みついているのだろう。

「返礼菓子の受注は船越から持ちかけられたのか」

「……どうしてそれを？」

「裏で旗を振っていたのは船越か。〈水仙堂〉や〈両兼寺〉を仲間に引き入れたのは船越だったんだな」

私は菊池の名前は出さず、彼から教えられたことをざっと語って聞かせた。仙田は

「よく知っていますね」と驚きの声を漏らした。しかし表情がわからないため、演技なのかどうか判断できなかった。

「〈水仙堂〉は相当な儲けを出したようだな。おれも本店へ足を運んだが、とても京菓子屋には思えないほど明るく現代的だった。嵯峨野店も同様に改装する案があると聞いた。いや、別に新店舗をオープンさせるんだったか。その資金は、何も知らない多くの遺族が支払ったものだとは誰も想像しないだろうな」

仙田の返答を待った。だが彼は、船越のように「まっとうな商売だ」「遺族からは感謝されている」といった綺麗事を口にしなかった。彼なりに罪悪感があるのか、あるいは、もう自分は終わりだと諦めているのか。船越とのやりとりを考えると、仙田はこの期に及んで逃げ出したようであるから、後者の可能性が高いと思われた。

「船越とおまえは、もともと付き合いがあったのか」

「ええ……私の父親、〈水仙堂〉の先代の頃から。船越さんの方も先代でしたが」

「先代は腕のいい立派な職人だったそうだな。〈水仙堂〉の名を京都に定着させたのは先代だと語る人物もいた。まさか、その頃から葬儀社と結託し、返礼菓子で儲けていたんじゃないだろうな」

「違います。父親は……利益なんてあまり考えていませんでしたから」

「おまえとは反対に、か。ならば互いに代が替わってから、おまえと船越は急接近したわけか。父親が二の次にしていた利益を求めて」

仙田は答えなかった。私はこの沈黙を勝手に同意ととらえ、続けて言った。

「船越とおまえの関係はわかった。〈両兼寺〉とのつながりも歴然だ。妻の実家なんだからな。では、〈条南興業〉の川添はどうやって食い込んできたんだ」

「詳しくは知りませんが、〈条南興業〉も南区にあるのでしょう？　以前〈条南興業〉の関係者が亡くなった時、船越さんがその葬儀を担当したと聞いたことがあります。それ以来の付き合いだと。彼らがいつ手を組んだのか、私は知りません。ある時、船越さんから川添さんを紹介され、この商売をもっと拡大させると告げられました」

「川添がヤクザだと聞かされなかったのか」

「はい……知ったのはもっとあとになってからです」

「おまえは船越の言うがままだったのか？　船越に弱みでも握られているのか」

「いいえ、それはありません……商売は順調でしたし、利益の分配も妥当なものでしたので、私からは特に何も……」

「それでもヤクザが絡めば、ろくな結末にならないことくらいわかりそうなものだ。現にそうなった。死者が出たんだ。しかも〈水仙堂〉で働いていた若い職人だ」

仙田に息を呑み込むような気配があった。どうやら私は勘違いしていたらしい。菊池の話から、仙田はかなり悪辣で強欲な人間だと思っていたが、実際は違っていたようだ。あまりにも世の中を知らな過ぎる。疑うということを知らな過ぎる。そして、幸か不幸かそのまま成功してしまった。〈水仙堂〉は業績を伸ばし、彼は〈京都中央菓子組合〉の理事長に就任した。百五十年の伝統を武器にして。

その伝統に対し、菊池は自らひれ伏したが、船越は巧みに利用した。だが仙田はおそらく、菊池の嫉妬心や船越の腹黒さに感づいていないのではないか。そんな気がして仕方なかった。

「なぜ秋山亮を殺した？」と、私は冷たく言った。

「私じゃない……私は何もしていない！」

仙田が初めて大声を出した。しかし、怒鳴り慣れていないことがわかるくらい声は痩せていた。

「そんなたわごとが通用するとでも思っているのか」

「私は……ちょっと困っていると相談しただけなんだ……それだけなのに……」

「それだけだと？　船越の背後に〈条南興業〉がいることは既に知っていたはずだ。邪魔者がいれば排除する――それが連中のやり方だ。秋山青年をさらい、痛めつけることくらい誰でも想像がつく。知らなかったとは言わせない。それともおまえは知った上で、秋山青年のことを連中に告げたのか。こうなることを暗に望んでいたのか」

「違う！　それは違う！　私は秋山君を辞めさせるつもりもなかったし、将来を期待してもいたんだ」

「ふざけるな！」

できる限り冷静さを保ち、訊きたいことを引き出すつもりであったが、私の感情は簡単に爆発してしまった。

「将来を期待していたのなら、どうして彼を守ってやらなかった！　どうして彼の話に耳を傾けなかった！　彼がなぜ〈水仙堂〉を選んだか知っているだろう。〈水仙堂〉の菓子に惚《ほ》れ込んでいたからだ。だが、おまえはその菓子をないがしろにした。返礼菓子という名の土産物として扱い、ひたすら売りさばいた。しかも、ヤクザ連中と手を組みながらだ。秋山青年にはそんな薄汚い行為が許せなかった。彼はそれほどに〈水仙堂〉の菓子を愛し、〈水仙堂〉の京菓子職人であることに誇りを持っていた。そして、いつか自分の店を持ちたいと願ってもいた。いいか、仙田！　おまえはその夢を奪ったんだ！」

一気にまくし立てた。歯止めが利かなかった。しかし、怒りをぶつけるほどに空《むな》しくなるばかりであった。

仙田という人物が船越のように明白な悪党であったなら、ヤクザまがいの男であったなら、いくらでも罵倒してやりたい。声が嗄《か》れるまで雑言を吐き散らしてやりたい。だが、仙田は何も言い返してこなかった。私の怒りに耐えているのか、甘んじて受け入れているのか、もしくは、ただ聞き流しているだけなのか……とにかく、私が発した感情の塊は壁面に反射し、やがてはどこかへ吸い込まれてしまった。

室内から私の言葉が消えたあと、仙田がぽつりと言った。

「秋山君から同じことを言われました。あなたと同じような熱量で……彼とは三度会いました。いずれも営業時間後、本店に突然やって来て……いや、私は新店舗の企画や準備などもあって、外に出ている時間が多かったものですから、彼はもっと足を運んでいたのかもしれません」

「一度目は？」と、私は訊いた。

「二ヶ月近く前だったと思います。店が終わってスタッフたちも帰ったあと、彼が不意に訪ねてきました。話したいことがあると言って。私は本店の駐車場に車を止めていましたから、中にいるとわかったのでしょう……内容はあなたが言った通りのことでした。〈水仙堂〉の菓子を汚すような真似はやめて欲しい。このまま黒い連中と商売を続ければ、菓子の価値がどんどん下がると、彼は懸命に訴えました……正直なところ、私は初め何のことかわかりませんでした。この若い職人は何を言っているのだろうと不思議に思いました。なぜなら、私は普通に商売をしているつもりだったからです。京菓子店に限らず、他のどの店もやっている普通の商売のあり方だと考えていました。ですから、私は彼を突っぱねました。『何が悪いのだ？　どこに疑問があるのだ？　私には君の意見が理解できない』と……その日、彼は不服そうな顔を残して帰っていきました」

　そこで仙田の話が途切れた。私は「二度目は」と間を埋めた。

「それから二週間後くらいでしたか、彼はまたやって来ました。その夜、私は船越さんと食事の約束があって、ちょうど店を出ようとしているところでした。しかし彼は、私が急いでいることなど気にも留めず、一度目と同じことを、一度目を上回る勢いで語り出しました。私はただ腹立たしく、面倒だと感じていました。約束に遅れるからと彼の話を途中で遮り、いい加減にしろと拒絶したのを覚えています。誰が給料を払っていると思っているのだ、社長に意見するなら一人前の職人になってからにしろ、そんなことも口にしたはずです……けれど、彼は引き下がりませんでした。私はもう苛立《いらだ》ちや怒りが収まらず、彼を無理やり外に出し、帰れと怒鳴りました。そこへ船越さんから電話がかかってきて……私は遅れそうだと謝りながら、つい秋山君のことを漏らしたのです。ちょっと厄介な職人がいて困っている、今日の遅刻もその男のせいだと。ほんの愚痴のつもりだったのですが……」

「船越は単なる愚痴だと受け取らなかった。〈条南興業〉のチンピラを使って、秋山青年を襲わせた」

　樋口勇樹が言っていた。秋山青年は店を辞める前、体調が悪いと早退したことがあったと。彼はチンピラに殴られたのだ。舐めた真似をするな、黙って仕事をしていろと脅されたのだ。連中は顔面を殴らない。服に隠れる部分を狙う。

だが、秋山青年は屈しなかった。ここで引き下がれば自分の負けになる。いや、自分の信念を曲げることになる――そう考えたのかもしれない。だから、彼は痛みを抱えつつ翌日も生地を練り、懸命に菓子を作った。しかし、やはり痛みに耐え切れなくなってしまった……。

「翌日に船越さんから連絡がありました。少し脅しをかけておいたから、彼はもう何も言ってこないだろうと……私は驚きました。そんなことを望んでいたわけではないのです。本当にちょっとした愚痴だったのです」

「ならば、なぜ三度目があった？　その時点で、船越や〈条南興業〉の怖さが身に染みたはずだ。それでもおまえは、秋山青年よりも船越を信用したのか。〈水仙堂〉の菓子を心から想う職人よりも、暴力と金を好む連中を信じたのか」

私はもう怒る気力が薄れていた。仙田の話を聞きながら、彼には打っても響かないだろうと諦め始めていた。感情を荒らげれば、その分だけこちらが鬱屈していくだけだった。

「……三週間ほど前、彼がまた私の前に現れました」

仙田は私の問いには答えず、続けて語り出した。

「その日、私が本店に行ったのはかなり遅い時間でした。本当は寄るつもりはなかったのですが、新店舗の資料で早急に確認しておくべき点があり、取りに向かったのです……すると彼がいました。駐車場で私を待っていたのです。私はまたかとため息をつき、執拗《しつよう》な態度に怒りが込み上げると同時に、彼のことが恐ろしくもなりました。それからしばらく駐車場で言い争いになり、私は疲れていたこともあって、もういい加減にしてくれと車に乗って帰宅しようと思いました。しかし、彼はよほどの覚悟を決めていたのか、私を脅し始めたのです……やはり〈水仙堂〉の菓子を汚すような真似は許せない。黒い関係を続けるのなら、先代に会いに行くと」

「……先代に？」

「はい。失礼を承知で先代に頭を下げ、もう一度〈水仙堂〉に戻ってもらうようお願いする——彼はそう言いました」

以前の私ならば、それのどこが脅しなのかと疑問に思っただろう。だが、今はその怖さが理解できるようになっていた。

噂だ——本店の高橋が語っていた。引退した先代が再び〈水仙堂〉に戻るなどあり得ない。〈水仙堂〉はもう六代目の店になった。それが看板を譲るということなのだ。もし先代が手を貸せば、「六代目は頼りない」「六代目はまだ当主の器ではない」と悪評が立つ。それは避けなければならないと。

六代目の仙田は、その噂の意味を十分に知っていた。そんな噂が広がってしまえば、最悪の場合、店を潰す結果になりかねない。下手をすれば、噂以上に汚名を着せられる可能性もある。百五十年の歴史を自らの手で終わらせてしまうのだから。

「私はかなり取り乱しました……怒りに震えながらも戸惑い、そこに恐怖も相まって、とても冷静ではいられませんでした……私は逃げ出すように車を走らせました。その辺りの記憶は曖昧です。ですが、気付くと船越さんに電話をかけていました。彼をどうにかしてくれと。今度は私の方からお願いしたのです……単なる愚痴ではなく」

その電話を受け、船越はまた動いた。今度は秋山青年を連れ去り、監禁し続けた。彼が負けを認めるまで。彼が連中に服従するまで。

そして、秋山青年の姿は〈水仙堂〉から消え、命を落とすまでに至ってしまった。つまり、彼は最後まで連中に屈しなかったのだ。最後まで信念を貫いたのだ――そう思わなければ、私は正常でいられなかった。

「秋山青年は、おまえと船越らの結託をどういう経緯で知ったんだ」

「それがわからないのです……彼と会った三度とも訊ねましたが、彼は決して答えませんでした」

「彼は先代と面識があったのか」

「いいえ、ないはずです」

私は秋山青年の写真を思い浮かべながら考えた。彼が仙田らの共謀や〈条南興業〉との関係を知ったのは、もしかすると先代からだったのではないか。しかし、樋口青年も言っていたが、彼らが〈水仙堂〉に入った時には、先代はもう既に隠居していた。とすれば、青年と先代にはつながりがないことになる。

「あの……村瀬さんと仰いましたね」と、仙田が細い声で言った。

「ああ、そうだ」

「元刑事さんから見て、これから私はどうなるのでしょうか……」

思わず失笑した。私は嘲りや軽蔑を存分に乗せて笑い声を零した。この質問に仙田のすべてが表れているような気がしたのだ。

「そんなことも自分で考えられないのか」

「いえ、考えてはいますが……」

「逃げることを、だろう？　おまえは逃げ出して連中に連れ戻された。さらには手足を縛られて今ここにいる。それでも連中がどうにかしてくれると期待しているのか。おまえ、自分のことをよくそれほど他人任せにできるな。そんな男が〈水仙堂〉の六代目とは聞いて呆《あき》れる」

私は仙田を蔑みつつ、改めて百五十年の伝統と歴史の凄みを実感していた。先代の技と心、それらを引き継いだ職人たち、そして高橋の使命感に満ちた態度――そういったものが現在の〈水仙堂〉を支え、重い看板を背負っているのだ。仙田は何も成功などしていない。すべては彼らの庇護《ひご》のおかげなのだ。

「これから何が起きるか訊きたいんだったな。ならば教えてやる。船越は、おまえや川添を切り捨てて逃亡する。おまえたちに罪を着せるつもりだ。だから川添の名前を口にした。おまえをここに放り込んだ。おれの前に確たる証拠を残したというわけだ。船越は既にここから去っただろう。おまえの前に姿を現すことはもうないはずだ」

仙田が黙り込んだ。この時に限っては目隠しが有難いと思えた。仙田の表情を見ずに済んだ。彼の落胆した顔など目にしたくもなかったし、同じ空間にいることさえ不快に感じるほどだった。

私は仙田への怒りや軽蔑を乗せて腕を動かし始めた。パイプとの摩擦で結束バンドを切ろうと試みたが、そんな感情など何の役にも立たなかった。手首がさらに締めつけられ、痛みがひどくなっただけだった。

「おい、携帯電話を持っているか」と、私は仙田に訊いた。

「いいえ、鞄の中です。その鞄は外に――」

「ライターはあるか」

「え？　いや、私はタバコを吸いませんので」

期待していなかったとはいえ、私は派手に舌を打った。火があれば、少々の火傷《やけど》は覚悟の上でバンドを溶かすことができる。この男は看板以外に何も持っていないのかと無性に腹が立った。

柳ならどうするだろうか——ふと考えた。柳ならば、ライターを使って既にバンドを焼き切っているかもしれない。柳が吸っているキャメルを思い出す。タバコにしては甘く、メイプルのような香り。ヘビースモーカーではなかったが、あいつの服にはそんな匂いが漂っていた。長時間の張り込みや、署に泊まり込んだ時にはろくにシャワーも浴びられなかったのに、汗よりもタバコの香りが鼻をついた。私にとっては心地よく、また落ち着く匂いでもあった。きっと、私の山小屋にも十分に染みついているることだろう。ここから出たら、あいつのためにキャメルを買っておいてやるか……。

コンクリートから伝わる冷気に耐えながら、無言の時間が過ぎていく。体温を上げようと定期的に足を動かしつつ、拘束を解く方法を考えたが特に妙案は浮かばなかった。殴られた腹の痛みは消え、縛られた腕の痛みが麻痺《まひ》し出す。そして、まぶたがゆっくりと落ち始めた。

どれくらい経ったのだろうか。再びドアの向こう側が騒がしくなった時、私は完全に眠っていた。

勢いよくドアが開き室内に光が差し込むと、黒い塊がこちらに向かって駆けてきた。今度は誰だと咄嗟に身構えた。

しかし、黒い塊には攻撃する様子がなく、息を弾ませながら私の周りを飛び跳ねている。

——ナインだった。

35

「ナイン！　おまえ、どうして……」

ナインは私に体をすり寄せ、目隠しの布袋に舌を這わせていた。取ってくれようとしているのだ。温《ぬく》い息遣いとともに、微かなドッグフードの匂いが鼻をくすぐる。私はまだ状況が把握できなかったが、そのすべてを忘れさせるほどの喜びと安心感が込み上げていた。家を出たのは今朝なのに、ずいぶん久しぶりにナインと再会したような気がした。

「大丈夫ですか？　村瀬さん」

さっと視界が開けた。ほのかなオレンジ色の灯りに目が眩《くら》む。室内の明るさに慣れるまで私は瞬きを繰り返した。

「——松岡」

目隠しを取ってくれたのは松岡だった。

「すみません、遅くなりました」

「遅くなった？」

「はい。村瀬さんから電話をもらって急いで車を走らせたんですが、ちょっと時間がかかってしまいました」

私はまだ目が覚めていないのか、松岡の言っている意味が理解できなかった。

「おれが……おまえに電話した？　いつの話だ」

「今が午前一時過ぎですから、五時間ほど前ですね。電話に出ると、村瀬さんの苦しそうな呻き声が聞こえてきて……いや、慌てましたよ。これは何かあったなって」

そうか、樋口青年と別れたあとだ。嵯峨野の街を歩いている最中、〈条南興業〉のチンピラたちに襲われ、背後から首を絞められた……あの時、私は携帯電話をポケットから抜き出し、無意識に通話ボタンを押していたのか。記憶が定かでなかったが、連中に抵抗しながらも松岡の番号を選ぶだけの意識はあったらしい。

「おかげで助かった……だが、どうしてナインがいるんだ？」

「村瀬さんが口にしていたからですよ。『ナインと約束が』って」

思い出した。あの時、意識が薄れていく中でナインのことを考えていたのだ。夜には戻るという約束を守れないかもしれない、と。私はそのまま声に出していたようだった。

「村瀬さんの家にいる犬がナインだと知っていました。でも、村瀬さんは緊急みたいでしたし、どうしたらいいのか迷いました」

「家までナインを迎えに行ってくれたのか」

「何度かナインって聞こえてきたので、大事なことなのかと思って……そのあと、嵯峨野に残していたうちの者からすぐに連絡が入りました。村瀬さんが奴らに連れ去られたと。で、うちの者にあとを追うよう指示して、俺はその間に村瀬さんの家に向かったんです」

どこから取り出したのか、松岡の手にナイフが握られていた。松岡は私の背後に回り、手首を縛っていた結束バンドを切ってくれた。

「すまなかった。面倒をかけた」

私は自由になった腕を丹念に解《ほぐ》したあと、ナインの頭を何度も撫でた。

「この男は？」と、松岡が床を指差した。

「〈水仙堂〉の六代目だ」

「ああ、そうなんですか。ん？　彼も縛られているみたいですが」

「この男は解放しなくてもいい。警察に引き渡す」

「……わかりました」

松岡は不思議そうな表情を見せたが、何も訊かずにナイフの刃先を収めた。彼の頬が腫れていた。唇の端も切れている。

「その傷はどうしたんだ」

「ちょっとやり合いました。そっちの部屋で」

松岡は今度はドアの向こうを指差した。アルミ製の銀色のスライドドアだった。

「見張り役ですかね、〈条南興業〉のチンピラが三人ほどいました。みんな体がでかくて苦戦しました」

「よく倒せたな。数で圧倒したのか」

「いいえ、ナインですよ。ナインが奴らに次々と襲いかかったんです。凄かったな、あの機動力は。こっちも三人でしたが、おかげで奴らを叩きのめすことができました。村瀬さん、こうなることを想定してナインを呼び寄せたんですか?」

私は「まさか」と言いながら、腹の底から笑い声を上げた。ナインは少し落ち着いたのか、すぐ横でお座りをしている。私はその背中を丁寧に撫でてやった。ナインは〈条南興業〉のチンピラの臭いを覚えていた。連中が私の家を荒らした時に残した臭いを嗅ぎ分けたのだ。そして、普段は人を襲うことなどないが、この時ばかりは連中を攻撃したのだ。

「おまえは賢いな。大したやつだ」

私はナインに声をかけ、ゆっくりと立ち上がった。全身に一気に血が巡り始める。

「松岡、携帯電話を貸してくれ」

体温が戻ってくるとともに、襲われた時の最後の記憶がぼんやりと浮かんできた。意識が消える寸前、連中に奪われてはまずいと、手にしていた携帯電話を放り投げたような感覚が微かにあった。多分、まだ嵯峨野の路地のどこかに落ちたままになっているだろう。連中が暗い路地を這い回り、探し出しているとも思えなかった。

「どうぞ」

松岡から電話を受け取り、自宅の番号を押した。藤崎青年に一報を入れておこうと思ったのだが、彼の携帯番号までは覚えていなかった。

「――もしもし」

藤崎青年がもごもごと応答した。私の家の電話のため、おそるおそる受話器を取ったという感じだった。

「村瀬だ」

「ああ、なんだ」と、彼の声が明るい調子に変わる。

「何時間か前、家に若い男が訪ねてきただろう」

「うん、びっくりしたよ。なんだかよくわからないけど、村瀬さんに頼まれたってナインを連れてった」

「今、一緒にいる」

「そうなんだ。いや、村瀬さんに確認しておこうと思ったんだけど、電話が全然通じなくてさ。ちょっと心配してたんだ」

「大丈夫だ。もうすぐナインと戻る」

「じゃあ待ってるよ」

電話を切った。そのまま松岡に携帯電話を返し、私は室内をぐるりと見回した。コンクリート壁に囲まれた縦長の部屋だった。目隠しの中から見えていた印象と大差はない。壁に沿って棚が二つ並び、その隣に段ボールが雑多に積まれている。やはり、倉庫か物置のようだった。

仙田雄太郎を置き去りにして部屋を出た。ドアの先は二手に分かれていた。正面には別の広い空間があり、左手には階段が上へ延びている。ここが何階建てなのか不明だが、下への階段がないところを見ると、私は一階の一室に拘束されていたらしい。

正面の空間は二十畳以上あるだろうか。テーブルとイスがあちこちに吹っ飛んでいた。ここで相当激しい格闘があったのは間違いない。中央に三人の男が倒れ、その周囲で二人の男が仁王立ちしていた。立っている方が〈北天会〉で、寝転がっているのが〈条南興業〉のチンピラだろう。例の兄弟らしき巨漢の二人組と、あと一人は初めて見る顔だった。

「こいつらもまとめて警察に突き出す」と、私は言った。

「わかりました」

松岡が背後で答えると、〈北天会〉の二人の男がすぐに反応した。それぞれがガムテープを手に、〈条南興業〉の連中の体をぐるぐると巻き始めた。

「阿佐井も来ているのか？」

「ええ、車の方に」

「救い出してもらっておきながら言うのもなんだが、すぐに消えるんだ。これから通報して、警察にはおれが説明する。もちろん、おまえたちの名前は出さないつもりだ。おまえや阿佐井には後日改めて頭を下げに行く。今日のことはそれまで貸しにしておいてくれ」

「はい、阿佐井さんに伝えます」

松岡は一度だけ頷くと、二人の男に合図を送った。奥に大きな木製の扉がある。そこがこの建物の出入口のようだった。

「松岡」と、私は彼を呼び止めた。「おまえのおかげで助かった――礼を言う」

松岡は足を止め、明るい笑みを返した。阿佐井に見せる笑顔には及ばないだろうが、それなりに楽しそうで誇らしげに映った。

松岡を見送ったあと、私は倒れていたイスを起こして尻を落とした。ここはどうやら飲食店らしい。傍らにはカウンターキッチンがあり、鍋やフライパンが立てかけられている。

外に出て周囲の景色を確認しようと思ったが、気力がまだ湧いてこなかった。体を動かすことがひどく億劫《おっくう》で、このまま床で眠りたいくらい疲れていた。

目をつむった。そうして私は一瞬だけ意識を失った。次にまぶたを開いた時、壁にかかっていた時計は五分も進んでいなかった。まさか、十二時間が過ぎてしまったわけではないだろう。

ナインが鼻をひくつかせていた。何か臭いを辿《たど》っているらしく、室内をぐるぐると周回している。気が立っている様子はない。ナインにとって馴染みのある匂いなのだ。まだ夢の中にいるのかと思っていたが、ナインは不意に歩みを止め、じっと私に視線を注いだ。「着いてこい」とでも言いたげだった。

はっと我に返った。夢ではなかった。私はイスから跳ねるように立ち上がった。

「誰かいるんだな」

ナインが小走りに駆け出す。私が拘束されていた部屋の方へ向かうと、階段を上がり始めた。

「上にいるのか」

ナインのあとを追った。一段上がるごとに板が軋む。

階段を上がり切った右手に扉があった。合板の安っぽい代物である。ナインがその扉に爪を立てていた。中に人がいるのだ。ナインの反応を見る限り、敵ではない。ナインが嗅ぎとったのは、もっと近しい人物の匂いのはずだ——。

扉と同じく安っぽいドアノブは簡単に回転した。私は急いで扉を押し開けた。ナインが部屋の中へ走り出す。その姿はとても嬉しそうだった。

「大丈夫か——柳」

36

「……遅かったな、村瀬」

薄暗い部屋の中から、柳の声が聞こえた。消え入りそうに細く、弱々しい声だった。部屋に照明が点《つ》いておらず姿が見えなかったが、想像以上に参っているのかもしれなかった。柳は体力に自信を持っている男だが、その体力がほぼ尽きかけているといった印象だった。

「ああ、遅くなった」

「待っていたよ……お前なら必ず辿り着くと信じていた」

「残念ながら、辿り着いたわけじゃない。おまえと同じで、おれも連中に捕まったんだ。ついさっきまで下の部屋に放り込まれていた」

「そうか……どこで捕まった？」

「嵯峨野だ。〈両兼寺〉に向かう途中だった」

「……なるほど」

おそらく柳は〈両兼寺〉という名称から、私のこれまでの行動をほぼ理解したはずだった。時間はかかってしまったが、私は柳が残した手がかりをもとに、柳が描いた筋道を追ってきたはずであった。

「村瀬、今日は何曜日だ？」

「日付が変わったから日曜だな。おまえがおれの家に来たのは水曜の夜だった。翌日の朝に秋山亮を名乗る藤崎青年が訪ねてきた。そして、その秋山亮の死が発覚したのが金曜だ。同じ日、おまえが連中に拘束されたと知った」

「……まだ一週間も経っていないのか」

「長い五日間だよ。だが、おまえはもっと前からこの事件に関わっていた」

私は壁に指を這わせ、照明のスイッチを探した。すぐにレバーのような突起物に触れた。上に弾くと天井の蛍光灯が白々と灯った。

「照明を消してくれ。眩しいんだ」

私は少し驚きながらレバーを下げた。柳は目を開けていられないくらい疲弊しているのか。そこまでの暴行を受けたというのか。

「ずいぶんとやられたんだな」

「さすがに奴ら、暴力に慣れていやがる。甘く見ていたよ」

「救急隊を呼ぶか」

「いや、話が先だ。そうだろう？」

「話せるのか」

「それくらいの体力は残っているさ。奴らに散々殴られたが、この数日の間ずっとベッドで横になっていたからな」

確かに柳は横になっていた。しかし、蛍光灯が点いたわずかな瞬間、私は目にしていた。柳は簡易ベッドに寝転がった状態で、両手首を土台の鉄枠につながれていたのだった。

眩しいと言ったのはきっと嘘だ。照明を消させたのは、この姿を見せたくなかったからに違いない——私はそう思ったが、やはり見て見ぬふりはできなかった。

「縛られたままでいいのか」

「いや……腕を解放してくれたら楽になる」

「ちょっと待ってろ。下に行ってナイフを探してくる」

「ついでに水を一杯頼む」

私は階段を下り、一階にあったキッチンカウンターへ向かった。壁際の棚からグラスを取り出し、水道水を汲《く》んだ。

ガムテープで巻かれた〈条南興業〉の連中は大人しくしている。よく見ると、ご丁寧に口も塞がれていた。

「おれはこれから柳と話がある。終わるまで辛抱していろ」

カウンターの引き出しにハサミが入っていた。私はそれらを手に、また階段を駆け上がった。

「……ナインも一緒なんだな」

柳の声に少し張りが戻っていた。

「一緒だ。おまえが二階にいると気付いたのもナインだ。おまえの匂いを嗅いだらしい」

部屋の奥へ行くにつれ、汗の臭いが濃くなった。ここで監禁されている間、風呂には入っていないのだろう。さすがにキャメルの香りは微塵もしなかった。壁に格子窓が三つあったが、いずれも閉じられている。通気性が悪く、室内の空気はかなり淀《よど》んでいた。

柳の腕を指でなぞり、手首の結束バンドにハサミを差し込んだ。きつく縛られていたが、どうにか両方を切断した。

「助かったよ、村瀬」

柳が上半身を起こすと同時に、ナインがベッドに飛び乗った。柳はナインを抱きかかえ、「よく来たな」とじゃれ合った。はっきりとは見えないが、足は拘束されていないようだった。

「ナインと遊ぶくらいの体力は残っているらしいな」

「こいつのおかげで元気になったよ」

連中に痛めつけられ内臓を損傷していることも心配したが、大丈夫そうだった。

「ほら、水だ」

グラスを柳の手に握らせた。柳は口をつけるなり一気に水を飲み干した。

「俺は半ば眠っていたが、下の階がやけに騒々しかった。奴らとやり合ったのか」

「チンピラたちなら問題ない。三人ともくたばっている」

「へえ、お前が倒したのか」

「いいや、松岡だ。阿佐井の運転手をしている若い男だ。彼が〈北天会〉の者を連れて乗り込んできた」

「……阿佐井の？」

柳の表情はわからなかったが、今回の件に阿佐井が絡んでいることは予想外だったらしい。柳は、私がすべて単独で動いたと考えているはずだった。もしくは、元相棒の三島に協力を得たと考えていたかもしれない。当の私自身でさえ、未《いま》だになぜ阿佐井が登場したのか不思議でならないのだから、当然といえば当然だった。

「お前を助け出したのも松岡か」

「ああ、彼を知っているか？」

「そんな奴がいたのは覚えている。だが、顔は思い出せないな」

「下には〈船越葬儀社〉の船越光男もいた。もっとも、おれは目隠しをされていたから話をしただけだ。しかし、やつはもう消えたよ。〈水仙堂〉の仙田雄太郎を置き去りにしてな」

「仙田を？　仲間割れか」

「どうだろうな。警察の捜査の手が間近に迫っていると知って、船越は仲間を売った形跡がある。仙田と〈条南興業〉の川添に罪を着せ、自らは逃亡するつもりのようだ。おれをさらってここに連れてきたのも、船越の計算だったのかもしれない。いわば、仙田は置き土産だ」

「なるほど……仙田を主犯に仕立て上げようってわけか」

柳はベッドを離れ、一歩ずつ足の具合を確かめるように歩き出した。数歩進んでは引き返してくる。それを何度か繰り返した。

「仙田、船越、川添……さすがだな、村瀬。この短期間によくそこまで調べ上げてくれた」

「おれの力じゃない」

そう、船越が指摘した通り、大半の情報は阿佐井から得たものだった。しかし、柳には告げなかった。阿佐井は私への恩を返すためだと語っていた。柳は関係ないのだ、と。

「警察へ通報したのか？」と、柳が訊いた。

「まだだ」

「ならば時間はあるな」

「下へ移るか。テーブルもイスもある」

「いや、ここでいい。悪いが照明も点けないでくれ」

やはり、柳は自身の弱った姿を見せたくないらしい。いや、私に表情を悟られたくないというのが本心か。これから語ることは柳にとって非常に辛く、胸をえぐられるものになるだろう。

私は――柳が犯した罪について言及するつもりだった。

「その辺にパイプイスがあるはずだ。座ってくれ」

柳がベッドに尻を落とした。私はドア付近にあったパイプイスをつかみ、ベッドから少し距離をとって座った。柳はこれからすべてを告白するつもりだ。しかし、せめて暗がりの中で語らせてくれ――私はそんな柳の心の揺らぎを感じていた。

「どこから始める？　お前の家に行った水曜の夜からか」

「いいや――二年前からだ」

柳がぐっと喉を詰まらせた。「二年前」という言葉の意味をすぐに理解したのだ。

「そうか……村瀬、知っていたんだな」

「知っていたというより、疑問に思っていた」

「その上で……黙っていてくれたのか」

「おまえが口を閉ざしたからな。だから、おれも沈黙した」

柳が何か呟いたような気がしたが、私のところまでは届かなかった。

「今回の事件に関して訊きたいことは山ほどある。だが、まずはそもそもの始まりを確かめておきたい。なぜなら、この事件の発端は二年前にあるからだ。二年前、ここで起きたことがきっかけになっているからだ」

私は三つの格子窓を順に目で追ったあと、暗がりに向かって言った。

「二年前――ここは〈灯〉だった」

37

「……よく気付いたな」と、柳が答えた。

「この三つの格子窓もそうだが、一階の間取りが〈灯〉と似ていた。当時と室内のレイアウトは変わっているが、フロアの床板や入口の木の扉、同じく木製のカウンターには見覚えがあった。そしてなにより下の部屋だ。アルミのスライドドアと横にある階段──」

「俺たちは二年前……そのスライドドアから厨房に入った」

「ああ、おまえを先頭にして」

あの時、そこには三人の人物がいた。あかり、久保沼、坊主頭の若い男。坊主頭は〈条南興業〉のチンピラで、銃を手にあかりを人質にとっていた──私が拘束されていたのはあの厨房だったのだ。

「これは偶然か？」と、私は訊いた。

「奴らが俺たちをこの場所に放り込んだのは偶然だろう。だが、〈条南興業〉がここに店を構えたのは意図的だ」

「今は〈条南興業〉の店なのか」

「一応はバーだが、〈灯〉ほど品は良くないようだ。裏では賭場を開いている節もあるし、俺やお前のように誰かを監禁する場所としても使われている。まあ、船越から聞いた話だ。俺が調べたわけじゃない」

「船越から？　あいつはそんな裏側まで知っているのか」

「船越は悪党だよ、川添よりも遥《はる》かにな。お前も言っていたが、船越は簡単に仲間を売る男だ。〈条南興業〉と手を組んだのも、はなから奴らを利用するつもりだったのかもしれん。あいつは川添のことなどなんとも思っちゃいない。そうでなければ、あれこれ喋らないさ」

「確かによく喋る男だった」

船越の下劣な関西弁は強く耳に残っている。私は目隠しをされたままで、その顔を拝めなかったが、汚ならしい面構えを勝手に思い描いていた。答え合わせは船越が逮捕されたあとになるだろう。その時が待ち遠しかった。

「船越も川添から聞いたらしい」と、柳が前置きをして続けた。「〈条南興業〉が〈灯〉を知ったのは、あの事件がきっかけだった。その時点で、〈灯〉は既に二年ほど営業していた。奴らに存在を気付かれることなく……奴らからすれば、それが腹立たしかったのさ。祇園に勢力を伸ばしているのは〈条南興業〉の方だ。たった二年だが、自分のシマで〈北天会〉が店をやっていたという事実がどうしても許せなかった」

「許せないもなにも、放置していた自分たちが悪い」

「その通りさ。だが、そんな正論など奴らには通じない。くだらない面子《メンツ》にこだわるのが奴らの世界だ。〈条南興業〉の頭、角倉は〈北天会〉を相手にしていないが、本間と川添は違う。〈北天会〉を潰したいと考えていた。だからこそ余計に怒りが収まらなかった」

「それでこのテナントに入ったのか。馬鹿馬鹿しい。どこが面子の問題だ。単なる嫌がらせじゃないか。報復でもなんでもない」

「ああ、ガキの発想さ。しかし、奴らはそんな真似をしてでも、本気で〈北天会〉を祇園から締め出すつもりだったんだ。二度と近寄るなという警告の意味も込めて」

「警告だって？」

「事件後、〈灯〉はほどなくして店を閉めた。すると、奴らはここを買い上げたのさ。所有者を脅してな……短絡的というか、直情的というか、やり方がめちゃくちゃだ。奴らはただ〈北天会〉に力と金を見せつけたかっただけなんだ。〈条南興業〉の方が圧倒的に上だとな。お前の言う通り、報復にも警告にもなっちゃいない。〈北天会〉の連中に笑われているだろう」

　確かに私には阿佐井の冷笑がはっきりと見えた。そして、ネクタイをいじっている姿も。

「〈灯〉の閉店の理由は知っているか」と、柳が言った。

「松岡から聞いたよ。オーナーだったあかりの母親が癌《がん》に侵された。美弥子という名だったか。籍には入っていないが、〈北天会〉の峰岸の妻にあたる女性だ。つまり、あかりは峰岸の娘で、母親の看病に専念しているという話だった」

柳は頷いているようだった。首の動きに合わせてベッドが軋んでいる。

「なあ、村瀬……この偶然は何だろうな。ここが〈灯〉だとは今でも信じられん。俺はまだ半信半疑なんだ……これは一体何の巡り合わせだ」

「二年前の因縁だと言って欲しいのか」

「……かもしれん」

柳は立ち上がり、薄闇の中を歩き出した。そのまま部屋を出るのかと思ったが、ベッドの方へ引き返した。階段を下り、あの厨房へ行こうか迷っているようにも感じられた。

「あの時、厨房では三発の銃声が鳴った」と、私は切り出した。「一発目は〈条南興業〉の若い男が放った威嚇だった。それを耳にして、おれとおまえは厨房に入った。だが二発目と三発目は、おれが〈灯〉を出たあとだった。そして、おれが再び厨房に戻った時——若い男と久保沼は床に倒れていた。それぞれ肩を撃ち抜かれて」

「辰巳《たつみ》だ」と、柳が遮るように言った。「〈条南興業〉の若い男だ。辰巳仁《じん》」

そういえば、そんな名前だったか。あとで辰巳の名は聞き知ったはずだが、組織犯罪対策係が事後処理を行った際、私の中でもう事件は終わったことになっていた。いや、そう決めたと言うべきか。だから、あかりや久保沼について積極的に情報を集めようとしなかったし、辰巳に限って言えば、その名前すら記憶に残そうとしなかった。

しかし、柳は違っていた。おそらくあの日、私のいない厨房の中で「辰巳仁」という名を聞き出してから、事件後もずっと頭にあったはずであった。

「二発目も、その辰巳仁だった」と、私は言った。「追い詰められた辰巳が久保沼を撃った。おまえはすぐに危険を察知した。次は自分が狙われるかもしれないと、おまえは反射的に辰巳を撃った。それが三発目だ。そうだな？」

「ああ……そう供述した」

「他の二人も、のちの聴取でおまえの供述を認めた。実際、そんな状況が見える現場だった。何も不自然な点はない。事後処理を担当した組対も特に追及しなかった。おまえたちの証言通りにさっさと事件を片付けてしまった。だが、おれは気付いていた——ある矛盾に」

柳の言葉を待ったが、聞こえてくるのはいつの間にか私の足もとに移動していたナインの呼吸だけだった。

「銃声の間隔だ」と、私は続けた。「おまえの供述が正しいのであれば、二発目と三発目は連続して発射されていなければならない。そこに間があってはならないんだ——表の路地で二発目を聞いた時、おれはあかりと一緒に救急隊を待っていた。本来なら、その時点ですぐに戻るべきだったのかもしれない。しかし、おれの頭にあったのは、辰巳がまた威嚇したのだろうという推測だった。中にはおまえがいる。滅多《めった》なことにはならないと希望的に考えた。救急隊のサイレンは新門前通まで来ていたから、おまえの援護よりも、彼女をきちんと救急隊に引き渡すことを優先した。そうして三発目が鳴った――二発目から数分後に」

やはり、柳は口を開かなかった。私はあの時の銃声を思い出しながら言った。

「ほんの数分の間隔だが、決して銃声は連続していなかった。おまえの供述と矛盾している。おれは不思議に思ったよ。おまえがなぜそんな偽の供述をしたのか。いや、久保沼と辰巳までがなぜ嘘の供述を認めたのか――そこがどうしても不可解だった」

柳が何か呟いた。私はその言葉がはっきりと届くまで待った。

「……余計なことをしやがったのさ」

「おまえはあの時もそう吐き捨てていた」

「あいつが……久保沼の奴が……」

「おまえの銃を奪い、辰巳を撃った――それが二発目の真実だった。辰巳が久保沼に銃口を向けたんじゃない。本当は逆だったんだ」

柳が倒れるようにベッドに腰を落とした。鉄枠が激しく軋み、嫌な悲鳴を上げた。

「俺は完全に油断していたよ……まさか、久保沼があんな行動に出るとは考えもしなかった。お前があかりを連れ出したあと、実は辰巳はもう降参していたんだ。なんとか無事に収まったと安心していたところだった。それなのに……久保沼は俺の隙をついて銃を奪いやがった。そして、一切の躊躇《ちゅうちょ》を見せずに辰巳を撃った。あまりに一瞬の出来事で、俺は呆気《あっけ》にとられたよ。何が起きたのかわからなかった……久保沼を見くびっていた。冷静沈着な男だと思い込み過ぎていた」

私も同様だった。〈灯〉の入口に立つ久保沼の姿が目に浮かんだ。彼は常に店内に気を配り、面倒が起きないよう監視していた。

「村瀬、あいつは怖い男だ。恐ろしい男だ……辰巳を撃ったあと、あいつは何と言ったと思う？　辰巳の銃で自分を──久保沼自身を撃つよう俺に指示したのさ。そうすれば何も不自然な状況にはならない。発射された銃弾自体にも矛盾はない。久保沼の肩からは辰巳の銃の弾丸が、辰巳の肩からは俺の銃の弾丸が出るんだからな。その上で撃った順序と人物を入れ替えてしまえば、あの偽の供述通りの筋書ができあがる……あいつはまったく顔色を変えずに淡々と語ったよ。こっちは冷や汗をかいているっていうのにな」

二発目は、久保沼が柳の銃で辰巳を撃った。

三発目は、柳が辰巳の銃で久保沼を撃った。

二発目と三発目に数分の間隔があったのは、柳と久保沼の間で激しい言い争いが起きていたせいだった──。

「俺はもちろん拒否したよ。そんな真似ができるかと久保沼を責めた。しかし……俺はあいつに銃を奪われた。おまけにあいつはその銃を撃ちやがった。いくら久保沼を咎めようが、どこからどう見ても俺の失態だ。刑事としてあるまじき失態だ。左遷や停職程度では済まされない。首が飛ぶのは目に見えている。久保沼はそこを突いてきやがった……俺が銃を奪われたことは黙っておく。その代わり、自分が辰巳を撃った罪を見逃せ。俺が辰巳を撃ったことにしろ、と。つまりはあの偽の供述さ」

「そして——おまえは久保沼を撃った」

「撃たざるを得なかったんだ……時間がなかった。二発目の銃声を聞いたお前が駆けつける。それまでの間に俺は決断しなければならなかった」

「……馬鹿な決断だ」

「わかっているさ。でも、俺はそれくらい追い込まれていた。正常な判断ができないくらいに……後悔しているよ。本当に後悔している。泣き言ならいくらでも言える。聞きたいか、村瀬」

「聞いて欲しいのか」

喉を絞るような苦しげな音が暗がりに響いた。その音はしばらく私の耳で鳴り続けていた。

「おまえと久保沼についてはわかった。二人の間で対等な取引が成立した。問題は残された辰巳だ。辰巳はあかりを人質に立てこもった。さらに銃を所持していたのだから、銃刀法にも違反した立派な犯罪者だ。しかし、久保沼を撃ってはいない。なのに撃ったと証言した。つまり、辰巳は犯してもいない罪を一つかぶったことになる」

「……そうなるな」と、柳が崩れそうな声を足もとに落とした。

「辰巳とも対等な取引が成立したというわけか」

「そうだ。できる限り罪を軽くすると約束した……俺に、いや、俺と久保沼に従うのなら、裏で手を回して塀の中は避けてやる。どっちにせよ起訴はされるだろうが、執行猶予に持ち込んでやると言ったのさ」

「辰巳はその条件を呑んだのか」

「呑んだよ。そして実際その通りになった。久保沼は入院したが、弾丸を摘出したあとすぐに退院した。聴取の時も、自分が辰巳を挑発したせいであいう事態になったと、酌量を含めた証言をした。俺も腕のいい弁護士を紹介してやった」

私は辰巳の顔を思い出そうとしたが、覚えているのは坊主頭とまだまだ幼いという印象だけだった。

「対等とは思えないな。辰巳は下っ端だが、〈条南興業〉のチンピラだ。自分の立場くらい理解しているだろう。〈灯〉にやって来た時点で、塀の中に入る覚悟をしていたに違いない。むしろ、やつらの世界ではそれが箔《はく》になる。偽の供述をする必要などない――とすれば、おまえは他にも辰巳が納得するような条件を提示したはずだ。いや、辰巳の方から条件を提示されたと言うべきか」

頭の中で、辰巳の坊主頭が一人の青年と重なっていく。

「辰巳が要求した条件――それが秋山亮だった」

38

「……参ったな、村瀬。そこまで調べ上げていたとは驚くよ。辰巳のことといい、久保沼のことといい、まるであの時、俺たちと一緒に厨房の中にいたようじゃないか」

ざりざりという音が聞こえてきた。柳が頬を触っているのだろう。無精ひげの音だと思われた。

「よく二人を結びつけたな……秋山亮と辰巳を」

結びつけたわけではなかった。勝手に結びついたというのが自分なりの正解だった。

この数日間、柳と秋山亮を追いかけたが、二人の関係性はまるで見えてこなかった。

あの阿佐井でさえ、それをほのめかす話をしなかったのだ。

阿佐井が知らないのであれば――そもそも柳と秋山亮には接点がないのではないか。

二人はまったくの他人なのではないか。私はそう考えるようになっていた。

しかし、それが二年前の事件と結びついたのは、明確に阿佐井がきっかけであった。

阿佐井のせいで私は二年前に引き戻された。嫌でもあの日の記憶を辿らざるを得なくなくなってしまったのだ。

「辰巳は福井県敦賀市の出身だ」と、柳が言った。「秋山亮の二つ上で、二人は幼馴染《おさなな》染《じ》みだ。実家も近所で、小中高と同じ学校に通っていた。互いに男兄弟がいなかったせいか、辰巳は秋山を弟として可愛《かわい》がり、秋山も辰巳を兄として慕っていた。その関係は子供の頃からずっと続いていた。まあ、辰巳は高校卒業後、こっちに出てきてチンピラになるような男だ。地元では相当やんちゃをしていたらしい。それなりに有名だったと本人が自慢していたよ」

私はなんとなく松岡の話を思い出していた。松岡も数年前まで街で暴れ回っていた。それが阿佐井と出会ったことで〈北天会〉に入ったのだから、辰巳の環境と似ていると言ってもいいだろう。

「秋山亮も不良少年だったのか？」

「ああ、辰巳の影響を受けていた。一緒に喧嘩にあけくれていたようだ。しかし、ある時期を境にして、辰巳は秋山に拳を使うことをやめさせた」

「ある時期？」

「秋山が自身の夢を語り始めたのさ。料理人になって、いつか自分の店を持ちたいってな。秋山の実家は喫茶店だ。昔から飲食に興味があったんだろう。辰巳は『本気なのか』と何度も訊いた。その度に秋山は『本気だ』と答えたそうだ」

〈水仙堂〉の樋口青年も、秋山亮の夢について話していた。秋山青年は学生時代からはっきりと自分の夢を描いていたのだ。

「だから辰巳は決めた。秋山に絶対に暴力を振るわせないと。料理人にとって、手や指はなによりも大切だからな……それでも秋山はしばらく辰巳と一緒にやんちゃをしていたらしい。辰巳は頭にきて、いい加減にしろと怒った。『おまえの本気はその程度か。怪我をして、この先包丁が持てなくなったらどうするんだ』ってな。秋山を殴ったのはその一度だけだと言っていたよ。不良少年の熱い友情だな」

「秋山亮も不良少年らしく心を入れ替えたわけか」

「その通りだ。おれは将来必ず地元で店を開く。店名は互いの名前をとって『亮仁《りょうじん》』にすると熱く誓ったらしい。辰巳は自分がまっとうな道では生きられないとわかっていた。だからこそ、秋山のまっとうな夢を叶《かな》えてやりたかったのさ。ただ、秋山が京菓子の道に進んだのは予想外だったと驚いていたがな」

「そうして数年後、秋山亮も京都に出てきた。京菓子職人になるために」

「二年前の事件が起きたのは十二月だった。翌年の四月から、秋山は〈水仙堂〉での修業が決まっていたんだ。あの日、辰巳は俺に言ったよ——もうすぐ秋山亮という男が京都に来る。オレの弟だと思ってくれ。そいつは京菓子職人を目指していて、オレはその夢を応援したい。けれど、オレはヤクザの下っ端だ。この先何が起きるかわからない。それこそ塀の中に入るかもしれない。だから、秋山亮が困った時には代わりに助けてやって欲しい。力になってやって欲しい——そんな内容を辰巳は口早に語った。俺はその条件を呑んだ。お前の言う対等な取引が成立したのさ」

「そして〈水仙堂〉での修業が始まってから、秋山亮は本当にトラブルに陥ってしまった。いや、自ら渦中に飛び込んだ。〈水仙堂〉の商売のやり方、ヤクザとの汚い関係に疑問を持ち、社長の仙田を強引に訪ねて訴えた。その一連の過程については下の部屋で仙田本人から聞いた」

「そうか……もとは辰巳が原因なんだよ。辰巳が秋山に漏らしたんだ」

そこで私はようやく気付いた。秋山青年が、仙田と船越らの結託を知った経緯についてだ。それは辰巳からだったのだ。

京菓子屋、葬儀社、寺の三者の共謀。そこへ〈条南興業〉の川添が介入してきた。辰巳は〈条南興業〉のチンピラだ。川添の下についていたとすれば、周囲から話を聞き知った可能性は非常に高い。しかも、幼馴染みの秋山亮が働く〈水仙堂〉が関わっている。辰巳は心配のあまり、つい彼に話してしまった——。

秋山青年はその経緯を誰にも語ろうとしなかった。仙田に訊ねられても口を割らなかった。割れるわけがなかったのだ。〈条南興業〉の関係者から聞いたなど言えるはずもない。言えば、自分自身も仙田の側に立ってしまうことになる。先輩の樋口らに対しても口を噤んだのは、そういう理由からだったに違いない。

「だが、辰巳は動くことができなかった」と、柳が続けた。「自分のいる〈条南興業〉が太く絡んでいるんだ。どうしようもできなかった。下手に立ち回ったら、自分の身が危ないからな。だから、俺に連絡をよこしてきた。あの時の取引さ。オレの代わりに秋山亮を助けてやってくれ、と。もちろん俺は引き受けた……俺なりのけじめだった」

そして、柳は手帳を置いた。

「辰巳には一切関わるなと釘を刺した上で、俺は秋山亮と会った。ただ、辰巳に簡単な手紙だけは書かせて、それを秋山に手渡した。そのおかげもあって信用してくれたのか、彼はすべてを打ち明けてくれた。とても気持ちのいい青年だった。真っ直ぐに俺の目を見て、真っ直ぐに語る。純粋過ぎる部分もあったが、そこが彼の魅力だった。俺はなぜか懐かしさを感じたよ。田舎出身ってこともあるのかもしれないが、生命力にも似た土の匂いがする青年だった。辰巳が可愛がるのもわかるような気がしたな……村瀬、お前は秋山亮の顔を見たか」

「写真で見たよ。おれもおまえと同じ感想を持った」

その写真の入った携帯電話は嵯峨野の路地に置き去りになっているはずである。誰かが拾い、警察に届けてくれることを期待しつつ、新しく買い直すことになった場合には、また樋口青年に写真を送ってもらうつもりだった。

「俺が初めて秋山亮に会った時、彼は仙田に直談判したところだと言っていた。俺の知る限り、彼は仙田を三度訪ねている。多分、その一度目の直後だったはずだ……彼はひどく嘆いていた。仙田に話が伝わらない、理解してもらえないと腹も立てていた」

正直なところ、仙田との会話は虚《むな》しく不愉快なものであったし、あまり思い出したくなかったが、確かに仙田は初めて秋山青年と対面した時、彼が何を言っているのか意味がわからなかったと語っていた。

「俺はその時、しばらく行動を起こすなと助言した。俺の方できちんと背後関係を洗って策を練ると言った。秋山亮には仙田を潰す気などなかった。〈水仙堂〉の看板に傷をつける真似はしたくないと何度も言っていた。彼は〈水仙堂〉の菓子に惚れ込んでいたからな。だからこそ難しかったし、俺は慎重にもなった……しかし、彼は俺の策を待っていられなかった。菓子への想いを抑え切れなかった」

「樋口という先輩の職人が彼のことを愚直だと評していた」

「まさにその通りさ。彼はまた仙田を訪ね、翌日には〈条南興業〉のチンピラに襲われ、脅された。事後報告だったたよ。俺はまったく知らなかった……でも、そこで彼は少し大人しくなった。まだ二十歳の青年だ。殴られれば心も折れる。俺はその間に動き、仙田と船越、〈条南興業〉の関係をどうやって断ち切るべきか考え続けた。事件として警察に引き渡すことは簡単だ。だが、それでは彼の意に沿わない。絶対に公にはできなかった」

柳が私に託した便箋〈悪いが、しばらくの間、彼の世話を頼む〉——私がその一文に、公にしないでくれという柳の意思を感じとったのは間違いではなかったのだ。

「秋山青年の心は折れていなかった」と、私は言った。「〈水仙堂〉の菓子に対する彼の想いは、その程度で崩れるような脆《もろ》いものではなかった」

「ああ、そうだな……三度目も事後報告だったよ。というより、奴らにさらわれたあとに俺は知ったんだ。彼と急に連絡がつかなくなり、これは何かあったと焦った。俺は方々を走り回った。そうしてやっとここを探し当てた。外の犬矢来はなくなっていたが、〈灯〉があった場所だとすぐに気付いた……驚いたよ。本当に驚いた。さっきの話じゃないが、一体何の因縁だと恐ろしくもなった。俺は二年前のけりをつける覚悟で動いていたんだから」

「では、一度は秋山青年を救い出したんだな?」

「夜中に店の裏口から侵入してな。二年前の〈条南興業〉のチンピラたちと同じ手口だ。白川の護岸ブロックを登ったのさ。それが首尾よく成功した。見張り役のチンピラに気付かれはしたが、奇襲をかけた俺の方に分があった。そうして無事に秋山亮を連れ出し、その後は俺の自宅で匿った。しかし……そのチンピラに俺の素性がばれてしまった。以前にどこかで会ったのか、俺の顔や体つきに見覚えがあると言い出したらしい。〈条南興業〉は馬鹿な連中だが、情報網はしっかり持っている。すぐに俺の身元を調べ上げ、追ってくるのは時間の問題だった」

「そこでおまえは秋山亮の替え玉を用意した——藤崎優斗という青年を」

「奴らの目を逸らそうと思ったんだ。安易な方法だが、数日くらいは時間を稼げると考えた。その間に秋山亮をどこか安全な場所へ移すつもりだった」

藤崎青年は四日間の約束だと言っていたが、柳からすれば、一日か二日稼げればよかったのだろう。

「お前には申し訳なかったが、奴らにはあえてその情報を流してやった。偽者を追わせるためにな。お前なら、奴らが現れてもどうにか対処してくれると期待していた。なにせ俺の元相棒だ」

「だったら、すべて話しておけ」

「そうしようと思ったよ。水曜の夜だったか、俺はすべてを告げるつもりでお前の家に行ったんだ……でも、できなかった」

「翌日の木曜も機会はあった」

「そうだな、藤崎を車に乗せて山道を走っている途中までは……」

「心が折れたか。おまえは二年前のけりをつける覚悟だったんじゃないのか」

「まったくだ。返す言葉がない。まずはこの件に片をつけてから……いや、やめておこう。何を言ったって言い訳になる。俺は藤崎に封筒と〈水仙堂〉の菓子折りを持たせ、万が一のための保険をかけたくらいだ。お前には何も告げないままで……俺は秋山亮ほど強くないらしい」

柳が乾いた笑い声を上げた。私にはひどく悲しげで痛々しく聞こえた。

「──その万が一が起きてしまった」

「ああ、木曜の夜だった……秋山を車に乗せ、自宅から出発して間もなく奴らに見つかってしまった。見張りには十分警戒していたはずなんだが、奴らの方が一枚上手だった。俺が想像していた以上に情報網を持っていやがった。誤算だったよ。俺はとにかく奴らの追跡を振り切ろうと車で逃げ回った。どこをどう走ったのかよく覚えていない。ただ、土地勘のない場所は不利になると思って、市内を行きつ戻りつした記憶はある。しかし、結局は捕まってしまった……巨漢の二人組だったよ。金髪と坊主頭のな。双子みたいにそっくりだった。俺も秋山も、そいつらに滅多打ちにされた」

「おれも同じ二人組に襲われた。おまけに家も荒らされた」

「らしいな。俺たちを殴りながら、二人が嬉しそうに喋っていた。偽者で騙《だま》せるとでも思ったのかってな……山小屋は大丈夫だったのか？」

「家具から食器まで全部ひっくり返されたよ。おれはたまたま外にいたんだが、留守番をしていた藤崎青年の話では、嬉々《きき》として家を荒らしていたそうだ。あれはおまえへの警告だったんだな。いや、当てつけと言った方が正しいか。おれたちは知っている、小賢《こざか》しい真似をするなと」

「藤崎に怪我は？」

「大丈夫だ。二人組の目的は偽者を痛めつけることじゃない」

その二人組は今、下の部屋で体にガムテープを巻かれて寝転がっている。だが、いい気味だとも思わなかったし、仕返しをしてやったと溜飲《りゅういん》が下がることもなかった。

私はどことなく無力感を覚えながら呟いた。

「秋山青年は――宝が池公園の雑木林で発見された」

柳はしばらく黙り込んだあと、ぽつりと答えた。

「どうにか逃がしたんだ。俺が二人組の相手をしている間に……辰巳の言葉に感化されたわけじゃないが、秋山には拳を使わせたくなかった。俺はどうなっても構わない。でも、彼だけは助けてやりたかった。彼も相当殴られていたが、まだ若く体力もある。あの巨漢なら追いつかれることはない。俺はタイミングを見計らって彼を逃がした。足はよろついていたが、彼の背中はすぐに遠ざかっていったよ。それを見届けて俺はひとまず安心した。そうして意識を失ったんだろうな……次に目を覚ました時にはここで拘束されていた」

「しかし、秋山青年は逃げ切れなかった」

「いや、逃げ切ったんだ。だが、力尽きてしまった。一人でひっそりと雑木林の中で……内臓がやられて出血していたんだろう」

三島との電話では、秋山青年の外傷が激しいという話だった。柳の言うように内臓を損傷していた可能性は大いに考えられる。

「仮に、奴らが秋山の死体を見つけていたのなら、そのまま放っておくわけがない。事件ごと葬り去るためにどこかに隠す。奴らの仲間には船越がいるんだ。船越の葬儀社や関係する葬儀場と、死体を上手く隠せる場所はいくらでもある」

想像すると恐ろしかった。葬儀場に死体があるのは当然だ。別の死体の一つや二つ紛れ込ませるくらい容易かもしれない。もしそうなっていたとすると、この事件はまだ発覚していないはずであった。

「村瀬……俺は一体何をやっていたんだろうな……俺は彼を守ることができなかった。仙田と船越、川添との結託を断ち切ることもできなかった。おまけに今回の事件は公になり、〈水仙堂〉の看板に大きな傷がつく。葬儀社や〈条南興業〉との癒着も暴露される。秋山亮は……そんなことなどまったく望んでいなかった。すべてが反対の結果になってしまった。俺のせいで……何が二年前のけじめだ！」

柳は突然大声で叫び、ベッドの鉄枠を蹴り飛ばした。私は固く拳を握り締めるだけで、言葉をかけることも、隣に寄り添うこともできなかった。

私は長い沈黙に耐え続けるしかなかった。

39

ナインの吐く息だけが聞こえている。ひりつくような沈黙の中、その呼吸だけがひどく穏やかで柔らかかった。私は気持ちを落ち着かせるためにナインの首筋をゆっくりと撫でていた。

柳は微動だにせず、ベッドの傍で突っ立っている。こちらに背を向けているのだろう。何かすがるものはないかと探しているような黒い背中だった。

私はなぜか、柳がナインを連れてきた日を思い出していた。半年前の十月のある夜だった。柳は両脇にドッグフードの袋を抱え、「ナインという名前だ。俺のマンションでは無理だから、お前がこいつを飼ってくれ」と、いきなり告げたのだった。私は驚きのあまり、おろおろしてしまったことを今でも覚えている。玄関先で舌を垂らすナインと柳の顔を何度も見比べたが、それでもまったく状況が呑み込めなかった。

ナインの元の飼い主は、柳の地元の友人男性だそうだ。事故で大怪我を負い、長期入院を余儀なくされたという話だった。命に別状はないのだが、回復したとしても相当なリハビリ期間が必要なため、柳が新たな飼い主としてナインの面倒をみる手筈《てはず》になったらしい。

私は「ちょっと待て」と激しく詰め寄ったが、柳はにやりと微笑むだけで何も答えようとしなかった。挙句にはどさっとドッグフードを玄関に落とし、「これを読んで勉強しろ」と尻のポケットから〈ドッグライフ〉という雑誌を抜き出すなり、さっさと車に乗り込んでしまう始末だった。

まるで竜巻にでも遭遇したかのようだった。私は柳が起こした強烈で一方的な風に吹き飛ばされ、しばらく呆然《ぼうぜん》としたまま玄関で立ち尽くした。残されたナインは少し首を傾げていたが、私と違って竜巻に吹かれている様子もなく、すぐに尻を上げて「よろしくな」と言わんばかりに悠然と家の中へ歩き出したのだった——。

おそらく柳は、初めから私の家に連れてくるつもりでナインを引き取ったに違いなかった。山小屋には犬が似合うと考えたのか、犬がいた方が私の生活が賑やかになると考えたのか、あるいはその両方か。

いずれにせよ、半年後の今となっては、そんな柳の勝手な思惑はまんまと成功したと言わざるを得なかった。私にとって既にもうナインが一つの心のよりどころになっているのだから。

暗がりの中で軽く笑みを零した。さて、偽の秋山亮も――ナインと同じように柳に連れてこられた藤崎青年も、もしかするとこの先、離れがたい存在になるのだろうか……。

私は「いや、まさかな」と胸のうちで呟き、柳の背に向かってようやく口を開いた。

「辰巳は知っているのか？　秋山亮の死を」

「え？」

柳はまだ沈黙の中にいたのか、ふと我に返ったといった感じだった。

「……多分まだ知らないはずだ。辰巳は今、拘留中なんだよ。大人しくしておけと注意したのに、つまらない傷害事件を起こしやがった。二年前の前科がある。今回は実刑を食らう。刑が確定したら伝えに行くよ……必ずな」

さすがにもう途中で心が折れることはないだろう。柳はすべてを私に語ったのだ。

辰巳にも同じくすべてを語って聞かせるだろう。

私は再び三つの格子窓に目をやった。

「久保沼は今どうしているんだ？」

「わからない……二年前の事件のあと、いつの間にか姿を消した。こちらから何度か連絡を入れてみたが、一向につながらなかった。もちろん、あいつの方から電話はない。俺たちの関係はもう終わったと言いたいんだろう。二度と会うことはないと。俺とは違い、あいつの中では既にけじめがついているのさ」

そうかもしれなかった。私はぼんやりと思い描いた。〈灯〉とは別の店に立ち、冷たい目でフロアの客を眺めている久保沼の姿を——。

「あの男は一体何者だったんだろうな」

「それなんだが……」と、柳がまた室内を歩き出した。「ずっと疑問に思っていたことが一つある」

「久保沼の行動だな？　おまえの言葉を借りるなら、彼がなぜあんな余計な真似をしたのか」

「ああ、そうだ」

柳の話を聞きながら、実は私も不思議だったのだ。久保沼の仕事は面倒が起きないようにすることだった。それなのに、彼は自ら面倒を起こした。辰巳を撃った。その事実がどうにも不可解だったのだ。

「あいつは〈北天会〉の者ではないが、峰岸から相当の信頼を得ていたと俺は踏んでいる。あいつの冷静な態度を考えれば、あかりの護衛として雇われていたに違いない。あかりは峰岸の一人娘だ。峰岸からすれば、たとえ娘の店とはいえ、普通にフロアに立たせるわけにはいかない。必ず周囲にボディガードを置く。そのうちの一人が久保沼だった……」

ありる得ない話ではなかった。実際、二年前の事件の発端は、左京区にある〈北天会〉の店に〈条南興業〉のチンピラが客として来たことが原因だったのだから。

「とすればだ、あいつの仕事はあかりを守ることになる。しかし、そんな大切な彼女を盾にとられてしまった。あいつは己の失態を悔やみながら、腹の中でふつふつと自分に対して怒りをたぎらせていたのさ……そして、その怒りが沸点に達した時、あいつは行動に出た。自らへの憤りを吐き出すように辰巳を撃った。俺たちが乗り込んでこなかったとしても、あいつはきっと辰巳の銃を奪い、撃っていた」

何と答えてよいのかわからなかった。私たちがあの日〈灯〉に向かったことで、図らずも久保沼の前に三丁もの拳銃が集まってしまった。偶然だったとはいえ、改めて寒気がした。

「なあ、村瀬」と、柳が足を止めた。「俺はあいつの素性を未だに知らないが、誰かに似ていると思わないか」

私は大きく頷いた。柳の言わんとする意味がすぐに伝わったのだ。

「久保沼は——阿佐井の父親か」

「そうとしか思えん。お前が阿佐井の名を口にしてから、俺の中で二人の顔が重なり始めた」

冷たく厳しい目に、怯《ひる》むことのない堂々とした態度——それらは二人に共通したものであり、私がこの数日の間ずっと触れてきたものでもあった。阿佐井と対面する度ごとに。

「二人が親子だとすれば」と、柳が続けた。「阿佐井ほどの男が〈北天会〉にいる理由も理解できる。久保沼自身は〈北天会〉の人間ではないと言っていたが、昔は峰岸に世話になっていて、その流れで阿佐井は〈北天会〉に入ったと考えるのが自然だろう。背景はわからないが、久保沼は峰岸に対して恩義を感じている。また、峰岸は久保沼に対して相当な信頼を置いている。阿佐井はそんな関係を父親から引き継いだ。だから、峰岸のような時代遅れの堅物を支え、ナンバー2として組織を守っているんだ。阿佐井の能力ならば独立してもおかしくない。一人でも十分にやっていける——どうだ？　村瀬」

「異論はない。おれも同意見だ」

ただ、阿佐井が〈北天会〉にいる理由について、私はもう一つ別の要因を考えていた。おそらくは、こちらの方がより強い動機のはずだった。

「〈阿佐井〉というのは母親の旧姓か」

「だろうな。久保沼は何らかの事情で妻と別れた。離婚か死別か知らないが、息子は母親の阿佐井の姓を残すことにした……まあ、俺の想像の範疇だ。阿佐井と会う機会があれば確かめてみてくれ」

私はゆっくりとパイプイスから尻を上げた。腹部が鈍く疼いた。嵯峨野で連中に襲われ、ここに放り込まれてからずいぶん時間が経っている。その間に船越、仙田、柳と立て続けに話したが、いずれも私は暗がりの中にいた。無性に光を浴びたかった。

「言い残したことはあるか」と、私は柳に訊いた。

「いや、ないな」

「そろそろ通報する。救急隊も呼ぶか」

「そうだな、一応頼む。村瀬、警察への供述は先にさせてくれ……これも俺なりのけじめだ」

「いいだろう」

私は軽く首を回し、ドアノブに手をかけた。柳はけじめだと言ったが、私にも果たすべき責任があった。これから左京署に電話をかけ、三島を呼び出すつもりだった。三島には私の方からきちんと説明しておきたかった。

「待て、村瀬」と、柳が言った。「言い残したことはないが、訊き忘れていたことが一つあった」

「――何だ」

「お前が手帳を置いたのは……俺が原因なのか？　お前は早い段階で、俺の供述が嘘だと気付いていた。でも、黙っていた。俺が口を閉ざしたからか？　俺のために何も言わなかったのか？ しかし、お前はその沈黙を嫌った。何も語らない俺を嫌った。だから辞めたのか？」

室内の空気が激しく動いた。柳の気配がすぐ背後にある。私は振り返ろうとしなかった。

「嫌ったわけじゃない。だが、避けたのは事実だ。おまえが苦しそうにしているのはわかっていたし、その理由も明白だった。おれはそんなおまえを見ているのが辛かった」

「なぜ言わなかった……真実を話せと」

「言えばそうしていたのか？ おまえは自分の罪を二年も抱え続けた。そのけじめをつけるのに二年もかかったんだ」

柳が言葉を吞み込んだ。唸《うな》るような音がはっきりと聞こえた。

「おれが手帳を置いたのは、刑事という職業を応援してくれていた父親が亡くなって、なんとなく区切りがついたということもあるが……確かにおまえが大きな原因だ。けれど、責任を負わせるつもりはないし、非難するつもりもない。ただ単純に、そんなおまえと一緒にいるのがつまらなかったんだよ。子供じみているかもしれないが、熱くなれなくなった。頭を過ぎっていたのは、二人で捜査に奔走した日々だった。疲弊しながらも、心の底から充実感に満ちた時間だった。おれにとってはかけがえのない時間だった。おれは感謝しているよ……おまえと組むことができて」

嘘も誇張もなかった。辞表を書いた時も、そして今もなお変わらない私の本当の気持ちだった。直属の上司に辞意を伝えた時には「考え直せ」と渋られたが、私はまったく応じなかった。それくらいで折れるような決心ではなかったのだ。先日に黒木から「おまえには昔から頑固なところがあった」と言われたが、確かにその通りなのかもしれなかった。

「柳、おれは後悔などしていない。山小屋での生活に満足している。ナインもいるし、ドッグフードを持って訪ねてくるおまえもいる。山小屋にいる時は――おれたちは二年前に戻ることができる。そうだろう？」

背後で大きな音がした。柳が膝から崩れ落ちたのだ。

私はドアノブを回し、柳を残して部屋をあとにした。ナインも続いたが、途中で引き返した。今は柳といるべきだと思ったらしい。

私は階段を下り、真っ直ぐフロアを抜けて表の路地に出た。街灯が増設されたのか、二年前よりも店の前は明るかった。柳が言っていたように犬矢来は撤去されている。外観には面影が残っていたが、一階部分のコンクリートの壁面が濃いグレーに塗られており、いかにも怪しげな雰囲気を漂わせていた。

さらさらと白川の流れが耳に届く。その心地よい水の音は変わっていなかった。と——路地の先に人影があった。新門前通の方向だ。影はじっとこちらを見つめている。

阿佐井だった。

二年前、あかりを連れてこの路地で対峙した時とまったく同じ光景であった。私はゆっくりと阿佐井に近づいた。

「松岡から連絡があったらしいな」

「ええ。あなたが奴らに捕まり、ここで拘束されていると」

「松岡のおかげで助かった」

「そのようですね。体は大丈夫ですか？」

「まずは自分のことを心配しろ」

阿佐井はいつものスーツ姿で、こめかみには変わらず仰々しい医療用テープが貼られていた。

「柳も——無事だった」

「ほう、それはよかった」

事件の顚末《てんまつ》を話すべきか一瞬だけ考えた。が、阿佐井の関心はそこにないはずだった。

「〈灯〉が店を閉めたあと、〈条南興業〉が土地ごと買い上げたのは知っていたのか」

「はい、聞いていました。馬鹿馬鹿しくて鼻で笑ってしまいましたが。奴らはこれで力を見せつけているつもりなのでしょうか。報復だとでも思っているのでしょうか。自分たちの間抜けさを脇に置いて」

阿佐井がネクタイを指で弾いた。街灯の下ではあるが、顔色はかなり回復しているように映った。

私は阿佐井へとさらに一歩踏み出した。

「おまえが言った恩とは――あかりのことだったんだな」

「はい」と、阿佐井は素直に頷いた。「二年前、人質にとられたあかりさんを左京署の村瀬という刑事が――あなたが助け出してくれた」

そういえばあの時、彼女に名前を訊かれ、私は答えたのだった。

「おれは自分の職務や信念に従っただけだ。おまえに恩を売ったわけじゃない」

「それは村瀬さんの見解です。あなたがどう思おうと、私は受けた恩を返さなければなりません」

「それがヤクザの世界というわけか」

「どこにヤクザがいるのです？」と、阿佐井が小さく笑う。

「おまえ、あかりに惚れているのか」

「──はい、惚れています」

阿佐井の目は真剣だった。こんなにも熱のある目を見るのは初めてであった。ふと、私はあの写真を思い出した。数日前に家を荒らされた時、床に散った本に紛れていた昔の彼女の写真だ。私は彼女と約一年半付き合ったが、決して阿佐井ほど一途ではなかったし、彼女にこんな眼差《まなざ》しを向けた覚えもなかった。それを思うと妙に情けなく、いまさらながら、彼女に対して申し訳なかったと詫《わ》びたくもなるのだった。

私は少したじろぎつつ、阿佐井の熱に呑み込まれないように口を開いた。

「あかりは峰岸の一人娘だ。峰岸はあかりを相当大事にしていると聞いた。おまえとの交際を猛反対されているんだろう？」

阿佐井は無言のまま固く唇を結んでいる。

「美弥子という名前だったな、あかりの母親は。峰岸自身も美弥子に惚れたくせに、娘とヤクザ者との恋愛は認めないつもりか。ずいぶんと勝手なものだな」

「父親とはそういうものでしょう」

「……あの日、おまえの事務所に峰岸が来ていた。俺が松岡に連れられて訪ねる直前だ。そこで言い争いになった。こめかみの傷は峰岸に殴られたせいじゃないのか。それだけの傷だ、灰皿か何かでやられたんだろう。しかし、おまえは決して手を出さなかった。殴られるがままになった。なぜなら、相手が峰岸だったからだ。おまえが唯

一、頭を下げねばならない人物だ。峰岸以外に、おまえに傷を負わせるようなやつは見当たらない」

阿佐井ほどの男が〈北天会〉にいる理由――それは峰岸と久保沼の関係性などではなく、あかりの存在が大きいのだ。

「会長がどう言おうと、私はあかりさんを支えていくつもりです。特に今は……」と、阿佐井が珍しく言い淀んだ。

「母親の病状がまずいのか」

「もって一ヶ月だと」

ならば、峰岸もかなり気を病んでいるに違いない。大切な女性に死期が迫っているのだ。やり場のない心痛をぶつける相手が欲しかったのかもしれない。阿佐井はあかりとの交際を理由に、その矛先を向けられただけなのかもしれない。

「あかりの母親は昔、祇園で小料理屋をやっていたそうだな」

「ええ、新門前通沿いにありました」

「ということは〈灯〉の近くだ。あかりがわざわざ祇園に店を開いたのはそれが理由か。母親と同じように祇園で店を持ちたいと。〈条南興業〉に目をつけられるリスクを冒してまで」

「すべては美弥子さんのためです。あかりさんはもう一度、美弥子さんに店に立ってもらいたかったのです。願掛けとでも言えばよいのでしょうか……もう十年以上前になりますか、その小料理屋は美弥子さんが闘病生活に入ったあとに閉めてしまいました。小さな店でしたが、京風の出汁のきいた総菜が評判で、いつも賑わっていたそうです。あかりさんの料理の腕前は間違いなく母親譲りでしょうね。あかりさんは美弥子さんに少しでも元気になってもらい、二人で一緒に厨房に入りたいと強く願っていたのです」

私は不意に、二年前〈灯〉で出されたパスタを思い出した。鮮やかな緑色のバジルソース、湯気から立ちのぼるガーリックの香り。柳は隣の席で一気にその皿を平らげていた。

阿佐井が何気なくネクタイに触れ、区切りをつけるようにふっと息を吐いた。

「さて、昔話はこれくらいにしておきましょう。もうこれで終わりです。とにかく、私はあなたに恩を返し終わった。二年越しに」

「〈灯〉にいた久保沼という男は――」

言いかけたが口を噤んだ。阿佐井はもう歩き出していた。聞こえなかったのか、訊かれたくなかったのか。私は後者だろうと考えた。阿佐井は答えたくないことの多い男だった。

去っていく背中に向かい、私は深く頭を下げた。

「色々と世話になった。礼を言う」

40

三島が数名の部下を連れて現れたのは、通報してから約一時間後だった。先に救急隊が到着し、柳の状態を確かめ、応急処置を施した。本来ならそのまま病院へ搬送するはずだが、柳が警察の聴取に応じたいと主張したため、待機するかどうか話し合いが行われた。しかし、その間に別の出動要請が入り、柳に今日中に病院へ行くことを約束させた上で救急隊は引き上げた。緊急性はないと判断したのだろう。柳の体はよほど頑丈にできているらしかった。

午前四時だというのに、三島の肌には張りがあった。髪こそ乱れているが、きちんとスーツを着用している。事件が終局に差しかかり、興奮状態にあるといった様子だった。

建物内が活気づいていた。警官や鑑識たちが動き回り、照明が煌々《こうこう》と灯っている。私は邪魔にならないよう表の路地に留まったが、柳と仙田雄太郎、〈条南興業〉のチンピラたちはまだ中にいた。

三島に対し、私はまずこの数日間の行動を詫びてから話を始めた。阿佐井と松岡の名は伏せておきたかったが、さすがにもう無理だった。ただ、できるだけ火の粉が飛ばないように配慮はした。

三島は質問を重ねながら、焦らずに耳を傾けてくれた。目の前にいるのは後輩の三島ではなく、一人の立派な刑事であった。

私の説明を聞き終えると、三島は厳しい顔つきで言った。

「〈条南興業〉の川添と〈両兼寺〉の大前真苑は既に聴取に入っています。本格的な取り調べが今日から署で始まるはずです」

「逮捕まで持ち込めるか？」

「〈条南興業〉のチンピラたちは確実でしょう。川添と船越は、〈水仙堂〉仙田の供述によるところが大きいように思えます。もちろん殺人教唆で三人とも徹底的に問い詰めて、必ず罪を認めさせますよ。亡くなった秋山亮のためにも――ただ、大前真苑は難しいかもしれません。言い逃れできる余地がありそうな気がします。村瀬さんの話にもほとんど登場しませんでしたし」

確かに三島の言う通りだった。私はまだ大前と対面していないし、船越や仙田の口からも名前が出なかった。葬儀社との癒着については当事者であろうが、秋山亮殺害に関しては部外者であると考えるべきかもしれない。

「とにかく、まずは柳さんと仙田の話を聞いてからです」

「あとは頼む。おれからはもう何もない」

「先に帰りますか？　誰かに家まで送らせますよ」

「そうしてもらえると助かる。足がないんだ」

「手配します」

「ナインが……犬も一緒だが構わないか。車が好きだから大人しくしている」

「そういえば、柳さんが言ってましたっけ。村瀬さんの山小屋に黒いラブラドール・レトリバーがいるって」

三島はまだナインを見ていない。彼が家にやって来る直前、私は藤崎青年にナインの散歩に行かせたのだった。

「犬好きの警官に運転させますよ」と、三島が微笑んだ。

柳が別の刑事とともに表に出てきた。パトカーの中で待機するよう命じられたらしい。救急隊が判断したように柳の足取りはしっかりとしていたが、分厚い体は目に見えて萎《しぼ》んでいた。

遅れてナインが路地に現れた。ナインは扉の付近でお座りをすると、心配そうに柳を見送っていた。

私は柳を呼び止めて言った。

「藤崎青年に四日分のギャランティを支払ってやれ。二日で正体はばれたが、ナインの世話をしてくれた。そのバイト代だ」

「ああ、わかった」

髪には脂が浮き、頬には無精ひげが目立っているが、柳はすっきりとした表情を浮かべていた。

こうして——あまりにも長い私の五日間が終わった。


今回の事件のせいで、しばらくは高揚感に引きずられるかと思っていたが、私はすぐに日常を取り戻した。やはり、もう刑事ではないのだ。山小屋でのナインとの生活にすっかり慣れてしまっている自分を知った。

三日が過ぎていた。その間、私は一度だけ嵯峨野へ行った。路地に投げ捨てた携帯電話が運良く見つかったのだ。捜索サービスを利用すると、地元の交番に届けられているとわかった。

だが、交番に向かう道中はひどく気が重かった。今はまだ〈水仙堂〉に近づきたくなかったし、その名を見聞きすることさえ避けていたくらいだった。私は携帯電話を受け取るなり、すぐに来た道を引き返した。そして、極力メディアに触れないようにして日々を過ごした。

しかし、塞いだ目と耳へ届くほど、事件は過度に報道されることになった。

一人の市議会議員の名前が突然登場したのである。重鎮と言われる古株の議員だった。

私は彼のことを知っていた。いや、この事件に足を踏み入れてから、彼の顔写真と名前を実際に目にしていたのだった。〈水仙堂〉本店の駐車場に貼られていたポスターと、〈きくや〉の菊池孝蔵から渡された〈京都中央菓子組合〉のパンフレットで。パンフレットに顧問の一人として彼の名が記されていたのだ。〈水仙堂〉と何か関係があるのだろうと想像してはいたが、今回の事件報道の中に議員の名前が現れたのは予想外だった。

私が漏れ聞いた情報では、〈条南興業〉と船越との間を仲介したのがこの議員だったらしい。仙田は、船越が〈条南興業〉組員の葬儀を担当したのをきっかけに両者が手を組んだと話していたが、まさにその葬儀を船越に振ったのがこの議員だったようだ。彼は以前から〈条南興業〉と関係が深かった。彼の何十年にわたる議員生活を支えていたのは〈条南興業〉の資金であり、その口利きとして政治活動を行っていた——と述べるニュースや記事もあった。

真偽のほどは私には判断できないし、判断したくもなかったが、多くの報道内容を冷静に考えると、彼は秋山亮の事件自体には絡んでいないと見るべきに思えた。

だがメディアは、議員と〈条南興業〉の黒いつながりを中心に過熱する一方であった。いつの間にか、被害者である秋山亮の名前は隅に追いやられてしまった。私はやり場のない怒りや悲しみに胸を締めつけられ、さらに意地になって目を閉じ、きつく耳を塞ぐしかなかった。

三島から一度だけ連絡があった。

秋山亮を暴行し、死に至らしめた〈条南興業〉のチンピラ連中に加え、仙田、船越、川添の三名も容疑者として逮捕したという報告だった。船越は地下に潜って逃亡を図ると話していたが、本当にとある葬儀場の地下に潜んでいるところを発見されたそうである。

仙田は素直に容疑を認めているが、船越と川添は頑なに否認しており、また〈両兼寺〉の大前に関しては逮捕状が出ない可能性が高いと、三島は悔しがっていた。

〈水仙堂〉の高橋と樋口青年からも電話があった。秋山亮の葬儀の日取りについてだった。彼の両親は息子が修業に励んだ京都で葬儀を行うと決めたため、高橋からも、樋口からも参列するよう強く請われた。

私はひどく迷ったが、結局は辞退した。事件を追ったとはいえ、秋山青年とは一度も顔を合わせたことがなかったし、二人と会うにはもう少し時間を置いた方がいいとも思った。電話での二人の声は表面上、沈んだものではなかったが、やはり無理が滲み出ていた。私に気を遣わせないよう努めて明るくしている節が感じられた。〈水仙堂〉は今、大変な局面に追い込まれている。営業などできるはずもなく、店を閉めていることだろう。そんな状況が見えるだけに、二人との再会はどうにも辛かった。

私はナインを助手席に乗せ、山道を下っていた。藤崎青年から「ナインに会いたい」と連絡が入ったのだ。柳からきちんとギャランティの振込があり、ナインにドッグフードをプレゼントしたいと声を弾ませていた。

私はいつものスーパーに向かった。彼を迎えに行くついでに買い出しに寄ったのではなく、もう一つ別の約束があったためである。

黒木と会うことになっていた。三日も空いてしまったが、黒木にも筋を通しておこうと電話を入れた。左京署を訪ねるつもりであったが、黒木はなぜかこのスーパーを指定した。

黒木は先に到着しており、先日と同じく店舗の脇にある物置の前で待っていた。埴輪に似た顔は相変わらずだが、表情はやや険しかった。

「色々とすみませんでした」

私は挨拶も早々に頭を下げた。だが、黒木は「あまり時間がない」と切り捨てるように言った。

「事件については柳から直接聞いた」

柳は精密検査を受け、異常がないと診断されたため既に退院していた。今は署で再度の聴取を受けている最中である。

「柳は罪に問われますか」

「さあな。おまえ、柳の話をするためにおれを呼んだんか」

「いいえ、改めて謝りたいと――」

「嘘つけ。訊きたいことがあるんやろ。まだこそこそするんか」

胸に痛い皮肉だったが、これも黒木なりの優しさだった。私はどう切り出そうか考えていたが、ずいぶんと気が楽になった。

「黒木さん――〈水仙堂〉とはどういう関係なんですか？　嵯峨野店にいたのはなぜですか」

黒木は大きくため息をついた。やはりその質問かとでも言いたげだった。多分、私からの電話を受けた時点で気付いていたのだろう。

「うちの実家は寺やと知ってるな」と、黒木が言った。「嵯峨野やなくて、こっちの左京区にある〈黒宝寺《こくほうじ》〉という小さな寺や。兄貴が跡を継いどる。〈両兼寺〉と同じ真言宗やが、なんの親交も交流もない。葬儀社との癒着もあらへんで」

冗談なのか判断できず、私は曖昧に頬を緩ませた。

「檀家の数も少ないけど、みんな信心深いんか、おかげで潰れずに細々とやっとるみたいや。その檀家の中に、〈水仙堂〉嵯峨野店に勤めてる人がおってな。花井って店長や」

その名前は三島から聞いていた。穏やかで人当たりはいいが、少々頼りない人物だと評していた覚えがある。

「兄貴から頼まれたんや。なんかの機会に弟が刑事やと言うたんやろな。花井はそれを聞いていて、あの事件のことで相談に乗ってもらえないかと、兄貴に連絡してきたらしいわ。寺のことはずっと兄貴に任せっきりで、おれは好きなように生きとるからなあ。こういう時くらいは協力せんといかんと思って、嵯峨野店に会いに行ったんや。花井とは初対面やった」

そういう経緯だったのか……黒木は昔から〈水仙堂〉と懇意にしており、事件のことで応援に駆けつけたのかとも考えていたが、あながち間違いではなかったらしい。ただ、縁があったのは黒木ではなく、お兄さんの方だったのだ。

「すみませんでした。実はある時まで黒木さんを疑っていました。柳の監禁に関わっているんじゃないかと」

「ふん」と、黒木が鼻を鳴らした。「まあ、行く先々で出会えばそう勘繰るわな。けど、それはおれも同じじゃや。おまえの魂胆はようわかってへんかったし、なにをしてるんやと疑問に思とった……村瀬、おれはちょっと期待してたんやぞ」

「期待って？」

「柳に女がいるんかってな」

つい赤面しそうになった。黒木と嵯峨野で会った時、柳を追う理由を濁すために、私は女性関係を匂わすようなことを口にしたのだ。

「まんまとおまえに引っかかってしもたわ」

黒木がようやく笑顔を見せた。私は恐縮しながらまた頭を下げた。

「他に訊きたいことはあるか」

「ああ、藤崎青年がよろしくと言っていましたよ」

「はあ？」

「彼を柳に紹介したのは――黒木さんだったんですね」

藤崎青年は最後まで仲介者の名を口にしなかった。黒木の名前は絶対に出すなと、柳から釘を刺されていたのだ。藤崎青年はそれを切り札にして、柳とのギャランティ交渉をするつもりだったようだが、結局は使う必要がなかった。

明かしたのは柳自身である。あの日、私が〈灯〉から去る直前に告げたのだ。柳は警察を辞めたあとも黒木と連絡をとっていたらしい。多分、黒木の方が心配していたのだろう。相棒であった私が去り、柳も手帳を置くことになったのだから。黒木は優しい男だった。

「何日前やったかな、柳から電話があったんや。二十歳くらいの若者を紹介して欲しい。アルバイトで雇いたいからってな。泊まりの体力仕事だが、見合うだけの給料を払うと。なんの仕事かようわからんかったけど、おれは軽い気持ちであいつを紹介した。まさか、替え玉役とは想像もせんかったわ。藤崎のばあちゃんもびっくりや」

「え、何ですって？」

「なんや、柳から聞いてへんのか。あのガキ、藤崎のばあちゃんの孫や。この前、おまえもここでばあちゃんを見かけたやろ。パトカーに乗っとった」

「パトカー？　それってまさか、あの万引きの……」

「せや」

驚いた。そして同時に、黒木が今日この場所を指定した理由も理解した。

「店長さんはえらい怒っとるんやが、なんとか今回も示談にしてもらえへんかとお願いしようと思ってな。代金もあとでちゃんと支払ったし……藤崎の家は代々うちの寺の檀家なんや。親父も兄貴も世話になっとるし、おれもこれくらいはやっとかんとな
……村瀬、甘過ぎると思うか？」

「三島から聞きましたよ。署内でそんな噂が流れているらしいですね」

「ふん、噂なんてどうでもええ」

「おれは優しい黒木さんが好きですよ」

偽りのない本心だった。黒木は少し照れくさそうに頬を歪めていた。

「ほな、ちょっと店長に頭下げに行ってくるわ」

黒木は両肩を落とし、店の通用口へと歩き出した。私はその背中が消えるまで見送った。

まったく黒木の言う通りだ——噂などどうでもいい。いや、噂はもう耳にしたくなかった。

私は車に戻り、ナインに声をかけた。

「行こうか、ナイン。おまえの新しい友人が駅で待っている」

警視庁特別捜査係
サン&ムーン

鈴峯紅也

ISBN978-4-09-406894-8

湾岸・大森・大井、三つの所轄署の管轄で、連続放火事件と連続殺人事件が同時に発生した！　捜査本部に狩り出された、湾岸署に勤める月形涼真巡査は弔い合戦を決意する。警察学校の同期で、恋人・中嶋美緒の兄でもある健一が殺されたのだ。コンビを組む相棒は、突然会議を割って入ってきた、警視庁の警部補にして、父の日向英生。警察上層部に顔が利く、エリートキャリアで警視監の母・月形明子の差し金らしい。息子の指導係にと、元夫を送り込んだようだ。涼真と英生の親子刑事は遊班として、ふたつの事件解決に奔走する。規格外の警察小説シリーズ第一弾！

小学館文庫
好評既刊

警視庁特殊潜工班

ファントム

天見宏生

ISBN978-4-09-406895-5

新興宗教団体を張り込んでいた、警視庁公安捜査第十一係の宮守《みやもり》隼《はや》人《と》は、リストに載っていない男を尾行しはじめた。男は賃貸マンション六階の一室を訪れると、玄関先で住人を刺殺。宮守は現場に駆けつけるが、すでに男の姿は消えていた。が、手摺り越しに道路を見下ろした宮守の目に入ってきたのは、墜落した男の死体。なぜ男は堕ちたのか？殺害直後、現場で一瞬だけ感じた、謎の鋭利な視線が関係しているのか。そして、死体安置所に収容された男の顔を間近で見た宮守は動揺する。九年前に起こったある出来事が元で、脳裡に刻まれた男らしいのだ……。書き下ろし。

―――本書のプロフィール―――

本書は、小学館文庫のために書き下ろされた作品です。

小学館文庫

警官《けいかん》は吠《ほ》えない

著者 池田久輝《いけだひさき》

二〇二三年八月九日 初版第一刷発行

発行人 石川和男
発行所 株式会社 小学館
〒一〇一-八〇〇一
東京都千代田区一ツ橋二-三-一
電話 編集〇三-三二三〇-五九五九
販売〇三-五二八一-三五五五
印刷所 ――― 中央精版印刷株式会社

この文庫の詳しい内容はインターネットで24時間ご覧になれます。
小学館公式ホームページ https://www.shogakukan.co.jp

ISBN978-4-09-407282-2